U0028545

瓦伊特蒙　角色陣容

亞煌（奔靈者的總隊長）
艾伊思塔（出生在所羅門的碧髮女孩）
雨寒（黑允長老女兒）
凡爾薩（父親是知名奔靈者的「叛逃者」）
帆夢（首席學者）
陀文莎（縛靈師）
亞閻

居民

喬安（燭匠）
貝琪（菜園管理）
藍恩大媽（淨水場管理）
湯比（牧園管理）
布閔（銀匠）
駱可菲爾（靈板工匠）

遠征隊支部

黑允（長老）
路凱（雪靈形態為雄獅）
戈剌圖（能在雪地畫出光軌圓陣）
黎音（雪靈形態為獵豹）
尤里西恩（以速度聞名）
「冰眼」額爾巴（眼中鑲著冰晶的獨眼老將）
「紅狐」費奇努茲（資深的狙擊戰士）

探尋者支部

桑柯夫（長老）
俊
埃歐朗（物理影響力超群的狙擊手）
茄爾莫（以速度聞名，桑柯夫親信）
帕爾米斯（可以數箭齊放的狙擊手）
蒙勒

守護使支部

恩格烈沙（長老）
攸呂（雪靈形態為巨蟒）
茉朗（雨寒的導師）

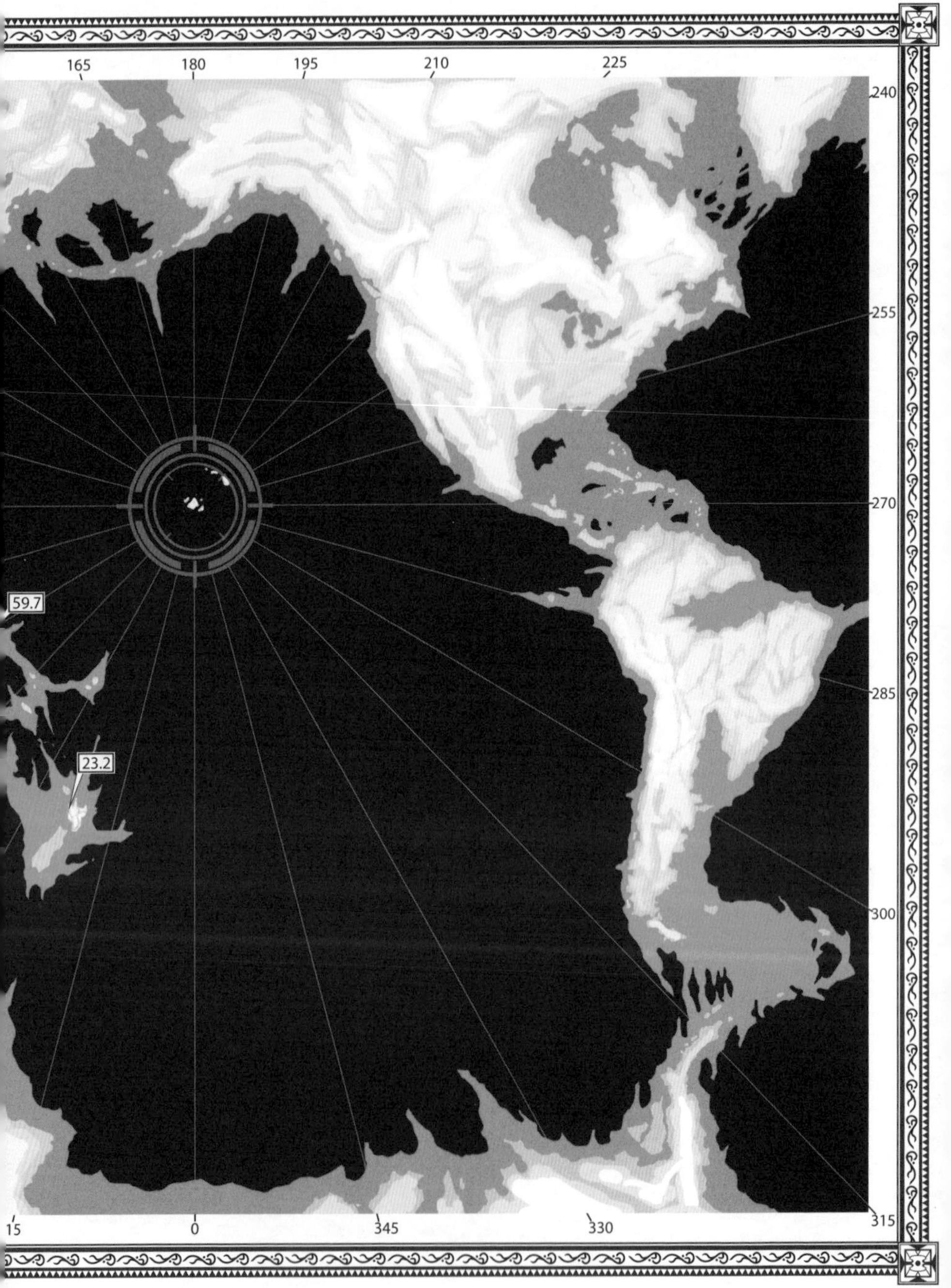

世界地圖（雙子針度數）

封區域　殘存海洋區域

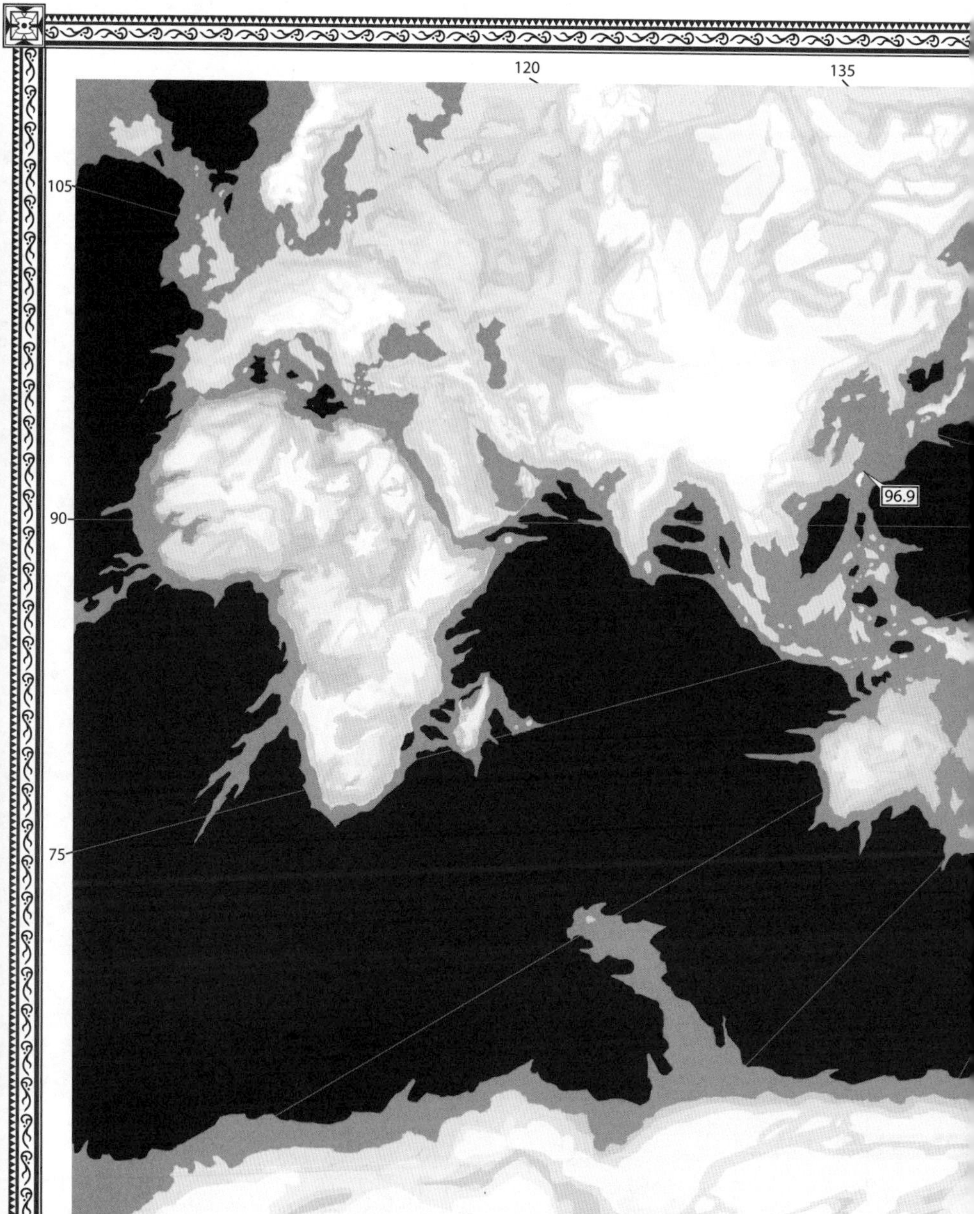

雪封區域

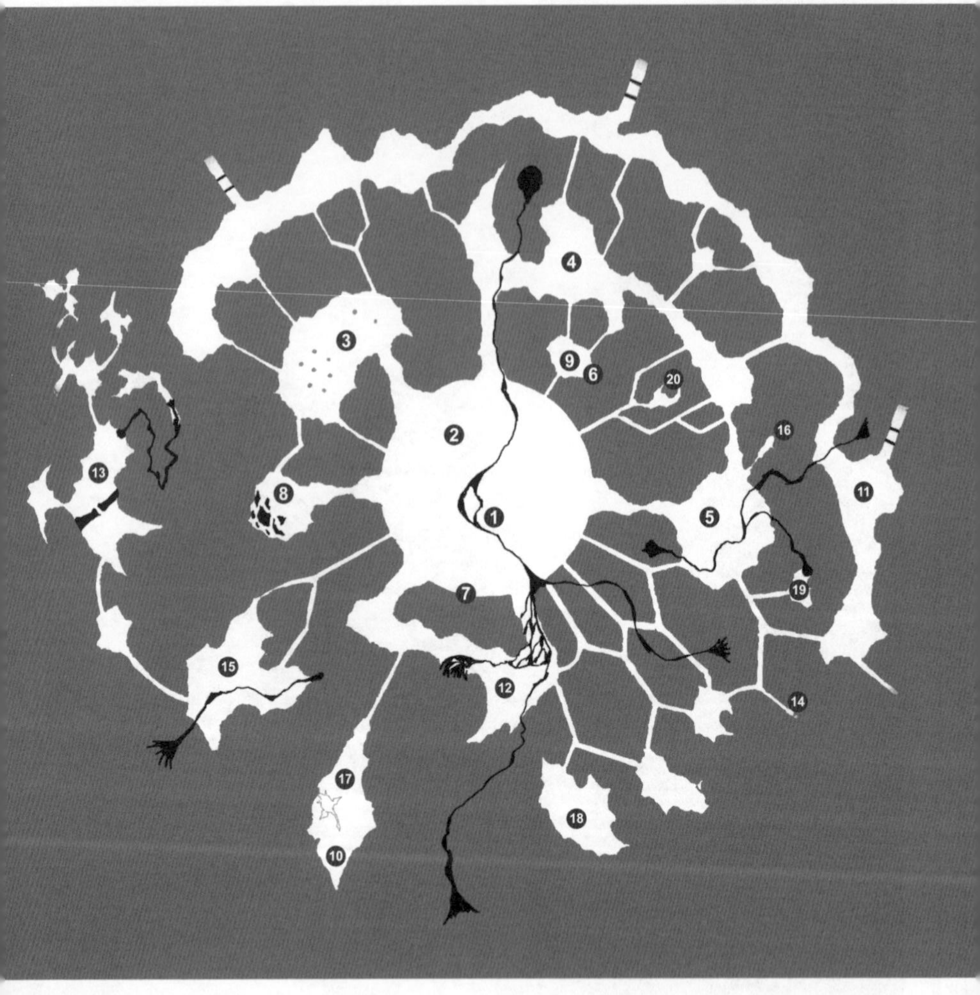

地底河川

大會廣場
黑底斯洞
工坊洞穴
丘嶺洞穴
鏡之洞

6 肉食儲藏庫
7 陽光殿堂
8 公共澡堂
9 蝠眼洞
10 邊緣之門

11 北環大道
12 水階洞穴
13 深淵
14 遭封鎖的通道
15 亞麻田

16 儀式廳
17 龍骨洞穴
18 濕土洞穴
19 燭匠居處
20 研究院

瓦伊特蒙地圖

PROLOGUE《序幕》

只有在高空的這一刻，路凱才感覺到自己有那麼一絲可能性，能突破整個世界的限制。因為整片天空，在他腳下。

時間彷似靜止。漫天的厚重雲層覆蓋了他的整片視野，稀薄的空氣像無形的手，撫過臉頰的感觸菲微，流入肺中彷彿猛然化為據冰。

路凱抽了口氣。地心引力扯動瞬間的寧靜，他終於感覺身體被往後拉，遠離鉛灰色的雲層。

他墜落，速度越來越快，地面疾速撲來。路凱張開雙臂迎向即將到來的撞擊。落地前一刻，他鬆開緊繃的膝蓋，調整腳下長板，泰然落入白色大地。大灘雪花迸開，炸開一片霧白，此時路凱已安然衝出，朝下坡滑去。

空氣冰冷，風聲呼嘯，但他聽見由身後逼近的聲響。

兩位和他一樣乘著「棲靈板」的人影追了上來，滑行在他的右方。

「別胡亂消耗體力。」一名男子露出微笑。他的斗篷在風中飄擺，雙邊的腰間都掛著長劍，還背著一個長桶狀的容器。「這片大地隨時可能出狀況，還是得保持警戒。」

「亞煌大哥！」路凱卻掩飾不了臉上的興奮，緊握手中的雙刃長槍。「長老們定會很驚訝的！」他們已出任務整整兩個月，沒人會料到他們帶回來這樣的寶物。

亞煌戴著黑色手套的手掌輕放在桶狀容器上，點頭微笑。

「路凱，別興奮過頭，我們離家還有兩天的距離。」另一名同行的年輕女子黎音貼近他說。她放任深灰色髮束在風中，腳下的棲靈板刮出一道飄揚的白沫。

天空一如既往，整片永恆的陰灰。厚重的雲層以那扭曲的形體無聲無息地淤積，將世界完全密封。底下，綿柔白雪綿延到地平線彼端，卻彷彿某種壓迫大地的存在，迫使世界沉睡著。蒼白的地表只有三個渺小身影在雪地劃出軌跡前進。即使裹著斗篷，冰風仍像細針般鑽入衣物間的縫隙，刺痛皮膚，令他們拉緊披風。

路凱看見遠方一座無名的城市靜靜躺在雪丘之間，已被時間給遺忘。隨著他們的行進，那座舊世界的遺跡慢慢消失在視野彼端。

每一座遺跡都還藏著多少我們不知道的東西？路凱心想。他們的原定計劃是探索更多遺跡，尋找銀器，然而當務之急是將容器裡的東西帶回人類居處，因此亞煌決定不再偏航。

「黎音，怎麼了？」路凱提高音量，試圖讓聲音壓過風聲。女孩不知為何直愣愣地望向後方，灰色髮束在臉旁紊亂紛飛，過了好一陣子才回過頭來。

「你相信『陽光』真的存在嗎？」她忽然問。

路凱皺了皺眉，然後下意識地目光上移，看向頭上那片封閉的天空。

從他出生至今，世界的景象就是如此，從未改變過。無論身處何處，地平線從此端到彼端，永遠是綿延的雲層。據說這情況已延續了數個世紀，終年降雪的雲層始終不曾散去。舊世界的蔚藍色蒼穹，以及迎接靈魂的陽光，只存在於傳說之中。

「我不曉得。」路凱說：「但既然長老們說存在，應該就是存在的吧。怎突然問起這個？」

「只是忽然想到，萬一……」黎音猶豫了片刻，然後說：「萬一我們找到的東西……跟謠言毫無區別，不過就是個無法印證的東西，那該怎麼辦？到時人們都會更加失望。」

一旁的亞煌也側目過來。

路凱低頭凝望從板子兩旁掀起的雪花。半晌過後，他微笑，口吻堅定地回道：「別多想，屆時看看長老們的決定吧。我們身為『奔靈者』自有肩負的職責。那些沒有答案的問題，丟給研究舊世界的學者去煩惱就好了。」

黎音點頭，亞煌也露出笑容。

亞煌告訴他們：「我相信研究院也會感到震驚的。這次任務的成果非比尋常。」

在這人類無法輕易生存的時代，只有特殊的一小群人——這些能駕馭棲靈板的「奔靈者」，才得以離開地底居處的庇護，進入死亡如影隨形的白色世界。

而這一次任務較特殊的地方是亞煌的親自率領。他比路凱年長許多，遠征經歷豐富，也是少數擅使雙刀的奔靈者。近年來，亞煌親自訓練了許多年輕一輩的戰士，受他們敬重，這次只帶兩名奔零者遠征是難能可貴的例子，因此對於路凱而言是至高無上的榮耀。

路凱期盼有一天，自己也能成為像亞煌一樣能獨當一面的奔零者，帶領自己的小隊。

「風開始沉寂了。」亞煌掃視前方的地貌。

「代表我們方向無誤。」路凱明白亞煌大哥的意思。這一帶的逆行風逐漸消散，是因為本來由溫差和空氣密度差異造成的風流被逐漸平衡掉——氣溫因脫離洋流的調節而劇降，空氣密度則相應地升高，一切回歸靜止狀態。這代表他們切切實實在遠離肉眼看不見的海岸線，正朝著冰凍陸地的核心挺進。

「我們先越過前方的谷地，到了彼端可以休息一會兒。」亞煌說完，三人躍入一片寬廣的斜坡。

※

他們找到的舊世界遺物，是一張奇特的地圖。

它被某種透明薄膜所包覆，被路凱小心翼翼地捧在黑色皮革手套裡。這張圖最特殊的地方，是它的涵蓋了許多路凱從未去過的大陸。而且所有陸地都是白色的。就連亞煌也確信，在居處瓦伊特蒙沒人見過這樣的東西。

「人們看見定會非常吃驚。」雪沫被風掀動，飄過路凱視線，令他瞇起眼。他們在谷地邊緣一片較平緩的坡道上歇息。

黎音也湊過來，乾咳了兩聲。「不單這張地圖，我們找到的另一個文獻更加震撼。長老們很可能會——」她忽然止住話。

「怎麼了？」路凱抬頭，發現黎音的表情不太對。

亞煌的眼神也已轉變。也是，他正望向斜坡頂端，對應著灰色天空的白色山脊線。

「啊！」路凱也意識到了。上頭的雪花不規則地紛飛，他們知道這代表著什麼——在那頂端，吹著不尋常的風。

「這一帶以往都很安全……」黎音抱著不確定的口吻如是說。

「有雪的地方，就永遠存在危險。」亞煌從路凱手中接過地圖，迅速將它捲起並封進桶狀容器。接著他抽出腰際的兩柄劍。

黎音正從背上卸下自己的雙刃長槍，路凱也已做好準備，打平手中的兵器。他倆同樣使用雙刃長槍——極長的木棍表面可見銀色紋理，兩頭嵌入刀刃。路凱和她相望了一眼，眼眸裡都透露著不安。

風雪朝著他們吹來，空氣的冰冷在此刻更加明顯。亞煌下達指示，他們圍成三角陣形，繼續朝上滑行。

頂端的風令人睜不開眼。每吸進一口氣，喉頭彷如刀割。三人拉緊斗篷，越過白色山脊，滑入一片雪霧中。

「跟緊我！」亞煌逆風喊道，擺動腳下的棲靈板加速。

雪霧模糊了能見度，強風拉扯他們的身子，像隻企圖打亂所有平衡的手。然而三名奔靈者穩住掌中的武器，穩穩踏著棲靈板，刮出雪浪不斷前行。

「來了。」亞煌把長劍指向右前方。

迷濛的雪幕中，果然出現幾道更為蒼白的身影。牠們正迅速包圍過來。

「『狩』竟然會出現在這兒！」路凱眼神也變得銳利。

黎音的棲靈板率先散發出微小的光波。緊接著，她的長槍也泛出淡淡的彩光。三人的武器陸續發出虹光，成為白色風雪中唯一的色彩。

前方傳來駭人的嘶吼。

一頭魔物撲進眾人視線。牠的體色一片慘白，彷彿是以硬雪塊凝聚而成的不規則的肌理，身長足足有成年人的兩倍高，寬大的背上有好幾道脊骨似的突出物。

牠張開龐大的爪子往下一揮——亞煌急煞片刻，翻轉閃避，同時將雙刀上揚，斬斷了魔物的手臂。

路凱、黎音由兩側滑過，一個動作地劃開長槍，把魔物的軀幹斬為兩截。下一刻牠爆開，化為雪花消散。

「更多過來了！」亞煌大喊。

好幾頭魔物撲了上來。牠們無頭也無頸子，只有一道怪異的大口撕裂於胸前，裡頭露出冰藍色的獠牙。背上不規則的白色突起物逆風矗立，巨大的前肢末端有六根爪子，同樣散放著駭人的冰藍光。

路凱護住亞煌左後方，鎮守自己所負責的三分之一圓周。他隨著滑行的節奏揮舞長槍，擋下數道魔物的攻勢。亞煌則像一道鋒利的箭頭，帶領著他們筆直刺入敵陣中央。

奔靈者狠狠劈開魔物的身軀，其中幾隻化為四散的雪沫。

「不妙！」亞煌發現他們正滑向一個碗狀谷地的中央，數不清的魔物正從四面八方包圍過來。待他提劍示意，黎音立刻來到他正後方，路凱也移向殿後的位置——三人形成一線直刺敵陣。

斗篷的兜帽被風吹開，露出亞煌一頭深黑色長髮。他藉以慣性旋轉，持雙刀劈開眼前的敵人。黎音劃傷魔物後，後方的路凱再補一擊。他們開始朝上坡邁進，設法殺出這片狹窄的空間，然而情勢發展似乎不從所願。魔物已由兩旁集中過來，像是正在收縮的扇形，上方敵人越來越多。

某處傳來慘烈的嘶吼，路凱已分不清那是風聲還是魔物。他似乎聽見亞煌的喊叫，睜大眼睛看向前面，雪幕中有雙刀劃出眩目的軌跡，留下虹光殘影。

終於三人突破包圍，越過又一道山脊急速往下滑。魔物在後方發出怒號，震懾所有人。但他們加速將魔物遠遠甩開。

※

「亞煌大哥！怎麼會——」

當三人抵達坡底，路凱和黎音才發現他們身後拉開的一條長長的血跡。亞煌負傷了，右大腿被兩根冰柱貫穿，鮮血不規律地湧出。他腳下的棲靈板一片紅。亞煌將冰柱拔起時，發出痛苦的哀號跪地。

「亞煌大哥！」路凱緊張地來到他身旁。這每根冰柱都是魔物的爪子，足足有人類的胳臂一般粗。

「這……這怎麼辦……」黎音整個人都慌了，直盯著亞煌已經變了形的大腿，彷彿裡頭的血肉被硬生生扯出，鮮紅、黏稠且混著血泡。周圍的地面溶出一圈深紅色雪泥。狂風依然朝著他們的方向吹來。

亞煌凝望自己的傷勢幾秒，便改變了先行包紮的決定。他的第一個動作，是解開腰間的桶形容器遞給路凱。

「拿好，這是我們的希望。」亞煌說完，眼神緊盯住路凱。

路凱難掩訝異。「你……你在說什——」他迅速蹲下扯開衣服，不顧冷風襲身，迅速翻找衣服內袋。「我、我們在訓練時……做過這種處理，沒問題的——」他拉出兩條布巾。

但他顯然沒太多時間能按部就班來了。後方山脊上，魔物的身影再度出現。黎音咬著牙說：「路凱，動作快！我先去前方探路！」她立刻動身。

路凱緊緊綁住亞煌的大腿。「大哥……是你帶我們突破那些包圍……」他語無倫次，惶恐地看著瞬間轉紅的布巾。

「別慌。」亞煌說。

路凱深吸一口氣，再綁了第二層布巾上去。他雖年輕，經歷過的戰鬥卻不算少，受過的傷更不計其數，也曾眼見夥伴在面前死去。所以他的慌張並非出於亞煌的傷口，而是亞煌的反應——路凱明白亞煌第一個動作竟是交出容器，代表什麼。

一旦亞煌的傷勢惡化，路凱得不計一切代價，把這舊世界遺物帶回瓦伊特蒙。

路凱腦中霎時一片空白，無法想像亞煌大哥可能會離開他們，就在離居處如此接近的地方。

黎音在遠方朝他們吶喊，而另一邊，敵人開始逼近。

「亞……亞煌大哥，你撐得住嗎？」路凱趕緊起身。

「走吧。」亞煌輕拍他的肩頭，兩人朝黎音滑去。

※

「從這個方向去——」探路的黎音歸來，指著前方，提高自己的音量；後方的魔物發出震天巨響，估計不出幾分鐘就會來到他們所站之處，一座被白雪覆蓋、極度陡峭的岩峰。「那兒有道斷崖，說不定能藉以擺脫牠們。」

亞煌點頭。「跟著我。」

同樣由他帶頭，三人沿著陡坡向下滑。路凱擔憂地看著亞煌的情況，所幸傷口的影響似乎沒有他想像中嚴重。亞煌的速度絲毫未減，令路凱稍微鬆了口氣。

後方整群慘白的巨影俯衝而下，伴隨著震耳欲聾的咆吼，宛若新生的雪崩急速撲來。

就在三名奔靈者的前方，地面中斷了。那是黎音所說的懸崖。兩旁也有緩坡通往底下，但得繞遠路，極可能被來勢洶洶的魔物追上。他們必須冒險躍下懸崖，方能甩開敵人。

「準備好！」亞煌下了決斷，放低身子準備跳躍。路凱、黎音也做好騰空的準備，打算藉衝力飛下崖底。

懸崖的邊緣急速迎向三人，他們起身——

亞煌身子一轉，刮出整片白雪。

「亞——」路凱、黎音發出驚叫從亞煌身旁飛過，臉頰掃過他的長髮。

亞煌受了傷的大腿，因急煞而迸出整灘鮮血。

其餘兩人在半空睜大雙眼，回望矗立於崖邊的亞煌背影。當呼喊聲被魔物的嘶吼給吞沒，兩人的身影已漸遠，往崖底落去。

亞煌握緊雙刀，眼看魔物來襲。他知道自己的腿已經不行了，稍微一個小動作都帶來難耐的劇痛。現在他只能設法保持平衡，讓棲靈板自行帶動下肢，而他僅須揮動手中劍，完成身為奔靈者的最後使命。

敵人撲來前，這短暫的一刻，他讓自己閉上雙眼。

雖然他將無法親眼見證……但亞煌的心底深處相信，這次所找到的東西將為人類世界帶來天翻地覆的改變。

唯有看得見希望，人們才有勇氣繼續活下去。人類，正在與這整個世界對抗。亞煌從不打算放棄，不，他已將東西交給下個世代的奔靈者，知道路凱足以勝任。某一天，路凱也會成為優秀的領導者。

現在，亞煌只需要在死前帶著數十倍的敵人陪葬。

睜開眼的一瞬，感知流回亞煌體內。嘶吼聲來到耳際，無數魔物圍困過來，冰色利爪、獠牙畢露鋒芒——亞煌的雙刀霍然揮動，揚起豪強的虹光。

他像道炸裂的旋風，讓劍影橫掃魔物之間。劍影帶著柔絲般的微光，閃爍在暗白的包圍裡。劍刃切開魔物的大口，灑開整排冰藍獠牙。

數道寒光利爪掃過，劃開亞煌的皮膚。鮮血四濺，但他未停止攻勢。時間感已從體內消失，只知道全身的痛楚超過極限，鮮紅的身軀早已麻痺。

一隻魔物從身後撲來，亞煌揮刀後刺，劃開牠的身軀，拉出一堆冰色碎片。另一隻魔物的爪子陷進亞煌腹部，驚人的力道將他拋得老遠。

他滾了不知多少圈，在雪地漫開整片血紅。幾個高大的軀體圍近，遮掩住他的視線。它們發出低鳴，彷彿嘲笑他的失敗。亞煌趴著喘氣，口中滿是冰雪。身子早已不聽使喚，顫抖的雙腿連穩住棲靈板都有困難。

他勉力用長劍將身體撐持起來。

「來吧……」亞煌知道這是自己生命的最後一刻。他打算在倒下前，釋放生命能量給敵人最終一擊。

虹光開始蘊釀，從棲靈板的正中央浮現。

巨爪倏地重擊亞煌的頭部。他往旁滾了數圈，臉埋入雪，悶住了哀號。

「你們……這些……」他再起身，意識逐漸模糊。眼前只見飄渺的風雪，與流入眼中的血紅。「我會讓你們……」他倒了下來，連站上棲靈板的氣力都已消失。「讓……」在閉上眼睛之際，亞煌的意識放鬆了。

魔物給予他致命的一擊——

「開什麼玩笑。」一雙肩膀撐起了亞煌，有力的手臂攔住他的腰。

亞煌驚愕地睜開眼，看見路凱的面孔。

女奔靈者滑過他們兩人身邊，朝著敵人而去。「路凱，帶他走！」黎音像道風似地掠過，掄起長槍刺入前方魔物的口中。

路凱扶緊亞煌，將兩人的棲靈板靠攏，平行朝一旁的緩波滑去。「翔影，我們一起帶你的主人回瓦伊特蒙。」路凱對著亞煌的棲靈板說道。

亞煌懷著不可思議的表情，吃力地開口：「危……我說過……危險……」

「大哥，別說話。」路凱只輕聲回應，神情堅定。他們朝下坡而去。

「敵人太多了，」黎音跟了上來，她的胸口多出幾道血痕。「我們得想想辦法！」

「前面！」路凱看見前方不遠處，白色地表有一抹不自然的龐大凹陷，延伸到視線兩端。他們知道那是大地的裂縫，終年落雪鬆弛地覆蓋表面，隨時可能崩塌。

奔靈者全速前進。路凱攙扶著亞煌，迅速通過那段凹地。

「這裡交給我，你們先走！」抵達彼端後黎音立即拐了個大彎，橫向沿著凹陷的地表邊緣滑行。

魔物一路奔來，其中幾隻已然進入凹地。此時黎音的棲靈板表面浮現一層微光，斑斕色彩不斷蘊釀。她猛然扭腰——棲靈板從地面刮起一片雪塵，同時眩目的光波奔騰而出——無數彩帶狀的虹光凝聚成躍動的形貌，給人一頭獵豹的錯覺。

光束打穿白色地表，轟出一個漆黑的大洞。緊接著，整片凹地迸裂，帶著鬆散的崩垮聲，逐漸露出一條深邃的鴻溝。有魔物發出震天嚎叫聲跟著雪塊墜落，但牠們絕大部分則止步於懸崖另一端。

※

「暫時是牽制住了，」黎音追上路凱。「但我們還是要快，不曉得牠們會不會繞道過來。」

路凱看著依靠在他肩上的亞煌大哥。

「東西……」亞煌虛弱地開口。

「放心，」路凱將容器拉近他的視線，明白亞煌即使遍體鱗傷，依然不會忘記使命。「我們會把它安全帶回去，交到長老們手裡。」

亞煌閉起眼睛，失去了意識。路凱緊緊撐住他，讓並行的樓靈板自行引導路徑。黎音繞來，與路凱對望。

路凱給了她一個微笑。女奔靈者為亞煌的擔憂毫不保留地表現在臉上，然而她頷首示意，未理會自己胸前的傷口，加速往前方去探路。

紛飛的白色雪花在身邊揚起，天空依舊被厚重的雲層所占據。

路凱的視線從封閉的天空，轉向自己懷中之物。

他盯著那長桶狀的容器良久。

他知道裡頭裝的兩樣東西都是非比尋常的線索，是來自舊世界的遺物。或許，它們是人類信仰的回應，足以推翻歷史上的種種猜測。

他是一名奔零者。在瓦伊特蒙還有更多的同伴，將要接受命令前往白色大地執行任務。

路凱緊握住長桶。「這一次，我們會一起掀開世界的樣貌。」

相傳在舊世界的二十一世紀，有顆隕石毫無預警闖入地球大氣層，墜落於太平洋中央。

衝擊力使地殼板塊與海洋水位起了巨大變化。數年之間，厚重的雲層凝聚天空，永恆降雪，逐漸將地球密封。全世界平均溫度降至零下，文明相繼滅亡，生命逐一消逝。

從此，世界進入「冰雪世紀」，地球儼然轉為一顆白色星球。晝夜依舊，但白天的一切變得朦朧，夜裡的天空則永遠漆黑。

從此，「陽光」成為傳說——

PART I

EPISODE 01《芬瀾》

艾伊思塔的手上拎著好幾個發光的小罐子，獨自走在狹窄的洞穴中。

原始隧道的前方一片漆黑，彷彿無止盡延伸下去，但罐子裡忽明忽暗的微光勾勒出她身旁岩壁的輪廓，足以讓艾伊思塔踏著輕快的步伐前進。

她來到路的盡頭，手中的整束罐子叮噹作響。那裡頭爬滿了螢火蟲。她舉起罐子往上瞧，光暈微微映出幾束下垂的鐘乳石。艾伊思塔單手拉住其中一條，攀上一道天然的石牆，又靈巧地躍入一條小徑。她加快了腳步。

「喬安！」艾伊思塔出聲呼喊時，已看見前方的幾簇光點。那些同樣是裝著蟲子的螢光燈，整排擺在地上點亮了行進的道路。道路盡頭是個被寬布遮掩的洞口，一個留著蓬鬆虬髯的中年男子正巧探出頭來，臉上的防風鏡反射螢光。

「早安！」艾伊思塔對他露出燦笑，晃了晃手中的罐子。

「啊，妳來得真早。進來吧。」喬安將防風鏡拉上額頭，撥開門口的布簾讓女孩從他的手臂下鑽過。這狹小的洞穴是喬安的居處，也是他的工作室。四周吊著的幾盞螢光燈已十分微弱。室內除了牆角邊有個天然石床，到處擺滿了木箱與容器，上頭疊滿大大小小的盆碗，裝著某種固化物。「這麼多!?這些全是你最近做的?」艾伊思塔拿起一個手掌大的玻璃碗盯著瞧。

「最近三長老開會越來越頻繁,學者那邊的需求量也變大了。要是不趕工,很快就會不夠用。」喬安問她:「倒是妳,有任務的編制消息嗎?」

艾伊思塔搖頭,心裡一陣不舒服。然後她轉身問喬安:「可以點嗎?」

喬安抓了抓大鬍子,沉默了一陣。他拉開門簾往漆黑的外頭瞄上幾眼,隨後將布巾拉緊,完全擋住洞口。艾伊思塔興奮地看著喬安來到自己身旁,接過她手中的小玻璃碗。他掏出兩片色澤黯沉的硬物,在碗裡敲打幾下,發出清脆的聲響。

橘色的燄芒閃現,如同被賦予了生命般波動著。

狹小的房間瞬間亮了起來。原本完全漆黑的角落,現在有光影晃動。少女湊了過來,火光照亮她那張呈心形的臉龐,以及充滿好奇的雙眸。

多數瓦伊特蒙的居民無時無刻都披著絨毛外衣,艾伊思塔卻不畏寒冷,僅穿著單薄的雙層連身布裙。然而在她裸露的大腿下,是一雙不太搭調的及膝長靴,適合隨時奔走於洞穴中。她戴著一條水晶項鍊,亮綠色長髮柔順地披散在身後,髮上繫著幾串不同顏色的貝殼。瀏海遮掩了她面貌的一部分,卻隱藏不了那雙熠熠生輝的碧綠色瞳眸。她為那盆小巧的蠟燭而著迷,流露出愉悅的神情。喬安見狀也露出微笑。

「好了。」喬安說:「妳每次來這兒都讓我破例。」他將燭火吹熄,房間再次回歸黑暗。過了幾秒,微弱的螢火蟲光點重新出現在他們身旁的罐子裡。艾伊思塔滿足地呼出一口氣,才不捨地挺直腰桿子。

喬安將盛滿蠟的碗堆疊起來。然後他打開一旁的木箱，挑出幾個空碗擺在桌上，似乎準備開始今天的工作。他問起：「聽說東邊又有兩個通道被封鎖了？」

「是啊，奔靈者的人手不夠。」艾伊思塔踮起腳尖，取下一個高掛在牆頂的罐子，裡頭的螢火蟲已不再釋放光芒。她把新帶來的燈替換上去，讓微光再度照亮房間的一角。

喬安哼出一聲鼻息，語帶諷刺地說：「只要三位長老別再爭執不休，就不會出現人手不夠的問題吧？」

「沒辦法，這陣子長老派了很多人出去。」艾伊思塔又把另外兩個牆角的罐子也換成新的，然後左右張望。

「他們應該讓妳去負責些什麼。」喬安這句話的原意或許想安慰她，但艾伊思塔沒答話。於是喬安從桌腳旁拎起又一個已熄滅的罐子說：「還有這裡。」艾伊思塔立刻接過來，轉手遞給喬安一盞燈。現在，發出微光的罐子分散於各個牆角，使整個房間感覺比先前明亮許多，可以看見桌椅更清晰的輪廓。但與方才的燭光相比，螢火蟲的光芒依然微不足道。

「帆夢說在舊世界，啼啼瓦蟲所發出的光還沒現在這麼亮，常被人們忽視。」她的目光追著玻璃上爬行的幾個微小生物，難以想像那會是什麼樣的世界。螢火蟲在瓦伊特蒙，一向是人們真正賴以為生的光源。

「舊世界的人從不需要這些蟲子。據說他們有威力強大的魔法。」喬安說。

「是的。」艾伊思塔盯著小蟲子，若有所思地說：「不被需要的東西，能力自然而然會消失。」

喬安深吸口氣。「艾伊思塔——」

「喬安，還需要嗎？」艾伊思塔站起身，晃晃手中的罐子。其中還剩一盞依然閃爍光芒。

「不了……妳就帶著吧。路妳都熟，但還是該小心點。喔，對了。」喬安轉過身，從某個容器裡拿出一疊蠟燭。「這些都裝了燭芯，幫我拿去給帆夢。」

「好的。」艾伊思塔笑著接過，單手捧在懷裡。「那我先走了！」

她經過喬安的小庭院，看見四處擺滿煮蠟的鐵鍋與鐵架。艾伊思塔拎著手中的微光，踩著熟悉的步伐邁入黑暗之中。

單人小船緩緩前行於地底河道，艾伊思塔正規律地划著槳，揚起輕柔的水聲。右前方堤岸上出現了整排的螢光燈，她知道自己正經過貝琪的菜園。那岸上種植著擁有白色葉片的各種蔬菜。忽然，她看見晃動的身影遮掩住岸上的微光，某人一大早就在庭園裡工作了。

「嗨！貝琪！」艾伊思塔朝岸邊揮手。

那身影先是一愣，隨後便從黑暗裡快步奔來。「艾伊思塔！妳早啊！」即使看不見對方的臉，艾伊思塔一眼便認出貝琪那纖瘦的身子，與她腰際的寬大圍裙特別不協調。

「早安，蔬菜的情況有改善嗎？」艾伊思塔在喊話時站起身。

「又一半立即腐朽了，不曉得為什麼。之後得多種植一些！」

艾伊思塔也感到奇怪，皺起眉頭。但她知道在這方面幫不上什麼忙，於是拎起最後一個發光的罐子大聲喊：「有需要嗎？」

「不用了！我的還可以頂一個星期！」

艾伊思塔揮手向貝琪告別，隨後坐回船上，將船划向水道的一側。黑暗中，她的槳連續碰到幾個木樁激起水花。艾伊思塔將小船停下，一個箭步躍上簡陋的碼頭，拉過亞麻繩將小船綁在樁上。然後她找到石壁上一個突出的釘子，把最後那盞發光的罐子掛在上頭，踏進一旁的隧道裡。

全然的黑暗籠罩著她，睜眼、閉眼絲毫無差，但艾伊思塔沒有減緩腳步。她熟悉瓦伊特蒙的一切——三百多個洞窟、上千條隧道，全是她曾經熱衷探險的地方。一路上，她單手輕觸身旁岩壁，迅速往前跑。靴子的聲響迴盪四周，髮上的貝殼隨步躍動。每個拐彎，每個上攀與躍下，都再自然不過。

終於，她看見了出口，黑暗盡頭中的一片清幽之光。

走出狹窄的隧道，她來到瓦伊特蒙的中心——那是名為「黑底斯」的龐大地底洞穴，無數隧道的交會處。數百萬隻螢火蟲棲息在洞穴頂端，形成一片片緻密的光點。牠們環繞著垂吊而下的鐘乳石，猶如一片光海中有無數座懸吊的黑塔。底下，人類的建築物分布在鐘乳石柱之間。整個洞穴被一股飄浮不定的冷光給籠罩，朦朧而夢幻。

艾伊思塔的立足點位於黑底斯洞的外緣，腳下地面呈不規則的階梯狀。她快步往下走，看見底下是蜿蜒流過洞穴的暝河。許多小船緩緩漂動，漆黑的河水映照上方閃爍的螢火，到處都是暗白色植物。

這裡是生活在瓦伊特蒙的人類文明的中心。早晨的號角已在不久前響起，伴隨鐘聲，人們紛紛開始一天的活動。這是艾伊思塔每天最期盼的時刻——穿梭在道路與窟室之間，看著瓦伊特蒙逐漸甦醒。她比所有人都起得早，為許多人一天的活動拉開序幕，這帶給她一點兒小小的滿足。

艾伊思塔經過兩座相連的建物，裡頭傳來滾動的水聲。那是導引暝河的水進行過濾，以供居民們飲用的淨水房。肥胖的藍恩大媽站在門前指揮人們加快速度，嘹亮的嗓音從遠方都能聽見。

「艾伊思塔！」藍恩大媽瞥見她，走了過來。「妳來得正好，喏，這些給妳。」藍恩大媽硬是塞了兩個金屬製的水瓶到她懷裡。

「等……等一下！」艾伊思塔驚慌地調整姿勢，差點砸了手中的蠟燭與空罐。「藍恩大媽，不用了，我不需要——」

「留著留著，前幾天剩下來的，已經不太乾淨了。」藍恩大媽拉開笑容。「妳是個健康的孩子，妳不喝誰喝呢？」

艾伊思塔一時間不知該怎麼回答，只能噘著嘴脣，無奈地隨口道謝後離去。她設法不去理會藍恩大媽在背後傳來的爽朗笑聲。

然後她經過某個巨大石柱下的牧園，裡頭飼養著動物。艾伊思塔看著牠們踩著濕潤的泥土，蒼白的身軀靜靜走動。據說在前幾個世紀，瓦伊特蒙的居民只成功飼養過雪狐，現在卻已增加了更多物種，包括鼬鼠和長毛雪鵝。艾伊思塔瞥見牧場的園長湯比，他老邁的身軀靠在柵欄上。

「早啊，園長。這些給你！」艾伊思塔遞給他兩個金屬瓶子。

「早……這是什麼？」老人湯比的聲音沙啞，半盲的雙眼微微眨動。艾伊思塔以甜美的笑容說道：「好喝的水，藍恩大媽叫我拿給你的。」

她心虛地咋著舌離去，繼續前行。小徑上已處處是走動的居民，全穿著布衣與獸皮製的披肩。然後她來到黑底斯洞另一端，將整串已熄滅的燈罐送達螢火蟲採集人員的手裡。居民們老喜歡問她，為什麼她身為「奔靈者」，卻只熱衷於幫忙這些瑣事？艾伊思塔則擠出開朗的笑容，一貫回應道：「有何不可？外頭這麼危險，待在瓦伊特蒙多好啊！」

實際上，好久以前，她已把棲靈版鎖在床底下，再未碰過。

這個時辰，帆夢所在的研究院尚未開門。因此她繞了個道，來到稱為「陽光殿堂」的洞穴深處。按照每日清晨的慣例，艾伊思塔跪在殿堂內，向她從未見過的「陽光」祈禱。

之後，艾伊思塔本將前往研究院。但當她經過自己的住所附近，卻莫名感覺胸口有股怪異的感受，說不出注意力受到了什麼牽引。

她隨著本能走進自己那間體積矮小的圓形屋子，裡頭是個單一的窟室。艾伊思塔一步步往房中深處走，繫著貝殼的長髮飄動。然後她在石床前停下腳步。

她放下整疊蠟燭，站在那兒許久，沉默不語。

最終她咬住下唇，從床底撈出一個長箱。打開時，裡頭的「棲靈板」正散發著異樣的虹光。

「怎麼回事？」艾伊思塔吃驚地盯著它。那是塊窄而長的木板，中央的雪紋浮印像是朝外放射的六枚冰箭。她已記不得上次使用它是多久以前，因此她無法理解，為何現在棲靈板的表面被虹光繚繞。她從未招喚自己的「雪靈」。

「這……怎麼回事？」她輕抬白淨的手臂，觸碰棲靈板。泡沫般的虹光加劇出現，繞著艾伊思塔的手腕上下飄晃。她的碧綠色雙眸不解地眨動，不清楚該如何解釋那股盤繞於心的感覺。

「你想……告訴我什麼？」

EPISODE 02《御風》

瓦伊特蒙的空氣比記憶中來得暖和。

伸手便能感覺到濕氣，淡淡的硫磺味瀰漫空中。

據說，以「白島」為中心的廣大海洋，周圍底層埋著一圈永恆不滅的火燄，舊世界的文獻將它稱為「太平洋火環帶」，是地球奔流的血液。學者們曾說，那是世界誕生之初就已存在的遠古奇蹟。

相傳白島降臨造成世界冰封，遠古的文明因難抵嚴寒而逐一消逝，火環帶卻成為生命延續的命脈。而位於火環帶南方的瓦伊特蒙，自然成為許多殘存人類的庇護所。五百年來它不斷茁壯，以堅韌的意志開拓出自己的命運。

路凱站在黑底斯洞暝河邊的街道上，將雙刃長槍夾在手臂下，呵出一口氣，脫下皮手套等待著好友的到來。

他仍穿著遠行的複合式披風與絨毛背心，但已拿掉圍巾與兜帽，露出及肩的黑髮；兩道短辮從眼角向後延伸，繞過耳緣，交會在腦後結成十字。

路凱望著河面的波瀾反射著洞頂的百萬顆微光。許多小船悠然前往各自的目的地，水聲輕柔。他隱約可聽見船上人們的細語。這些正是路凱所懷念的一切。

遠行在外超過兩個月，面對毫無生機的世界，每天睜眼所見只有蒼茫的白色大地。現在回到地底下的幽暗洞穴，人們的低語讓路凱感到心安，這才是社會脈動的心跳聲，世界尚未停止轉動的證明。

腳步聲讓他回過頭，看見一位柔淡髮色的男子走來。路凱露出笑容，那是他長久以來的戰友——俊。

「你氣色看來不錯。」俊開口。

「在這種光線底下？」路凱說：「點把火，我相信你會給出完全不同的結論。」

俊微微揚起眉。「為了這個召喚火燄，你打算在剛回到瓦伊特蒙的第一天就在牢房裡度過？」

他們同時笑了，緊握對方的手，給予彼此久違的擁抱。

雖然近幾年兩人的主要職責相異——路凱隸屬「遠征隊」支部，俊則被分派到「探尋者」支部——但他們曾經一起經歷束靈儀式，同期成為奔靈者。兩人也曾一起出過不少任務，往日的默契依舊。

路凱舉起自己的雙刃長槍。在籠罩整個洞穴的幽暗光暈下，依然能看見刀面磨損的程度相當嚴重。「必須鍍銀了。」

俊朝著一旁的上坡小徑點頭。兩人並肩走上開闢在鐘乳石之間的坡道。

「所以，這陣子都發生了什麼事？」路凱問。

俊思考了一陣之後說：「上星期有兩支隊伍，也從遠古大陸『澳大利亞』的其他雪域歸來。他們帶回相當多的銀器，據說還發現了五百年前位於當地沿岸的產銀區。」

路凱聞言愣了一下。「那可真了不得。是戈剌圖他們？」

「嗯。」俊點頭說：「但聽說還無法完全確定雙子針的度數。長老在近期內可能還會再派人去一趟。」

「是嗎……」路凱感到欣慰。「這真是好消息。如今能在瓦伊特蒙附近發掘的銀都已消耗殆盡，戈剌圖他們幹得好。」

俊接著說：「另外，在南方我們挖掘到一座新的森林，目前已經發現三株魂木。」

路凱差點腳下一個踉蹌，望向俊。「等等……你說三株？」

「沒錯，算是個重大發現。眾長老動員了許多人力，不僅『探尋者』，還調動了『守護使』和『遠征隊』，都去做挖掘的工作。」

「你們可真受陽光庇佑。」路凱睜大了眼睛。「沒想到我才離開兩個月時間，竟有這麼多重大突破！」

「也不能完全這麼說。不過是以往投入的人力有所回報罷了，長老他們的決策是對的。」俊靜靜回應。

路凱露出微笑。俊的個性一向如此，沉穩而冷靜，無論發生什麼事都不會讓他感到驚訝。然而路凱對此消息卻依舊難以置信。「在同一座森林裡發現三株魂木，這相當驚人……多半時候，尋遍整片樹林都找不到一棵啊。」

小徑蜿蜒在一束束鐘乳石間，持續上行。路凱感覺這些道路似乎比記憶中狹窄許多。底下某個隧道的入口有幾名奔靈者正拉著一張大網，將半隻鯨魚拖進來。從遠處看來，那鯨魚的體積明顯有人類數倍大。

「這次遠征的情況呢？聽說總隊長受了重傷？」俊問。

「我們遇襲了。亞煌大哥是為了帶領我和黎音突圍才負傷的。」路凱嚥了下口水。「他可能短期內都不能離開瓦伊特蒙，必須休養一陣子。」

「是嗎？好不容易你們回來了，想必長老有許多事要總隊長處理。」

想起歸途上發生的事，路凱感到胸口一陣糾結，但他儘量使自己的語氣保持沉穩。「所有癒師都說……他大腿的主要筋脈斷裂了，該做的療程都已下手，現在只能看他休養的情況。」

俊沉默了半晌。然後他將手搭在路凱肩上，沉靜地說道：「或許趁這機會，該讓總隊長好好歇息一陣。他近半年來扛的事務太多了。」路凱默不作聲。

據說「奔靈者」這些擁有特殊能力的人類，在世界剛進入冰雪世紀不久就已出現，然而瓦伊特蒙還是在近一百年來才開始有系統地派遣他們外出，探索那已冰封五世紀的外界。

而奔靈者當中的「遠征隊」，即是負責這些重大任務的人們。他們是三個支部中最常與死亡打交道的，遠離居處、尋找遠古時期的遺跡，並陸續帶回任何關於舊世界的文獻。據路凱所知，目前遠征隊最遠已達在過往被稱作「澳大利亞」的遠古大陸沿岸。然而能負責舊世界大城「雪梨」的任務依舊非同小可。過去兩年內，三長老曾派出一波波的遠征者前往勘察，確認該區域的正確位置；同時學者們有證據相信，雪梨當地所蘊藏的遠古知識將比過去探索過的任何遺跡都要多。
因此，奔靈者的總隊長亞煌決定親自參與這項任務。他反常地只選擇兩人同行，也就是路凱和黎音。三長老自然也信任他。之後，亞煌等三人依循其他奔靈者在過去搜集到的地理資訊，順利抵達雪梨，並在該地進行數週的搜索行動，已找到了重要文獻。然而始料未及的是，他們竟在歸途中遭到大規模埋伏。
「這相當奇怪……」路凱突然開口。
「怎麼了？」俊轉頭。
「我們遭遇大批『狩』襲擊的地方，離瓦伊特蒙不到兩天路程。這以前從未發生過。」雖說以往奔靈者隨時可能在瓦伊特蒙的外圍遇上狩，但都僅是零星的衝突，大規模狩群向來出現在非常遙遠的地方。
「你們遇見多少？」
「起碼上百隻。」路凱想起那盆狀的谷地。「但我懷疑或許有更多，那時的暴風雪讓能見度變得極差。」
「上百隻……」俊的口吻依然冷靜，卻明顯明白事有蹊蹺。「上次牠們以這樣的規模出現在瓦伊特蒙附近，已是數百年前，舊世界剛滅亡後不久。」
路凱不安地看了他一眼。
「長老他們知道嗎？」俊問道。
「我已經告知黑允長老，她說之後會找亞煌大哥談談。」

在他們前方，巨大的石柱延伸到洞穴頂端，被萬千光點淹沒。兩人由石柱底部的基座進入一個洞穴。裡頭的氣溫突然升高許多。駐守的衛士檢察一下路凱的雙刃長槍，便讓他們通過。

兩人往裡面走，左右岩壁掛著許多種類的兵器，盡頭的地面出現一個大洞，粗糙的石階向下螺旋，進入熱氣之中。空間悶熱得令人身體發癢，皮膚像被蟲子爬過，這確實是令路凱懷念的感覺。底下，工匠們忙著在工作台前處理兵器，在他們身後則是好幾個開鑿於岩壁中的凹槽，裡頭橘色的炭心閃爍。

路凱來到一名埋首工作台的工匠面前，將雙刃長槍平放在他面前。「請幫我修補這柄槍，再鍍上兩層銀。」

那名工匠聞言長嘆了口氣，放下手中的鐵具抱怨：「最近怎麼回事？你們這些人動不動就往外跑，然後一窩蜂回來修兵器。鍍兩層？你難道不知道現在銀器短缺——」他抬起頭來。

「嗨，布閔。」路凱露出笑容。

工匠愣了一下。「路凱？」他回過神來：「你平安回來啦！」

「今天早上剛到。」

「哈！好一陣子沒見啦！」布閔高興的語氣立刻轉為挖苦：「一回來就到我這裡磨刀，我該感到無比欣慰，對吧？」

路凱以微笑回應。打從當上奔靈者開始，他的武器全由銀匠布閔經手處理。在瓦伊特蒙，所有銀匠都必須由鐵匠升格而來，有了足夠的武器鑄造經驗，才能了解各路兵器鑲銀的訣竅。而布閔無論在製造武器或掌控銀質的功力上，已鮮少有人能及。總隊長亞煌的雙刀也是由他所鑄造。

布閔用手滾了滾路凱的長槍，眼光立刻變得犀利。「你這把刀光上鍍已經不行了，必須重新嵌銀。什麼時候要？」

「目前不急。我還沒接到下一個任務。」路凱回道。

布閔忽然抬頭，給了路凱詭異的一笑。「你等等。」他豎起一根手指，然後穿過他的助手們，鑽進某個小房間。不解的路凱和俊互望一眼，聳了聳肩。

在炭火照耀下，路凱這才真正看清好友的模樣。俊穿著典型的居民布衣，淡褐色的衣襬以線繩緊繫於腰，領口剪了個三角開口。他的及肩長髮在橙色光源下彷似透明，只有一道細長的白辮子繞過右耳，結為長繩垂落胸前。他與路凱同屬「灰薰裔」的子民，血統可追溯到遠古時代。

據說灰薰族的祖先在舊世界分為許多人種，共通不變的是他們全擁有黝黑的髮色。然而當傳說中的陽光永久消逝後，擁有灰薰血脈的人們瞳孔轉為蒼灰色澤，其中許多人的毛髮更褪了色，轉化成不同層級的灰階——有像傳說中奔馳大地的蒼狼般的深灰，也有些像白晝時綿延天空的雲朵般的淺灰。

路凱自己則仍保有先人的模樣，留著全然烏黑的頭髮，俊卻是少數出現極端異變，完全失去祖先特徵的人：他整頭幽魅的白髮，雪霜般的睫毛，近乎透明的清澈眼眸。在這狹小空間的橙光籠罩下顯得更加獨特。

清脆的聲響讓兩人轉過頭來。布閔提著一個籃子回來了。

「這是什麼？」路凱盯著裡頭幾塊凹凸不平的鐵色金屬，表面混著金色與黑色的雜質。布閔似乎刻意保持沉默，只掛著一抹笑容。他緩緩開口：「這些是銀的原石。」

路凱望了銀匠一眼。他聽說過原石，卻從未親眼得見。多數運用在武器上的銀，只能由舊世界找到的銀器重新熔製，時常因純度不夠而完全失去效用。路凱不自覺地伸手，指尖觸碰原石上的金色紋理。

「啊，這雜質是在遠古時代稱作『黃金』的東西，」銀匠說：「跟著這些原石一起生成，不過毫無用處，必須全部剔除。等我把這些純銀精煉出來，再將它嵌進你的長槍裡。」布閔露出笑容。「使用純銀的奔靈者可以發揮較強的潛力，對吧？」

路凱想起什麼似地，忽然轉向俊。「你的武器呢？」但沒等戰友回話，路凱隨即回頭告訴銀匠：「幫我們的兵器都嵌上吧。」

這個舉動讓布閔露出遲疑的神情。他與俊並不熟絡，尷尬地說：「路凱，我這是在戈剌圖剛回來時，難得從他手中要到的，就只剩這些了。」

路凱點頭，從懷裡掏出一顆擁有奇特彈性的珠子。「這是從舊世界城市『雪梨』的遺跡帶回來的。」

布閔接過來，起初他相當猶豫。但仔細在手中把玩一陣後，他終於順從地笑出聲。「哈，又是沒見過的材質……算了，我女兒會喜歡這個。」於是他收下了。

「你剛才其實不需要這麼做。」回到鐘乳石林立的街道上，俊開了口。

路凱堅定地看著他說：「你們『探尋者』掌控了瓦伊特蒙的命脈，必定會派上用場。」他的神情凝重起來。「這陣子外頭的情況越來越不尋常。」

俊走在他身邊，點頭回道：「那好吧。不過……我還沒告訴你，我已經不是探尋者了。」

「什麼意思？」路凱問。

「我也被分派到了遠征隊。」他露出淺淺的微笑。

路凱盯著他。「真的？那麼……說不定我們有機會像以前一樣合作了！」

「或許因為在瓦伊特蒙數天可達的遺跡裡，能找的地方都被我們踩遍了，長老們才做了人員調動。」

路凱心想可能真是如此。他們來到三條小徑的交會處，數面天然石牆間人們熙熙攘攘，岩頂的螢光彷彿尾隨著那些昏暗的身影。俊再度問他：「你剛才說，你們在遺跡發現許多東西？有什麼成果嗎？」

「嗯，我們找到兩份重要資料。」路凱說：「雖然目前還不太確定，但很有可能會是——」

他的話突然打住。在他們面前出現一個女孩。

「路凱。」女孩呼喚的聲音，輕柔中帶著羞澀。即使在光線極暗的情況下，仍能明顯看見她那一頭深黑色長髮，波浪般灑落在裸露的肩上。

「啊，雨寒。是不是黑允長老有事找我？」路凱看著女孩，她灰色雙眸底下的眼袋比兩個月前更加沉重，有些失神的模樣。但路凱知道雨寒定是為了替長老傳話而來，想必是和他們找到的舊世界文獻有關——那兩份可能改變一切的重大資訊。路凱的臉上難掩興奮。

「是的，」黑髮女孩輕聲回應：「長老說，她已經審查過你們帶回來的所有文件，你可以領回了。」

半晌過去，路凱向身旁的俊瞄了一眼。發現女孩似乎沒有別的話要說，路凱這才遲疑地開口：「黑允長老沒提到其他的事？是不是該討論關於那些文獻的內容？」

女孩搖搖頭。

「是嗎……」路凱隱藏住自己的詫異。這與他料想的不同。

「你可以把資料送去研究院那兒，看看他們怎麼說。」女孩最後說。

路凱躊躇了一下。長老的反應似乎有些草率，甚至沒有叮囑學者進一步研究的方向。亞煌大哥承受創傷所換來的文獻，應該是至關重要的，難道是他們搞錯了？

然而身為奔靈者，路凱壓下心中所有疑問，微微抬起下巴以毅然的口吻回道：「我明白了，謝謝妳。那就請轉告黑允長老，我會把文件拿去研究院。」

他聽著自己的心跳聲，腦中一陣空白，只能望著女孩離去的背影。

EPISODE 03《拂羽》

天頂密密麻麻的螢火蟲閃爍著微光，雨寒想像它們是千萬隻眼睛盯著自己。她小心翼翼地走在道路中央，避免撞上來往的路人。

雨寒帶著無精打采的表情，繞過幾排窟室，憂慮持續盤繞在腦海裡。她無法克制自己不去想那個即將來臨的日子。

此時，騷動聲從一旁的山洞傳來。雨寒在幾座石柱中央停下腳步，望向聲音的來源。

「癒師！」人影尚未出現在洞口，喊聲已迴盪開來，越趨響亮。

「——快去找癒師！」急促的腳步聲伴隨昏暗的身影闖了出來，雨寒看見幾個奔靈者抬著他們的同伴，他的整條右臂幾乎從肩膀被完全削去，從雨寒的距離也能看見一片血肉模糊。那人已失去意識，鮮血卻不停淌流，噴濺在其他人身上。

恐懼像隻無形的手掐住雨寒的喉嚨，她頓時無法呼吸，目光卻移不開眼前的景象。她知道這些奔靈者必定是到外頭執行任務，卻出了狀況……

每位奔靈者理當是精銳的戰士，能在雪地獨自作戰，能追蹤敵人足跡，能遠行尋找海洋所賜予的糧食，能探索舊世界的遺跡，並帶回遠古銀器和尚未散失靈魂的樹木，發掘舊世界人類遺留的文獻……所有平民百姓做不到的事，故事中的奔靈者都能做到。

然而殘酷的事實擺在眼前，無論多優秀的戰士只要離開瓦伊特蒙，就會被外頭的世界隨時剝奪性命。

就算沒遇上暴風雪，也可能隨時遭到那些名為「狩」的魔物襲擊。據說牠們來自遙遠的北方，海洋中央的白色島嶼……

雨寒盯著那群人消失在石道彼端，知道那名奔靈者很可能沒救了。她的思緒滿是焦慮，無法想像真正成為奔靈者會是什麼樣。

「都辦好了……」雨寒怯懦地說。在她眼前是個年過半百的女性，身穿長老的服飾——深淺色調相間的長袍，花紋繁密的雪羚羊皮批肩圍繞胸前，別著鹿骨領針。她的鼻緣有圈金屬環，扣著一串細鏈子，懸過左臉頰連至耳根。

「嗯。」黑允長老坐在椅子上沉思，不太理會雨寒。兩盞巨型螢光燈在石牆上閃爍，投射微光在女長老的頭上；她的黑髮高高盤起，以紋路精細的冠飾拴住向下灑開，像個飄晃的黑色利爪。

雨寒只得靜靜站在一旁，等待女長老再次差遣。女孩身上的雙層布衣單薄而寬鬆，露出單邊肩膀，波浪般的深黑色長批在白皙的頸子上。她總是不自覺地露出憂鬱的神情。

面對幾世紀以來的嚴酷挑戰，歷代長老肩負起瓦伊特蒙的生存使命。他們接受總隊長與學者的建言，引領居民度過艱難的日子。曾經，長老們的每句話，都成為人們賴以生存的指標。但現在……

「因為『所羅門』的事，您們打算……召開居民大會是嗎？」雨寒不經意地問起。

黑允長老沒有回答，只盯著空氣中的某處許久。突然，女長老如大夢初醒般咬牙切齒，浮現出憎惡的表情。「……亞煌這沒用的東西，完全辜負我對他的期待！」彷彿有股憤恨從喉間升起，她的語氣驟變，自言自語道：「只找到這些無用的文獻，我們需要的是更多的銀礦！這次竟然一點兒銀器也沒有，也沒在遠方找到魂木林，還讓自己白白受了重傷！這樣子居民會怎麼想!?」

他們會開始質疑妳的決策……但這些話，雨寒並沒說出口，只低頭屏住呼吸。在冰雪世紀，瓦伊特蒙並非唯一僅存的人類居所；還有一個稱之為「所羅門」的地方，居住著相當神祕的一群人。然而因為某些緣故，這兩個最終倖存的人類文明已許久不相往來……

黑允長老突然轉身，朝著雨寒厲聲說：「妳要成為奔靈者的試煉就快到了，為什麼還站在這兒?今天沒有訓練課程？」

「上次我腳踝受了傷，茉朗要我先休息幾天……」

黑允長老聞言，三步併作兩步走了過來。雨寒下意識地縮起身子。此時，女長老的深黑色瞳孔彷彿溶解了螢光，成為周遭黑暗的一部分。「妳現在就回去。跟茉朗說妳要繼續受訓，每天除了進食就寢之外的時間，妳都會拿來做訓練！」

雨寒無法克制身體的顫抖。唯一能做的，是再度低下頭，希望永遠不必再抬起來。

此舉卻惹惱了黑允長老，她以手掌托起雨寒的下巴，銳利的目光彷彿要穿透女孩的面孔。「給我搞明白，」女長老垂吊的黑髮尖端幾乎要碰到雨寒的眼珠子。她五指尖突然施力，深深掐痛女孩的臉頰。「妳必須成為奔靈者，不許失敗，而且要成為能力高乎所有人的奔靈者！」黑允的語氣極度嚴厲。「所有人都在看！妳身為長老的女兒，絕不容許出任何岔子，懂嗎？」

雨寒痛得差點喊出母親。然而她眨了眨眼，壓回幾乎要奪眶而出的淚水，輕聲回應：

「是……長老。」

天空仍是一片混沌的灰。

雨寒全身沾著白雪，黑色捲髮已濕透，雜亂地黏上她的臉。她穿了好幾層布衣、裹著雪狐皮製的外衣，然而每次跌倒，冰雪都像有生命般鑽進身體縫隙。雨寒覺得皮膚某些地方已凍得失去知覺，某些地方卻又疼得要命。她跪地喘息，緊握手中的木棍。

「妳又犯了同樣的錯。」茉朗乘著棲靈板，括起雪沫來到她身邊。微風吹拂著女奔靈者的綠色短髮，顯露出她單邊眼角的刺青。「要急彎時，重心得先做改變。」她拍了拍自己的腰間。「反方向俯身，然後將腰身扭轉，最後才是雙腳位置的變換。要記住，腰部是樞紐，必須在第一時間反應出妳方向的改變。」茉朗看著雨寒顫動的身子，嘆了口氣。「前幾次妳都已經抓到要領，怎麼手中拿根木杖就全忘了？」

茉朗低下身拉起雨寒，拍掉她頭上的白雪，並將女孩濕潤的黑髮往後撥。雨寒面色蒼白，兩坨深深的眼袋撐著一雙恐慌的眼睛。她勉強擠出幾個字：「速……速度加快時，我被木杖的重量拉著走……」

「這並沒有妳想像中的難，奔靈者手中的武器都是左右對稱，只要朝妳重心的反方向擺動就行，讓它成為身體的反作用力。」茉朗放慢語氣說：「雨寒，掌控兵器的能力對奔靈者來說非常重要。等到妳擁有自己的『雪靈』，透過鍍在武器上的銀為媒介，才有機會在與『狩』的對抗中生還。去吧，再試一次。」

雨寒點了點頭。她拿起已磨損不堪的白色木板，把它和木杖夾在腋下，然後踩上茉朗的棲靈板，單手環住女奔靈者的腰。茉朗的棲靈板自己動了起來，劃開一條軌跡朝雪丘的頂端而去。

在束縛自己的雪靈之前，雨寒只能用毫無靈力的木板做滑行練習，無法抵抗地心引力。現在她想像自己也擁有棲靈板，能靠意志吩咐雪靈前往任何地方，上坡下坡。一絲興奮感浮現心頭，卻在下一秒立即消失，再度被存在於心底深處的徬徨淹沒。她根本不可能順利找到雪靈啊……

茉朗的短髮逆風紛飛，雨寒偷偷看著她，那是屬於「翡顏裔」人類的典型綠色。女奔靈者身材高䠷，雨寒緊抱著她時，還不到她的脖子高。而在她左眼邊緣有道白色藤蔓的刺青。茉朗隸屬於三大支部中的「守護使」支部，平時負責巡邏瓦伊特蒙東邊的雪域；這陣子由於黑允長老的囑託，才成為雨寒的私人導師。

雨寒將視線挪向前方一排渺小的身影。

幾個奔靈者佇立在遠方，形成一道保護她的防線。雖然這裡是瓦伊特蒙正上方的安全地帶，卻難保不會出現走散的狩。她不自覺想起之前看到那位奔靈者的慘狀。血淋淋的畫面讓她感到暈眩，但雨寒甩了甩頭，告訴自己正身處安全地帶。

微風吹起飄揚的雪，整排奔靈者手持長槍的身影站立其中。他們是無盡的白色大地上，令人安心的存在。

雨寒忽然感到一陣羞愧。只因為自己是長老之女，就得以接受別人沒有的特殊待遇。但無論她多麼努力嘗試，依舊不爭氣，數小時全無進展。

「再試一次吧。記得腰部是關鍵，手中的木杖自然會隨著妳的重心保持平衡。」茉朗停在丘頂，讓女孩下來。「別害怕，我會在妳身後。」

雨寒望了茉朗一眼，呼出的氣成為淡霧飄了開來。她遲疑地點頭，彎身將板子上的軟繩索綁住皮靴，然後再深吸一口氣，俯身滑下斜坡。

回到瓦伊特蒙時，雨寒已經累得連爬行的力氣都耗盡。一整個早上待在外頭，習慣了麻痺喉頭的冰冷空氣後，地底迎面而來的暖流卻讓她有種窒息的錯覺。茉朗認為雨寒應該休息，因而取消了下午的課程。

「不行，長老說我一定要做完整套訓練。」當時雨寒如是說。

茉朗卻堅決反對再帶她外出。彷彿要證明她今天已不能再滑行一秒，茉朗用手去觸摸雨寒的小腿，雨寒自己感覺到雙腳無法克制地顫抖。「看見了嗎？剛才妳痙攣了好幾次，這樣連走路都成問題，更別說滑行。再不好好休息，說不定明天都無法復原。讓我去跟黑允長老說一聲。」

因此，雨寒獨自坐在一道天然石階上歇著，等待茉朗回來。

黑底斯洞頂的昏暗螢光照亮身旁的階梯狀地勢，一排排小巧的窟室點綴眼前的單調景色，鐘乳石遍布其中。這裡是雨寒從小長大的地方，雖是一成不變的景象，卻總使她感到心安，希望一輩子待在這兒。然而事與願違，一旦母親期望她成為奔靈者，雨寒就必須前往白雪覆蓋的地面世界接受訓練。

一陣笑聲使她挪動視線。離她下方一段距離，某個環狀鐘乳石陣的中央，有群人聚集在射箭練習場。雨寒可以清楚聽見他們之間的對話，似乎有兩個人正在打賭，其他人則圍觀起鬨。

第一個射手戴著某種金屬手套，將長弓拉開繃著數秒，然後釋放。箭鏃陷入木頭中發出聲響，在餘音未息前，第二個人隨即開口說：「埃歐朗，你先脫衣服暖暖身吧！否則躺在雪地裡五分鐘，恐怕你會休克！」他說完揚起長弓，放箭出手。

後頭的人們發出大聲歡呼，夾雜著笑聲。他們喊著：「帕爾米斯！帕爾米斯！」

雨寒無法由外表辨別那兩位弓箭手究竟是翡顏或灰薰族人，因為從這個距離看來，他們的髮色都像是一抹淺影，有可能是淡綠，但也可能是淺灰。頭一個放箭的埃歐朗已脫下毛茸茸的獸皮背心，即使在陰暗的螢光下，依然能看見他結實的背肌與良好的體態。整群人吵鬧著，簇擁著他朝北方隧道口走去。

她知道這群人肯定全是奔靈者。望著他們彼此輕鬆談笑的模樣，很難想像他們都曾獨自經歷過殘酷的考驗。成為奔靈者的試煉不許有任何人陪同，每一個人都必須獨自步入冰雪大地尋找那神祕的雪靈。她根本辦不到。

雨寒踏出瓦伊特蒙的次數靠單手就數得出來，還是在許多人保護下才得以外出受訓。她不僅害怕自己無法通過考驗，也擔憂就算通過，她所縛中的會是怎樣的雪靈？會不會和她一樣脆弱，丟盡所有人的臉？

一旦開啟擔憂的閘口，各種焦慮接踵而來。三個奔靈者支部，各由一位長老所管轄，分配的領域由近而遠——「守護使」負責瓦伊特蒙的內部與週邊，「探尋者」覆蓋大約三天內的距離，而「遠征隊」則從事更遠的長途任務。

人們成為奔靈者後的第一件事就是被選入其一。要是被派到桑柯夫長老所掌管的探尋者支部，必須在鄰近的雪域勘察魔物動態，尋找新生海岸線，尋找糧食，甚至魂木；若是進入守護使支部，則必須承擔家園的邊防安全……這些職責已令雨寒無比懼怕。最糟糕的是，若不幸被分配到母親所掌管的遠征隊……她該怎麼面對母親的期望？她必須前往莫名的遠方待上好幾個月，這簡直難以想像……

雨寒呆滯地盯著眼前的景象，某個突如其來的想法從心底浮現。

對……其實她根本不想成為奔靈者。

掌控棲靈板所需要的體魄和本能她全都欠缺。就算真的完成試煉，不過是為了滿足母親的虛榮與要求……不是嗎？雨寒相信在瓦伊特蒙一定有更適合自己做的事。這裡的生存條件建立在各類人才之上，需要人來過濾飲用水，也需要有人栽種那些已失去靈魂的植物。啊，或許她也可以加緊培養閱讀能力，擔任學者的助手。說不定打造鐵器更適合自己！或是成為紡織工坊的一員——做什麼都好，就是別逼她進入那片致命的白色世界！

這些想法被腦中晃過的銳利眼神給打消了。一想起母親的目光，雨寒便感到害怕。母親不可能准許她做普通居民的工作，那樣有損長老之名。沒錯……她必須維護母親的名聲。

諷刺的是，相較於其他兩位長老年輕時曾是備受尊敬的奔靈者，黑允長老自己從不曾如是。母親在當年身負無法挽救的腿傷，年紀輕輕便錯失了縛靈的機會。

雨寒心底冒出一個罪孽深重的想法：如果我堅持不想成為奔靈者……母親沒有理由不接受，因為她自己從來就不是。對嗎？

雨寒試著說服自己，鼓起勇氣的時候到了。她必須拋開猶豫去和母親溝通。只要好好地傳達自己真正的心願，母親最後必定會了解——

「原來妳在這裡！我到處在找妳。」背後響起呼喊，令雨寒嚇了一跳。

聲音出自一名少女，她手中捧著一塊細長而工整的板子，裡頭依稀閃現銀光。少女的連身裙底下是不太搭調的長靴，但她擁有異常翠綠的長髮以及美麗的容顏，一對碧綠色眼眸彷彿舊世界的寶石般燦爛。

「艾伊思塔。」雨寒輕聲道出對方之名。她設法起身，雙腿卻因先前的痙攣，劇痛得難以打直。

「縛靈師開口了，」艾伊思塔給出一貫的開朗笑容，似乎急於把這消息傳達給她。「『束靈儀式』的最佳時機，就在明天傍晚。」

一陣寒意襲上雨寒的背脊。「明……明天傍晚……？」

「是的。縛靈師也告訴所有長老了，他們已經開始做準備。」她亮出懷裡那片尚未縛靈的長板子。「喏，我剛才經過靈板工匠那裡，順便幫妳拿過來了。這是妳專屬的棲靈板。」

雨寒幾乎不敢開口問下一個問題。「那麼……我該何時出發去外頭？」

艾伊思塔將板子推到雨寒懷裡。「現在。」

EPISODE 04《離焱》

瀰漫在空氣中的硫磺味，總令凡爾薩為之作嘔，感到窒息。

在瓦伊特蒙的外緣，凡爾薩在全然的黑暗中憑藉感覺爬下低崖。他將身子放得極低，以防被頭頂尖銳的岩石刮傷。他手中的棲靈板不斷碰撞周圍，磨擦出令人不悅的聲響。

凡爾薩來到一片較寬廣的空間，知道腳下全是龜裂的岩地。這些裂縫有些僅幾個指距寬，有些卻必須傾全力跳躍才可越過；但它們都有個共通點——深不見底。凡爾薩曾把發光的螢火蟲幼蟲拋入這些縫隙中。螢光逐漸遠去，消失的時候他依然無法判定腳下的洞到底多深。

現在，凡爾薩站定在一片漆黑之中。雖然他對這一帶的地形多少算熟悉，但知道不能冒險，每一步都可能致命。

他卸下背上的武器，是柄雙刃大刀。兩片比手臂還長的寬大刀刃從中央握柄向外延伸，表面鍍著複雜的銀色紋理。凡爾薩右手扛著棲靈板，左手將刀尖指向前。

虹光由棲靈板浮現，成為懸浮在幽靜黑暗中的光點。那些光點凝聚為彩色的光帶，輕柔飄渺，韻律閃動，並從凡爾薩的手腕向上游移，盤繞他整個右手臂。接著，虹光從他的左手出現，順著刀刃的銀紋往前飄，直到整把武器被柔順的光波覆蓋。

腳下的路徑被依稀照亮，凡爾薩往前走。

回到居處，凡爾薩放下棲靈板和雙刃大刀。虹光消失時，黑暗迅速湧上來，再次將他包覆於一片寧靜。凡爾薩憑記憶走到岩壁凹陷處，那是他當成床座的地方。

這裡是「深淵」，瓦伊特蒙的最西邊，沒有螢火蟲點亮的天頂，也不存在人們吵雜的聲音。數代之前的長老劃分出這個特殊地域，遠離以黑底斯洞為中心的人類社會，作為囚禁犯人之處。然而近幾十年，監獄遷至東邊的洞穴後，這兒被遺棄，再無人來。

不過對凡爾薩來說，這裡就是他的世界，不會有任何人打擾。深淵窩藏在更深遠的地底，遠離北環大道以及東邊通往外界的通道。

他解開喉前的線繩，脫下厚重的披風——那件他一直保存著，適用雪地遠行的白毛羊駝披風——露出襤褸的衣衫。他的胸口總是敞開，脖子前的一串牙骨項鍊在黑暗中發出聲響；長袖子肘恣意懸著幾條皮製帶子，褲子也殘破不堪。

凡爾薩隨手順了下短刺般的黑髮，將披風扔在角落。兩條細辮在他腦後交叉數節，落在精悍的背肌上方。凡爾薩脫掉上衣，躍上石床倒頭就睡。

但過了一陣子，他卻發現自己依舊雙眼圓睜，直視這片黑暗。

他憎恨瓦伊特蒙。

他憎恨這裡的一切。濕冷的地面，陳腐的空氣，三長老，所有居民——所有奔靈者。凡爾薩不自覺地將拳頭握緊，然後鬆開。好幾次他打算一走了之，將一切拋諸腦後。外頭冰冷的空氣能使頭腦恢復清醒，這裡的硫磺味卻總使他的腦子一片渾濁。人們日復一日過著相同的生活，聽從長老們的指示，卻從未質疑過其動機。待在瓦伊特蒙的每一刻，都讓他覺得身心逐漸腐朽。然而每次決心離開，卻發現自己都會重回原點，就如今天。

外頭的蒼茫大地永恆積雪，連地平線的彼端都見不著，只有綿延天際的灰色雲層低得令人感到壓迫。凡爾薩憤怒地想，外頭的白色世界與他現在躺臥的石床，對自己來說都是牢籠，唯一不同的是，他知道獨自在外頭存活不了多久。無論多麼不情願，離開這兒他已無處可去……就憑他自己，沒有能力對抗整個世界。

因此他每每壓下恨意，待在社會的邊緣地帶，想遠離令他作嘔的人群。諷刺的是他依然必須靠著瓦伊特蒙的資源活下去，他別無選擇。那恨意並未因壓抑而消失，反而像文火在心底煨煮。

凡爾薩屢屢說服自己並非懦夫。不，他之所以留下，是因為心中某個聲音阻止了自己的腳步——縱然人生已失去所有意義，他尚有未完的使命：總有一天，他將親手取下三長老的命。

「深淵」位於瓦伊特蒙的邊緣地帶，距離目前仍開放的通往地面的三個主要出口相當遠，是個相對封閉的區域。監獄遷移後，再沒人注意這個地方。因此鮮少居民知道在深淵的某處，有條通往外頭的密道。

瓦伊特蒙所處的大陸底下，自古以來都是錯綜複雜的網路，擁有上千個相連的洞穴，以及交織其中的地底河道；從沒有人知道究竟有多少洞穴暴露在水面上，多少被淹沒在水底下。甚至有學者說，比遠古時代更早的創世之初，這裡全部位於海底。當冰雪世紀降臨，許多地底河全然轉化為冰，凝固了空間的樣貌，卻依然有幾條地底長河不受影響，暢流洞穴之間；據說這是因為在更深的地方，人們從未親眼見過的永恆火燄點燃了這些稀有河川的靈魂，讓它們自由流竄。

打從冰雪世紀之初，藏匿此地的人們即意識到自己無法占領這整片未知的地底領域，因此他們依循歷史賦予人類的本能，建立疆界。在地底，人類劃分出來的地理範圍也經過了諸多階段的演變，從盲目拓展到逐步收縮，至今已進入穩定狀態——既定區域被規範出來，上千條隧道，三百多個洞窟。

「瓦伊特蒙」，遠古語言代表水的子宮。新文明的孕育地。

如今人類封鎖所有通往外頭的路徑，只留下北環大道上的三個隧道口，以及南方通向地心更深處的「邊緣之門」，全由「守護使」支部的奔靈者嚴格把關。如此一來，無論是雪地上的狩，或存在於地底的未知危險，都無法威脅到人類文明的堡壘。

然而凡爾薩在「深淵」某個受遺忘的角落，找到一條極為隱密的隧道，同樣能通往外頭的雪地。它的入口就在全然無光的洞窟深處，岩頂與某片低崖間的狹縫裡，隱藏在扭曲的地形之中。

「原來常去的那條冰縫川消失了，現在必須再往西行一小時，才會遇見下一條。」一名綁著頭巾的男子說道。他跪在一條龐大的魚前面，手中揮動匕首。白色絨毛披風結滿雪霜，這是剛從外頭歸來的證明。

「這一帶的溫度最近不斷劇降，冰縫川八成結凍了。」凡爾薩坐在對面，心不在焉地看盯著一旁的螢光燈。

綁頭巾的男子名叫亞闍，是凡爾薩的舊識。他用匕首切下一塊手掌大的魚肉，肌理呈半透明，光澤晶瑩。然後他從一旁拿來灰白色的葉片，包起來遞給凡爾薩說：「嘗嘗看，一定比那些配給的地底河的魚來得鮮美。」

肉塊明顯比葉片大上許多，凡爾薩的手碰到冰凍的表面，感到些許不悅。但當他咬了一口，立刻露出驚訝的表情。濕嫩、富彈性的肉質。酥脆的葉片墊在味覺底層，冰涼口感散發著淡淡的遠洋香氣。

「真不錯。」亞闍也為自己切了一大塊，用牙齒扯開魚肉，大口咀嚼後滿意地點頭。「這魚有股濃烈的鹹味。估計那條冰縫川剛形成不久。」

他們兩人坐在扭曲的地形夾層中央，彷彿身處某種不知名猛獸的胃壁。周圍的石牆自黑暗中蜿蜒，以怪異的角度從頭頂彎曲，再消失於黑暗裡。兩人在螢光燈的陪伴下，享用這頓飯。

凡爾薩三兩口吃完後，亞闍又切了一大片生魚肉給他。「來吧，這尾看來一週都吃不完。」

在瓦伊特蒙的五千多名居民當中，會經由那條不為人知的密道擅自前往地面的，就屬亞闍與凡爾薩自己。然而亞闍不像凡爾薩缺乏獨自遠行的勇氣，總是自己一人去遠方探勘。

凡爾薩看著眼前的這名男子。在自己剛成為奔靈者時，亞闍則已立下許多卓越的功績——獨自發現重大遺跡、創下無人可比的獵鯨數量、獨闖敵陣解救陷入苦戰的夥伴。據說亞闍的作戰能力和總隊長亞煌不相上下。更有傳言，亞闍或許是瓦伊特蒙最具實力的奔靈者。

他們倆同為灰薰裔，只不過凡爾薩一向面容慍怒，亞闍則總帶著從容的笑意。亞闍的頭巾半遮掩著深灰色的眼珠，那目光可以令你感到親切，也可以在下個瞬間釋放強大的壓迫感，全取決於他希望營造哪種效果。凡爾薩兩者都見識過。

「我聽到一些謠傳。」亞闍低著頭，從背包中取出一個小巧的皮製容器，在魚身上方抖動，將乾鹽巴撒在被割開的地方。

凡爾薩回望他。

「瓦伊特蒙可能會派遣使者前往所羅門。」亞闍以若無其事的口吻說道，卻似乎在暗喻什麼。他掏出細繩，用兩大片葉子綑綁住魚身。但因魚的體積過大，葉子僅覆蓋住腹部。

凡爾薩忽然意識到自己正以緊繃的神情凝望著亞闍。憤怒突如其來。「你這樣盯著我做什麼？」

「沒什麼。」亞闍掛著淡淡的微笑，繼續低頭將鹽抹在魚的前後兩端。

時間流逝，卻沒人開口說話。凡爾薩聽見自己的心跳聲，隨著熾熱的情緒撞擊耳膜。每次鼓動，都讓他的思緒逐漸模糊，所有的本能都被仇恨所取代。

「或許你可以考慮，要不要跟使節團隊一起去——」

凡爾薩倏地起身，中斷亞闍的話。他的眼神燃燒著怒意，覺得腦中的每根神經都瀕臨爆裂。「我走了！」拋下這句話之後凡爾薩轉身，準備回去自己的穴居。

「等等，我沒別的意思。」亞閻叫住他：「你明白所羅門是另一個僅剩的人類文明。如果你真的那麼痛恨瓦伊特蒙，不妨試著離開？」他看到凡爾薩停下了腳步。「這沒什麼大不了的，若有機會，我倒也想去所羅門看看。說不定我們都會喜歡那兒。就許多方面來說，所羅門的文明比我們發展得更成功。他們的領導者相當優秀。」

凡爾薩欲言又止一陣，最後向亞閻投射出猙獰的目光，頭也不回地步入黑暗中。

EPISODE 05《芬瀾》

艾伊思塔走進眾學者所在的研究院，瞧見一個熟悉的背影。

男子站在龐大的石桌前，學者們圍繞著他，正在專注討論某些事。艾伊思塔望著男子那兩道黑色髮辮在他的腦後結成十字狀。他仍穿著遠行所需的複合式披風，和以銀與鐵為底的皮靴。雖然男子身上已無殘留的雪痕，但很明顯他剛剛回到瓦伊特蒙不久。

「路凱！」艾伊思塔驚訝地說。

男子轉過頭來，懷著同樣詫異的表情。他給了艾伊思塔一個久違的擁抱，說道：「妳稍等，我正在報告雙子針的度數。」

「好呀，你忙吧。我是來找帆夢的。」艾伊思塔朝研究院的深處望去。長廊不斷向內延伸，分支出好幾條更狹窄的通道，頂上的鐘乳石異常細長，有如懸掛頭頂的百支長槍。如此異樣的光景下，身穿長袍的學者們拖著步伐，施施然往來通道之間。

路凱身邊的某位學者聽見艾伊思塔的話，抬頭對她說：「首席正在忙，可能還要一段時間。」

「沒關係，我等他。」艾伊思塔露出微笑，翠綠長髮上的貝殼發出輕響。

她瞄向路凱面前的石桌，上頭有張巨大的地圖。它彙整了奔靈者由各地遺跡搜集而來的資訊，繪出舊世界稱之為「太平洋火環帶」的地勢，其中當然也包括瓦伊特蒙的地理位置。

艾伊思塔嚥了口唾沫，有股無法壓抑的渴望在心頭盤繞。此時正巧幾名奔靈者從研究院的內部走出來，經過艾伊思塔身旁，他們全靜了下來，投來的目光卻帶著某種非難的神情。艾伊思塔別過頭去避開他們的視線。待那群人走了，她才再度望向石桌的地圖。

僅靠著碎片般的資訊，學者們不斷嘗試拚湊出遠古世界的樣貌，以及舊世界滅亡前的歷史。在這時代，研究院扮演著人類文明傳承的關鍵角色。而在石桌周圍，幾位助手捧著蠟燭，搖曳的火光將整個地方染上一層橘黃——瓦伊特蒙裡頭，只有長老及學者有使用蠟燭的權力。

艾伊思塔看了一眼自己懷中未燃的燭盆，是燭匠喬安要她轉交給帆夢的東西。其實她可以遞交給任何一名學者後離去，但腦中的某個聲音讓她待下來。

她呆望著助手們掌中的光。那些燭火如此微小，卻在心跳般的躍動間綻放出無可比擬的明亮，令艾伊思塔萬分著迷。

「42. 8……42. 7……42. 9……」路凱逐一報出數字。他身旁的學者專注地在地圖上標註這些號碼。

「再來是遺跡西北方，尚未被白雪埋沒的邊界線。」路凱接著說：「這裡頻率最多的統計數字是 43. 3……43. 2……43. 2……」

雖然艾伊思塔已不知多久未曾離開瓦伊特蒙，但她曾聽路凱說，有許多在舊世界被稱作

「城市」的遠古遺跡，不知為何並未完全遭冰雪埋沒。即使周圍的大地已在五百年間被山一般高的深雪覆蓋，有幾座遺跡卻永遠暴露出相當大的一部分。灰色天空下，它們是位於雪丘之間的靜謐之地，表面僅覆蓋著一層平坦的白雪，猶如受到莫名的魔法保護，永恆反抗冰雪世紀的落雪。

「我們累積了多少遺跡中心位置的度數？」一位學者在地圖上畫出許多交叉線條，朝旁人詢問。

另一位學者在燭光下翻找著資料。「五次遠征，共計一百二十項記錄，平均為43.1度。」

在地圖裡畫下最後的標記，那名學者嘆了口氣說：「所有數據都吻合了。已經可以百分之百肯定遺跡『雪梨』的地面位置。43.1度。麥爾肯，去跟長老們報告吧。」其中一位助手聽命後隨即離去。

「別來無恙？」路凱轉向女孩。

「是啊，」艾伊思塔露出笑容。「看來你們這次的任務相當有收穫。在遺跡裡有發掘到『書本』嗎？」

「書本是有，但多半是以音輪語撰寫的。」

「你們隊上不是有兩個人看得懂？」艾伊思塔瞇起眼，語帶促狹地說。她知道路凱是三人小組中唯一不懂音輪語的。

路凱苦笑了一聲。「該帶回哪些書，全是由黎音和亞煌大哥挑的。」他停頓了一下後說：

「但亞煌大哥受了重傷。趕回來的途中我們被迫丟棄了許多，只留下大概五本，已經全交給研究院了。」他朝一旁點頭示意。

「是嗎？」艾伊思塔的目光好奇地跟著挪動。

「對了，這些給妳。」路凱從衣服的口袋掏出一些東西。他的掌中有三顆不同顏色的貝殼，在燭光下微微閃爍。

艾伊思塔搗著嘴，差點開心地跳了起來。「呀！謝謝你！」她接過來，仔細捧在手心裡瞧。貝殼的表面複雜而精細的螺旋花紋是她沒見過的，艾伊思塔恨不得這一刻就將它們編織在頭上。

路凱望著她，陷入沉思。「艾伊思塔，現在我們缺人手，妳應該也知道。如果妳願意，等亞煌大哥康復，或許我們可以……試著跟他建議，讓妳加入遠征隊。」

艾伊思塔聞言愣了一下，但她立刻聳聳肩，習慣性地裝作漫不在乎。

「現在情況改變了。值得一試。」路凱說。

「算了……現在這樣的生活挺好的——」艾伊思塔的話音未落，長廊彼端走來一名學者，告訴路凱首席學者找他進去。當那位學者望向艾伊思塔，她迅速亮出懷裡的整疊蠟燭。「這些是燭匠吩咐我的，必須親自交給首席！」

他們倆跟著學者的步伐，穿越頂上盡是細長石針的隧道，來到首席大廳。艾伊思塔跟在路凱身後踏了進去。

所謂的「首席大廳」其實不過是個小巧的房間，比研究院裡的許多儲藏間還小很多，緊密擺滿各種由舊世界遺跡帶回來的書籍。一個年輕男人坐在中央，急於翻閱整疊乾裂的文件。

天然石桌環繞住他的身子，好幾束長形蠟燭擺滿桌緣，使得房間特別明亮。每次看到這麼多蠟燭同時燃燒，都令艾伊思塔心跳加速。

忽然她發現不知為什麼，路凱也正屏氣凝神，緊張地盯著首席學者。

年輕的首席學者帆夢，擁有一頭色澤近乎透明的白髮，在他起身時可見長及腰間。清秀的面孔戴著古老的眼鏡，目光緊鎖手中文獻。即使在橙色火光下，也不難看出那些泛黃的紙張來自遠古時代，而非造紙工坊用白化葉片製成漿，混著邊緣之門外頭的紅土做成的殷紙。

帆夢開口時，聲音明顯透露著興奮之情：「路凱，你們的直覺是對的。」

路凱僵著表情。「真……真的嗎？首席，那些文獻怎麼說？」

帆夢抬起頭，這才發現女孩也站在房間裡。「艾伊思塔？妳也來啦？」

「啊，是的，喬安要我把這些蠟燭交給你。」

「好的，謝謝妳，就放在架子上吧。」帆夢指向岩壁間那些猶如天然收藏地的凹槽，裡頭擺放更多書籍和文獻，以及一些舊世界的小物品。他似乎並不介意艾伊思塔在場，直接盯著路凱說：「你們找到的兩份檔案都出乎我們意料，足以窺視到舊世界……某些我們曾以為已經失傳的東西。」

艾伊思塔小心翼翼跨過滿地的書籍和古物，避免撞倒任何東西，目光卻不斷飄向帆夢手中的東西。

「首先，看這份地圖。」首席學者攤開一張卷軸。它由某種透明的薄膜所保護，數百年的歲月明顯反應在其乾裂的表面上。「我們知道舊世界的人類擁有某種已失傳的遠古法術，能夠精確捕捉出大地的樣貌。但你找到的這張地圖我們從未見過。就算翻遍研究院的資料……也找不到相似的。」

艾伊思塔好奇地湊過來。她也曾經看過許多舊世界的地圖，那些由奔靈者從各遺跡所發掘的古物，研究院有數百張。通常它們所描繪的遠古時代全擁有相似的外觀——綠色和棕色的大地，蔚藍的海洋，海岸線的輪廓與人們對冰雪世紀的認知有頗大的差異。然而現在擺在他們眼前的這份地圖，卻有個決定性的不同。

「所有陸地——」艾伊思塔驚訝地說：「全是被白雪覆蓋的！」

路凱望了她一眼，點點頭。地圖中只見綿延的白色大陸，就連海洋也是暗沉的灰色。

首席學者抓來一旁的燭台。「不僅如此，你們看這兒，」他拿著燭火沿某塊大陸的外緣移動。「顏色稍微深一點的地方，應該是已結凍的海面。」接著，他指向瓦伊特蒙的所在地。「這裡是我們鄰近的區域。這地圖標示出的結凍區，現在已經成為雪域。」

「再看這裡，」首席學者的語氣急切，難掩興奮地說：「我們知道冰雪世紀的降臨讓地底板塊出現變異。太平洋周圍的遠古大陸都因海水上漲而變了樣。」他取出木尺，在白色的地圖上測量了一陣，並點出圖中幾個地方說：「看，澳大利亞沿岸、亞細亞大陸沿岸，地勢低的區域都被海嘯淹沒，然後又立刻結冰！這正是舊世界文獻中所記載的事。」

艾伊思塔聽不太懂那些舊世界的地理術語，但她依然感到胸口浮現莫名的悸動。

艾伊思塔不曾看過首席學者這麼激動的神情。帆夢再度挪動燭火，點亮地圖的另一側。

「這裡，北美大陸與南美大陸，遠古世紀時它們是相連的。但這張圖上，連結它們的臍帶部位已被分隔為好幾段，四個板塊交錯的地方全變形了！」

路凱和艾伊思塔也看得入迷，一聲不吭，盯著飄動的燭火掃過圖中的白色輪廓。最後，首席學者的燭台停在地圖正中央；火光落在整片黑色海面，點亮一個不該存在的白點。

路凱緩緩吸了口氣，艾伊思塔也睜大眼睛。「這該不會是……」她吃驚地望向帆夢，不敢說出她所認為的可能性。

首席學者神情嚴肅，卻隱藏不住嘴角的笑意。「是的，就是『白島』。」

空氣在那瞬間彷彿凝固。過了好一陣子，路凱才握緊拳頭說：「亞煌大哥是對的。」

那是傳說中降臨在海洋中央的巨石。是它掀起了巨浪和雲層，毀滅了舊世界所有文明，開啟了冰雪世紀。「它就是……」艾伊思塔誠惶誠恐地說：「『狩』所居住的地方？」

首席學者嚴肅地點頭。體色慘白、缺少頭和眼珠，裂開於胸前的血盆大口釋放出藍光的魔物，在冰雪世紀首次出現。經過長時間探索，研究院已歸納出結論，認定狩正是隨「白島」降臨人類世界的生物。五世紀以來，牠們或許已占領世界各角落；奔靈者只要步入雪地，就有可能遇上。

艾伊思塔更驚訝地發現，若依照地圖上的比例，白島必定比整個瓦伊特蒙大上非常非常多。一個畫面突然浮現腦中，令她不自覺打了個寒顫：數不清的魔物踏出那白色島嶼的表面，密密麻麻地朝外擴散。但是……地圖中的白島位於海中央，是否表示……那些魔物具有飄洋過海的能力？

「這張地圖，到底是怎麼畫出來的……？」路凱問道。

「只能說，舊世界的人類擁有超越我們想像的魔法。」首席學者回道。似乎就算天空被雲層占據，暴風雪隨時降臨，遠古時代的人們依舊能清楚勾勒出世界的輪廓。然而那樣的魔法早已失傳。

艾伊思塔問：「這地圖會是哪個年代繪製的？」

「我們還無法判定它誕生的精確時間，但應該是在舊世界的魔法完全失效之前，也就是冰雪世紀降臨後的首個百年間。」帆夢的聲音微顫。「可以說這張圖所捕捉到的，是世界最後的樣貌。」

「亞煌大哥沒說錯。」路凱說：「這是舊世界的人類，所留下的最終訊息……」

突然，某個想法扯住艾伊思塔的胸口，牽動她的目光。她望向除了瓦伊特蒙以外，另一個在冰雪世紀存活下來的人類文明之地──「所羅門群島」。

她試探性地指向瓦伊特蒙西北方，連接兩個文明之間蜿蜒的冰域，然後放膽開口：「通往『所羅門』的路途得花上十天……或者兩週？兩週的旅程吧？」問題一出口，帆夢的表情立即凝重起來。艾伊思塔幾乎立刻感受到路凱不安的視線落在自己身上。但她不予理會，只盯著所羅門文明的所在地──那是她出生的地方。

艾伊思塔一直不願意承認自己希望和其他奔靈者一樣有遠行的機會。這些年來，在長老們的命令下，她被剝奪了這個可能性……唯一能做的，只有要求路凱每次遠征帶回一些遠古的貝殼，讓她編織在髮上，穿梭於瓦伊特蒙時聽著它們發出的輕響聲，藉以滿足自己對外頭世界的幻想。

然而現在，當她望著遠古的地圖，心中的聲音變得更加強烈，再無法掩蓋。艾伊思塔渴望冒險的血液，悄悄地沸騰了。

路凱此時問了另一個問題。「首席，如果這真是如此重要的地圖，我不懂為什麼長老們似乎……並不太重視它？」

「這並不意外。」帆夢摘下眼鏡，先前那股難以克制的情緒逐漸消退。這一刻，那對泛白色雙眼才顯露出學者們特有的疲憊。「對長老而言，這張地圖就和研究院的其它數百張差不了太多，只不過外觀換了個模樣。長老們最在乎的，是能對瓦伊特蒙產生實質幫助的東西。」

「但是它描繪出各陸地間的冰域，甚至連白島的位置都點出來了！這對遠征任務絕對有幫助。」路凱提出反駁。

「你說得沒錯。但你必須知道，一份四、五百年前的地圖，和當今的海岸線還是有極大的出入。」帆夢的口吻已變得客觀且務實。「你仔細想想，外頭的白色大地不斷變動。我們目前有足夠把握的地理知識僅限於瓦伊特蒙鄰近的雪域。你們奔靈者最遠也只去過『澳大利亞』的東岸。而『狩』的居住地白島，我們早已知道它位於太平洋的某處，是否獲知實際位置並不重要，只要那些魔物離我們遠遠的就行了。」雖然帆夢在為長老們辯駁，但艾伊思塔聽得出來他的口氣也帶著一絲無奈。「這份地圖雖特殊，若要產生實用價值，必須再配合奔靈者接下來的遠行計劃。這可能需要好幾年，甚至是幾十年的時間來查證。路凱，長老們並非不重視，而是比起當今的生存挑戰，它還算不上當務之急。長老們直接交給我們研究院保存是對的。」

有個不同的想法浮現在艾伊思塔腦中，令她非常不以為然。眾長老採取漠視態度的真正原因，可能是他們之間正起了內鬨——有謠言說他們因某種爭端而陷入了僵局，很可能將召開大會爭奪居民的支持。

當目光被迫凝望眼前的挑戰，長老們無暇把心思放在長遠的未來。然而路凱對長老的忠誠可謂盲目且單純，艾伊思塔知道他不會考量到這層可能性。

「別太沮喪。」帆夢以擔保的口吻，微笑道：「這仍是個重大發現，對我們後世的子民有絕對影響——」帆夢停頓一下，然後彷彿想到什麼似地，對他們眨了眨眼。「況且，目前只有遠征隊支部的黑允長老看過這些資料，對吧？說不定其他長老會有興趣深入了解。有機會，我也會讓他們看看。」

路凱似乎已陷入自己的思緒。他抬起頭問：「那麼，我們帶回來的另一份文獻呢？」

帆夢望著他，沉默了一陣。突然他的嘴角勾起，露出的笑容更加詭譎。

帆夢戴回眼鏡，拿起桌邊的另一整疊資料。「這份檔案……事實上……讓我們學者有些不知所措。」他張開口許久才發出聲音：「——『恆光之劍』。」

路凱神情緊繃。

艾伊思塔不確定自己是否聽錯了。「恆光之劍？」她不解地問道：「關於全世界僅存的『陽光』，是那個傳說嗎？」

首席學者緩緩點頭。

艾伊思塔的眉頭深陷。「那不過是說給孩子們聽的故事吧？他們說舊世界的人們以某種魔法保存了『最後一道陽光』，隱藏在世界的某個角落。我以為那只是個捏造的故事？」
「孩子們聽的故事，也總得有來源吧？」帆夢笑道。
「所以……恆光之劍不單是故事？」艾伊思塔不可思議地盯著首席學者。
「顯然我手中這份檔案有可能推翻人們的輕蔑，給出溯源的可能性。路凱啊，你帶回來的文獻，可讓我們研究院的學者們陷入極大的爭論。」
「有一絲可能性就夠了。亞煌大哥沒有白白受傷了……」路凱的口吻欣慰，眼神卻浮現出驚喜。「那麼，文獻裡還提到什麼？」
帆夢翻了翻手中的資料。「我需要花些時間研讀。當然，真假未定，但就目前所看到的……裡頭似乎記載了包括『恆光之劍』的構造、創造歷史，還有舊世界的所在位置。」
艾伊思塔和路凱同時睜大了眼。「所在位置？」路凱幾乎等不及開口：「裡頭有說劍埋藏在哪兒嗎？」
「或許有，但別高興得太早。這份文獻陳舊而不完整，一大部分文字遭時間磨損得很嚴重，得花相當大的精力才能把內容整理出來……」首席學者還未說完，路凱和艾伊思塔已同時露出期待落空的神情。帆夢見狀露出微笑，鼓勵他們說：「別沮喪，它陳述了恆光之劍的所在地。」
「在哪裡？」路凱急著問。
帆夢回答他：「那是個稱作『方舟』的地方。」

EPISODE 06《御風》

「我真是不敢相信！她根本完全沒準備好！」

「面對雪靈，是否準備好並沒有多大關係。妳自己也經歷過，應該很清楚。」路凱說。

「但她在上午訓練時，已經耗盡了體力！」茉朗近乎咆哮：「她腳踝的傷也還未復原，以這種狀況去外頭，就跟送死沒兩樣！」她的聲音壓過周圍的一片吵雜，以及酒杯到處碰撞的聲音。

翡顏裔的青色眸子，淡綠色短髮包住耳緣，茉朗的怒意成為線條刻畫在臉上，扭曲了她眼角的白藤刺青。路凱發現相較於守護使的職責，茉朗似乎對自己私人導師的身分投注了更多情感。

「相信長老們的決定吧。」路凱試著讓她往好的方面想：「縛靈師的感應力幾乎沒出錯過。雨寒在指定的時刻外出，會找到與她最契合的雪靈。」

「是嗎？說不定她現在已經凍死在黑夜裡了！」茉朗的怒氣延燒到坐在一旁的靈板工匠，號稱「槌子手」的駱可菲爾。「都是你！不會拖延一陣嗎!?怎麼會蠢到把雨寒的棲靈板遞交出去？」

槌子手差點噴了滿口冰酒，一臉無辜的模樣。「這……這干我什麼事？我只是工匠啊，而且那個跑腿的小妞來了就直接拿走——」茉朗似乎毫無意願聽他解釋，蠻橫地抓過槌子手的酒杯，將杯中物一飲而盡。苦等一個月才拿到配給的冰麥酒在瞬間被洗劫一空，駱可菲爾卻不敢回話，只能咬著下脣乾瞪眼。

幾十位奔靈者聚集在配給酒水的窟室裡。低垂的岩頂、寬廣的空間，他們圍坐在一排排長桌前交換近來的情報，談笑聲迴盪在掛著螢光燈的岩壁間。

茉朗放下酒杯，手腕上一個厚重的玻璃手鐲反射著螢光。她在路凱面前打了個憤怒的酒嗝，吶喊道：「那個所羅門異種！要是雨寒沒有安全歸來，我一定扭斷她的板子，親手把她埋進雪地！」

「別這麼說，艾伊思塔是一片好意想幫忙。」路凱知道自己無法平息茉朗的怒氣。一提到所羅門，幾個同桌的奔靈者開始討論起最近的傳聞——雙方文明終斷聯繫近兩年後，長老們正在考慮是否該派遣使節前往，修復那段決裂的關係。

瓦伊特蒙與所羅門的友誼始於百年之前。雙方均擁有奔靈者文化，卻一直以為自己是世界僅存的人類；因此當他們發現對方存在時，彼此都感到不可思議。

十數年間的交流為雙方帶來許多重大突破。靠著奔靈者穿梭雪域之間，瓦伊特蒙和所羅門共享在冰雪世紀生存的要領，相互協助，彼此扶持——瓦伊特蒙提供銀器，換取所羅門的魂木。雙方奔靈者甚至組織起合作團隊，共同尋找舊世界的遺跡。路凱就曾經參與過類似的任務。然而所羅門的奔靈者對他而言總是蒙著一層神祕的面紗，沉默寡言，且永遠披著白色連身袍遮掩口鼻，只能隱約看見面紗裡的深沉雙眼。他們自稱是遠古時代美拉尼西亞人的後裔，卻難以判定他們究竟是翡色或灰色眼眸。

好景不常，合作探索遺跡成了雙方文明決裂的開端。當人們發現稀有的舊世界遺物，那些寶藏該歸屬於哪一方成了最大的問題。不得已的情況下，雙方達成協議，哪邊的奔靈者率先發現，就能當場聲明寶物的所有權。始料未及的是，這看似合理的協議卻導致了更加激烈的尋寶競爭。

嚴重的惡性循環使合作關係停擺，擊碎了所有信任，甚至出現奔靈者襲擊對方居住地、跟蹤彼此、相互惡鬥以占領舊世界遺物的情況。殘存的兩方文明，終於爆發了殺戮。

寂靜蒼茫的白色大地上，人類的子民彼此征伐。

短短幾年間，已出現好幾次雙方奔靈者的短兵相接。每況愈下的關係在兩年前達到頂峰：當時，十幾名瓦伊特蒙的戰士對上為數兩倍之多的所羅門大敵，雙方在冰雪天空下兵戎相見。路凱聽說當時的戰況極為慘烈。敵方以某種詭計招致雪崩，再逐一誅殺尚未被活埋的戰士。除了某個名為凡爾薩的懦夫在開戰前就已臨陣脫逃，其餘夥伴傾全力抵抗，仍敵不過敵軍的人數，全體戰死。

雙方文明從此斷絕往來。

「沒什麼關係，或許和所羅門那些陰沉的傢伙再碰頭也好。我們有太多舊帳要算。」某位奔靈者的話讓路凱回過神來。窟室的另一端則爆出一陣笑聲，一位女奔靈者和男奔靈者比起腕力，同桌的人們圍著他們叫喊。

「算舊帳……我才該去找艾伊思塔算帳，她害我的酒全沒了！這是今年最後的冰麥酒啊……」槌子手駱可菲爾哭喪著臉，依然不敢瞄茉朗一眼。「我實在不懂，那小妞有你們奔靈者的能力，正事不辦，一天到晚在瓦伊特蒙當跑腿的做什麼？」

茉朗瞪了工匠一眼。「她是出身所羅門的異種，長老不許她參與任務。」

槌子手抬起頭，滿臉的困惑。路凱見狀後向他解釋：「艾伊思塔成為奔靈者時，正是我們與所羅門競爭最激烈的時期。長老們覺得那麼做是保護她。」

「哼，保護那個異種？應該說監禁還更貼切吧！」茉朗以險惡的語氣說：「放她去外頭，她肯定出賣瓦伊特蒙！」

這次路凱沒有回話。可以確定的是這幾年，唯獨艾伊思塔沒有分配到任何崗位，到現在仍然像個遊魂。

多數奔靈者均對所羅門有成見，血淋淋的過往歷歷在目。路凱了解這些夥伴的情緒，因為他自己也感同身受；戰士的本質就是殲滅敵人，保護同伴，不計一切完成任務。失敗的過去是記憶中的一個汙點，卻鞏固了面對未來時的決心。然而艾伊思塔的身世，不過是某些奔靈者私下宣洩的藉口，歷史傷痕的犧牲者……

路凱相信每個奔靈者都應該肩負深具意義的使命，即使是艾伊思塔，也不該是例外。

「路凱——」

呼喊聲讓他回過頭，看見白髮的俊走來，神情嚴肅。「我必須讓你看樣東西。」俊朝門口示意。

路凱不確定為何好友似乎反常地急切，想必出了什麼事？喧鬧聲越演越烈，幾群奔靈者同時站起身，推派各桌代表上前挑戰腕力。茉朗在一旁朝著人群大喊：「我來！」她紅著雙頰，扯下玻璃手鐲，擠入圍觀的群眾。

路凱也起身，將尚未觸碰的酒杯推給槌子手。「我的給你吧。」工匠投來驚訝的目光，但路凱已快步離開酒味瀰漫的窟室。

夜半的街道毫無人煙，洞頂螢火蟲依舊閃爍著串串幽光。在兩人面前，幾截龐大的斷木表面呈死灰般的白色，地上則是好幾抹掉落的粉末。

路凱隨著俊的視線，不祥地盯著那些木頭。在陽光永恆消失後，由於某種無從解釋的原因，地球上植物的綠葉全然轉白。那是形同槁木死灰的暗白，觸碰葉片表面時會有粉末落下……然而它們並未真正死去，而是以這種奇特的方式存活，生長緩慢。學者們說這些植物已失去舊世界那充滿生命活力的樣貌，甚至喪失了它們該有的觸感與氣息。世間所有植物，猶如失去遠古的靈魂。

但在非常罕見的情況下，人們會在深雪埋沒的地方找到所謂的「魂木」。這些樹木保有原始的模樣——具彈性的褐色表皮，強韌結實的枝幹。若將其劈開，會看見裡頭蘊藏著幽幽綠光。而魂木對於人類文明最重大的意義，在於它們具有「棲靈」的作用……若它們繼續以這種不合常理的速度流失原始的本質，瓦伊特蒙將再也無法製作出棲靈板。

「不過才幾天的時間，這些魂木全白化了。」俊輕聲說道。他將白髮綁成一束垂於身後，只留下右耳旁的辮子垂落胸前。

路凱伸手，抹開木頭的表面。只有少數幾處褐色的斑塊尚未轉白。「太快了……」這些是剛帶回瓦伊特蒙不久的魂木，從未有人預料到它們的轉變會如此迅速。「以往都能保存一整年，怎麼會這樣？其他魂木呢？」

「都一樣。這陣子不管是在哪裡挖到的，只要帶回來就立刻出現問題。」

兩人沉默了一陣，路凱突然想起了什麼。「如果可以帶回那道僅存的陽光，不曉得是否能喚醒這些樹木的靈魂……」

俊望了過來，雪霜般的睫毛輕眨。「是指你帶回來的『恆光之劍』的文獻？你與首席談得如何？」

「他說是在一個叫做『方舟』的地方。」路凱說：「首席打算動員整個研究院的力量……啊，或者該說，動員那些相信恆光之劍存在的學者……試圖在現有資料裡尋找關於『方舟』的蛛絲馬跡。」

在瓦伊特蒙，每個人都聽過關於「恆光之劍」的傳說。白島降臨後的數年間，陽光逐漸消逝，舊世界的人類便召喚出遠古的法術，鑄出一柄聖劍。他們將世間最後一道陽光熔入刀刃中，為了後世而保留。然而傳說的內容隨著時間淡化和流失，五世紀後的現在已無人知道劍究竟藏在何處，人們只有為了給孩子希望才會提起那則故事。

「路凱，」俊忽然說：「等更明確的研究結果出來，說不定可以請首席學者幫忙說服長老，讓我們組成遠征團隊去找尋『方舟』的所在地。」

「你相信恆光之劍存在？」路凱望向自己的好友，些許吃驚他會做出這種提議。俊應該是非常理性的人。

「我相信研究院不會在毫無自信的情況下派遣我們出征。」俊面無表情地回答。

路凱愣了一下，發出笑聲。「或許值得一試。或許我們有機會證明這一切都是真的……『陽光』確實曾經存在過。」他倆盯著白化的木頭那毫無生息的樣子。

然而路凱情不自禁地想起，假使黑允長老聽到他們和研究院提出的要求，又會是什麼反應？

EPISODE 07《拂羽》

雨寒的雙腿逐漸失去知覺。究竟走了多久已無法確定。四小時?五小時?暴風雪席捲整片大地,她花盡所有的力氣拉緊披風、壓住圍巾護住臉,眼睛卻睜也睜不開,只能在白茫茫的雪地裡強迫自己前行。

背在身後的棲靈板是最沉重的負擔。好幾次,狂風朝著她怒吼,將她和板子一起往後拋。更糟的是每往前跨一步,雨寒整個下半身立即沉入雪堆裡。有時雪甚至會高過頭頂。

起初,那冰凍的觸感就像細針,鑽入衣物間的縫隙,刺痛神經。後來痛楚迅速加劇,像鋸齒扯開皮肉般的灼熱。腳踝、腰間、頸子,好幾處的皮膚暴露出來,身體猶如被上百片利爪硬生生撕開。每當雨寒耐不住痛在風暴中開了口,凍氣瞬間即流入胸腔,像整塊冰塞入喉間,讓她無法喘息。

她倒了下來。淚水已經無數次在眼角凍結。每次用手去剝,都在臉上增添更多微小的血痕。

一個人在厚如山高的雪地,死亡就如周圍的空氣,跟隨每一個腳步、滲透每一次呼吸。雨寒只隱約記得出發前,茉朗最後對她說的話:「留意視野邊緣的虹光。」

然而暴風雪蹂躪著天空，什麼也看不見。雨寒雙眼緊閉，完全無法思考，甚至連生存的意志都快被剝奪。她蜷曲身子，像具死屍般陷落雪中。一波波白浪襲來，逐漸掩蓋住雨寒的身軀。

她失去了意識。

喚醒她的是一股不祥的低鳴。在聽覺邊緣，遠方的某處——低沉、野蠻，猶如冰域崩裂的駭人波動。雨寒睜開眼。

她強忍劇痛，急著向上挖，笨拙地爬出險些埋葬她的雪窟。黑暗中，她連自己的手都看不見。縛靈師說即使身為長老之女，她不能攜帶任何火燄，否則雪靈不會出現。她只能獨自在黑暗中往前走。

風聲依舊呼嘯，但暴風雪似乎緩了下來。雨寒跪著掙扎許久，終於拿下右手的雪鹿皮手套，顫抖的手掌伸進衣服裡，吃力地掏出一個小瓶子。好不容易打開後，她想往嘴裡倒，卻發現水已結凍。雨寒啜泣著，等待僅剩的幾滴水落入口中，然後拿出另一個備用瓶裝滿雪，將兩個瓶子一起勾在衣服裡層靠近心臟的地方，緊貼胸脯的肌膚。她在心中向陽光祈禱自己的體溫能趕緊將其融解。她已經喪失了所有體力。

低吼聲讓她驚嚇轉身。遠方出現藍光，是一片漆黑中不祥的危機。飄雪模糊了它的形體，但雨寒依然感到恐慌，迅速起身往反方向去。奔跑、跌倒，再奔跑。她在黑暗中攀爬，彷彿在整片雪海中游動，完全忘卻了方向。更致命的是汗水已爬滿她的全身，並迅速凍結，扯痛每一處關節。

未幾雨寒就已氣力放盡；每動一下，每吋肌膚彷如刀割。她痛苦地扯下圍巾，急著喘氣，卻暴露出整個頸子，感到突來的暈眩再度奪去自己的意識。

據說在遠古時代，黎明時天空會出現如火燄般的顏色。這令人難以想像。現在的黎明就是蒼茫的天空漸亮，永恆堆積的雲層的輪廓從黑暗中慢慢浮現。

雨寒呆坐在棲靈板上，現下她是這片白色大地裡唯一的生命。

「我還……活著……」她挪動僵硬的頸子環視四周。視野可及之處，雪丘一層層延伸到地平線彼端，沒了暴風雪肆虐的跡象。她為自己竟沒在昏迷中死去感到詫異。離開前，導師茉朗曾哀求黑允長老，讓雨寒再休息一天，只需要再一天。但雨寒的母親堅持這個決定，當著在場所有人的面前，以自信的口吻說她信任縛靈師的預言，並說雨寒必定會求得最獨特的雪靈。

當時，雨寒拚命壓抑有生以來最嚴重的恐慌。她走過一個個因黑允長老的面子而來的送行者身旁。母親則在一旁展現驕傲的姿態。還未進入雪地，雨寒的雙脣卻已不住顫抖，心中懇求著陽光讓母親呼喚自己回來。她最後回首時，覺得自己看見母親面上閃過一絲擔憂。短暫的瞬間過去，黑允長老拉開嗓門高聲說：「去吧，我的子民。陽光會庇佑妳！」雨寒被送入黑夜之中。

能夠存活到清晨已經出乎自己意料，然而現在，雨寒知道她必須做出重大決定。

身體的狀況已遠遠超出極限，她知道自己不可能活著度過第二個夜晚。雨寒掏出雙子針，確認北方的位置。她望著逐漸明亮的鉛灰色天空。若現在往回走，且速度夠快，或許能在入夜之前回到瓦伊特蒙。倘若選擇繼續前進，唯一的生存希望就是找到雪靈。否則她將會獨自在雪地裡死去。

雨寒立即知道心中的答案——她只能繼續下去。她明白自己肯定找不到雪靈，但若帶著失敗的恥辱回瓦伊特蒙，母親會寧願她死在外頭。

她拍掉外衣上的殘雪，嘗試許多次才克服劇痛，順利站起身——眼角不尋常的動態讓她轉過頭來。

遠方某座雪丘上，微小的光點閃動，並迅速沒入彼端。雨寒愣了一下，不確定自己看到了什麼，但她立即有所反應。「啊……好痛！」她咬緊牙關，以抽痛的手臂拎起棲靈板，趕緊追了過去。

雨寒知道自己的身體已處處凍傷，每走一步渾身烈痛。恐懼從未離開過心頭，但她試著掌控自己的呼吸，茉朗教過她的。在無邊無際的白色大地，一個人的體力能輕易被摧毀，清晰的判斷力卻無法擊碎。雨寒不斷在腦中重複著茉朗的話。她敞開外衣的通風口袋，使汗水在結冰前就被吹乾，並大步跨足，呈直角往下踩，讓腳下壓縮的雪塊墊住自己不致下陷。她調整重心、掌控步伐，維持不變的韻律，緩慢而扎實的腳步給了她最快的挪動速度。

茉朗命令她死背強記的法則，在身體已不聽使喚之際，竟成了活下去的關鍵。她逐漸接近方才瞥見虹光的雪丘頂端。

雨寒終於來到丘頂，看見正在等待她的東西——那竟是座雪雕般的無頭之物。

「是昨天聽到的……」突來的恐慌貫穿背脊，讓她幾乎停止呼吸。那座雪像靜止不動，與眼前的景象極不搭調。雨寒睜大了眼，連動都不敢動。

平坦雪丘上，那塊隆起的雪像發出了輕微聲響，抖落許多碎雪。雨寒害怕地往後踏一步，突然，牠寬大的前胸驟然撕裂，露出裡頭吱嘎作響的冰藍色獠牙！雨寒發出驚叫在雪地中跌倒。這正是名為「狩」的魔物，她從未如此近距離見過。牠揚起粗壯的雙臂，開始露出冰爪移動，朝雨寒挪移過來。

魔物身體中央的利齒層層掀開，隨後牠發出一陣吼聲，讓雨寒嚇得緊閉雙眼。牠的行進緩慢，抬起雪塊凝聚而成的腿，野蠻地踩進雪地裡，下一條腿才接著抬起，每一步都伴隨著怒吼。

雨寒轉身想爬離，但巨掌已甩了過來。她在驚呼中翻滾躲開，卻差點放開手中的棲靈板。魔物就在她眼前，單掌上的六道冰爪發出藍光，開始快速移動過來。雨寒不顧一切地爬行，利爪的重擊在她身後數吋落下——雪沫紛飛、吼聲持續，魔物壓了上來。

在那絕望的瞬間雨寒迴身，雙手緊握棲靈板橫掃過去，切下魔物一整塊腹部。那脫落的雪塊迅速飄散去，卻有更多雪塊從牠身體各處凝聚上來，填補了傷口。彷彿嘲笑她那徒勞的抵抗，魔物發出更大的吼聲直撲而來。

雨寒本能地往旁邊一閃，翻滾了好幾圈，落在雪丘另一端的坡道上，滿口是雪。狩正蠻橫舞動龐大的雙掌，震耳欲聾地追來。情急之下，雨寒平躺在棲靈板上往前溜。魔物的巨掌在她身後揚起大片雪幕，但地心引力牽動雨寒加速下滑行。她聽見吼聲逐漸遠去，瞇著眼，視線被紛飛的白雪蒙蔽。此刻她不確定是否為驚慌中的錯覺，但她似乎看見遠處有一抹虹光閃過。雨寒試著扭動身軀調整板子的方向。

過了好一陣子，地勢逐漸平緩，雨寒卻煞不住棲靈板。一個側身壞了平衡，讓她跌落、翻滾。她抓著胸口喘氣。

睜開眼時，雨寒發現自己身處兩座陡峭的雪丘之間。

雨寒拎著棲靈板，在雪谷間走了不知多久。這裡沒有風，雪地也不再令雙腿深陷。當她來到兩座雪丘交會的盡頭，面前是片結凍的瀑布。

比五個人還高的冰瀑，像一柄透明的巨劍插進雪裡。雨寒躊躇地靠近。

她伸出手，觸摸瀑布遭時間凍結的表面。深灰色雙眸盯著那道透明的冰，想看清楚後方是否埋藏著什麼。有陣微小的動態晃過。雨寒愣了下，突然意識到那是冰面的反射，她睜大眼，驀然回首——

無數顆微小的光點飄浮在面前，於空中輕柔地變幻著色彩。雨寒吃驚地說不出話。

有顆光點飄了下來，輕輕落在雨寒的睫毛上。她膽怯地向後退，但在那一瞬間，某種感覺開始湧現。一直盤繞心中的恐懼淡去了……慌張、徬徨，全都消失。一股平靜洗滌了她的靈魂。她感受到……溫暖。像是幼時窩在母親懷裡，受到保護的感覺。某種曾經熟悉，卻已變得陌生的感覺。

睫毛上的光點消失，溶化了眼角結凍的淚水。

雨寒面前數不盡的光點緩緩融合，轉化為無形的光波，輕撫著她的臉頰。雨寒眨了眨眼，抽下一根胸前的銀製別針——只有銀，能夠牽引雪靈。她抬起手，讓別針觸碰虹光的一角，那光波受到雨寒引導，緩緩飄下。

她將棲靈板打平，讓虹光落在上頭。一縷縷光帶分散開來，緩緩沒入板子裡。當一切回歸平靜，雨寒望著自己手中捧著的東西。

「這就是……我的雪靈……」她不自覺地露出許久以來，早已忘卻的笑容。

回程的路上，某種不祥的預感讓雨寒回頭。她看見遠方雪丘上的隆起物。牠靜靜地矗立在那，彷彿正在窺視雨寒的動向。雨寒和牠對視，抱緊懷中的棲靈板。虹光已不再出現，她知道雪靈正在板中的魂木層裡沉睡。縛靈師說過，從雪靈進入棲靈板起，一直到束靈儀式再次將其喚醒之前，是雪靈最脆弱的時刻。

雨寒小心翼翼移動自己的腳步，目光持續鎖在魔物身上。若牠進行攻擊，棲靈板遭到毀滅，雪靈將會死去。

我會保護你——某個聲音在雨寒腦中響起，她將板子摟得更緊。即使付出生命，她不會讓雪靈受到傷害。雪靈一旦做了選擇，就是毫無條件的信任，將此生交付給選中的人類。而到儀式完成後，雙方將在餘生永恆相依，雪靈將守護在白色大地疾馳的奔靈者。

她必須和雪靈一起活著回去。雨寒開始加快行走的速度。她必須活著回到瓦伊特蒙。若自己在這裡被殺，尚未完成束靈儀式的魂木也可能隨時白化，到時雪靈同樣會消逝。她頻頻回頭，深怕看見那魔物追來。

然而遠方的狩並未顯露襲擊的意圖。牠毫無動靜，像座白雪製成的雕像，於風中沉默。

「請讓我過去！」吶喊聲刺痛凍傷的喉嚨，但雨寒已管不了那麼多。幾位守護使懷著驚訝的神情，趕緊推開厚重的木門。

每個隧道都有三道閘門，必須等前一扇完全關閉，下一扇才會被守護使打開，以防白雪吹入瓦伊特蒙。雨寒急著從半開的木門間擠過去，奔跑在洞窟之間，沒有理會居民們的眼神。

儀式進行之地的岩頂相當高，整個空間像是尖銳的塔形。雨寒站在狹長的岩洞裡嘶啞地喊：「陀文莎！」

此時，有名女子聞聲從儀式廳後方的小房間走出。她正是名喚陀文莎的縛靈師。看見雨寒喘著氣的狼狽模樣，她向身後的弟子望了一眼。那名弟子立刻離開儀式廳，前去通知長老們。

不知為何，看著縛靈師的眼神讓雨寒不自覺地冷靜下來。陀文莎提著螢光燈，寬鬆的袖口反折於手肘，露出整條白皙的手臂。她的灰髮高盤於腦後，幾束髮絲落下，襯托著典雅的容貌。縛靈師一向身穿以螢火蟲絲線所編織的薄衣。行走時，那半透明的長絲袍拖曳地面，柔美的身軀若隱若現。

縛靈師將生命奉獻給束靈的使命，透過感應進行預言，引導雪靈與人類的靈魂相互契合，自己卻永遠無法成為奔靈者。

陀文莎靜靜地走來。她比雨寒高過一個頭，修長的手指拂過雨寒懷中的棲靈板，並面無表情地轉過身。

「**來**。」陀文莎示意雨寒跟上她的腳步。望著她那幾乎裸露的背，雨寒不自覺羞紅了臉。更令她無法理解的是，瓦伊特蒙裡也有許多洞穴非常寒冷，居民們須穿著皮革或毛製外衣。她不曉得縛靈師怎能受得了。

不久後，三長老紛紛來到儀式廳，按照習俗準備旁觀束靈的過程。而他們前來的另一個目的，則是聽取縛靈師將新生奔靈者分派給哪個支部。縛靈師的感應力可探知雪靈未來的本質，包括奔靈者本人尚不了解的能力。也因此，歷代縛靈師均對瓦伊特蒙起到重大影響。可以說只要與雪靈有關的事務，長老們都必須聽信縛靈者的建言。

尤其在歷代的縛靈師當中，陀文莎的感應能力可謂百年難得一見。

管轄「探尋者」的桑柯夫長老率先走了進來。不修邊幅的綠髮結為粗糙的髮辮盤於頭頂，使他看來像戴了頂怪異的帽子。他的雙頰消瘦，暗綠色眼眸不斷左右瞥視。隸屬探尋者支部的奔靈者，最重要的職責就是尋找魂木。除此之外，他們還須追蹤鄰近雪域所出沒的魔物，並前往沿海捕獵魚類，肩負瓦伊特蒙糧食命脈的責任。

在桑柯夫長老身後，雨寒看見自己的母親。負責「遠征隊」的黑允長老，眼神散發著一貫的銳氣，彷彿單憑目光便能在他人身上切出傷口。她抬起高傲的下巴，鼻子的金屬環反射著螢光。和雨寒四目相接時，黑允長老讚許地點頭。這動作卻在雨寒的腦中激起了一陣擔憂，讓她立即回到熟悉的緊繃狀態。

「我知道妳能平安歸來，我以妳為榮。」黑允長老來到女兒身邊，嘴角牽起一絲笑意。「相信與妳相繫的雪靈，一定會令我感到驕傲。」

不安的情緒再度湧現雨寒的心房。這時，第三位長老步入儀式廳——他是位體魄強健的男子，擁有灰薰裔的黑髮，下巴留著濃密的鬍鬚。更駭人的是他肩頭兩束髮辮上，綁著整串粗大的鐵環。他是眾人尊敬的恩格烈沙長老，管轄「守護使」支部，負責整個瓦伊特蒙的安危。他渾身散發著威嚴的氣息，然而當目光落在雨寒身上，卻溫和地頷首示意。

儀式廳的中央是座巨大的石壇，縛靈師和雨寒面對面盤坐兩端，棲靈板橫放在她們中央。三位長老則坐在側邊一段距離外。

「**雪，有帶回來嗎？**」陀文莎開口。

雨寒從衣服裡掏出一個瓶子遞給縛靈師。裡頭是她從最初遇見雪靈的地方所取得的生雪。她看著縛靈師將白雪灑在棲靈板上，以一隻手柔順地撥弄，另一隻手的指尖則撫著棲靈板。

儀式廳的光線微弱，僅有一盞螢光燈擺放一旁。棲靈板平直而光滑，兩側的底端微微上彎，整個板子近乎無瑕。雨寒這才感到驚訝，那靈板工匠的技術令人驚嘆。由側邊看去，夾層間細薄的金屬光澤清楚閃現。以能使雪靈永久棲息的「魂木」為核心層，牽引靈力的「銀」環繞為邊，壓鑄數層柔鐵後，灌注鋼紋，最後兩面上蠟——每道手續都必須精準無誤，方能製造出奔靈者賴以為生的棲靈板。

然而望著石壇上的板子那毫無生命的模樣，雨寒不禁懷疑板子內層的魂木是否已經白化？按道理說，等儀式順利完成，板內的魂木可恆久保留其本質……但萬一雪靈早已消失了呢？雨寒緊張地往旁一瞥，黑允長老懷著得意的笑容，似乎正期待讓其他兩位長老見證自己女兒的成就。

冰冷的觸感貼上雨寒的手，令她回過頭來。陀文莎拉起雨寒的雙掌放在棲靈板上，輕輕握著她。儀式已經開始，縛靈師閉上眼睛。

「**消逝的生命啊，莫忘遠方的執念。自沉睡中甦醒，喚醒對方到來。**」

雨寒跟著閉起雙眼。

「**兩者相互牽引，此乃屬於你的意志。以未來彌補過去，我們並未忘卻遠古的誓言。輕撫她的靈魂，並守護她。縱使光明破滅，黑暗叢生；即便天地滅裂，生命終結——守護她。**」

一股暖流回到雨寒心頭。是種溫暖、柔和的感受，讓她明顯察覺心中的恐懼因一股奇特的力量而平息。她滿懷期待地偷偷睜開眼，卻發現棲靈板未有任何動靜。縛靈師開始以某種詭異的語言反複吟詠。那不是雨寒熟知的符文語，也不是音輪語。她猜想或許是某種更古老的語系。

過了許久，縛靈師仍持續唸誦。雨寒的思緒遠颺，想起茉朗說過每位奔靈者的雪靈均大相徑庭，而縛靈師正是依雪靈的本質，要賦與其「真名」。

終於，縛靈師緩緩睜開雙眸。「**慈悲是妳靈魂的本質，但須謹記力量並非唯一，展翅方能主導命運。妳的雪靈，終將遠征。**」

遠征隊？——在蒼茫的大地進行長途旅行的奔靈者？雨寒嚥下一口唾沫，她簡直不敢想像。離開瓦伊特蒙一天就讓她差點絕望，遠行數月是她最想躲避的事。黑允長老聽見後滿意地點頭。雨寒的心臟跳得更快了。

「又是遠征隊？」桑柯夫長老睜大了眼，似乎不打算隱藏自己的情緒：「陀文莎，『探尋者』也是需要新血的。」

縛靈師淡淡地回應：「**往後爾等當再行商榷，以取得人為的平衡。現下，我們必須淬煉新生之魂。**」

桑柯夫嘆了口長氣後坐定，不再回話。

「**拂羽**——」陀文莎對著雨寒說：「**此乃妳的雪靈所屬之『真名』。**」

這一刻終於來臨了。雨寒深吸一口氣，不知是否錯覺，她突然覺得縛靈師握著自己的雙手正在升溫。她遵從束靈儀式的傳統彎曲上半身，低下額頭緊貼灑在板子表面的白雪。

據說，落在世間的億萬片飛雪，沒有任兩片雪花的模樣完全相同，就與雪靈的本質一樣。儀式完成時，奔靈者將烙下只屬於自己的獨特雪紋封印，將雪靈永久於棲靈板中定魂完成。

雨寒感覺額頭冰冷，睜著雙眼集中意念，輕聲道出雪靈真名：「——『拂羽』。」

一陣呼嘯般的聲響席捲儀式廳，如同狂風吹過，又如歌聲溫柔。雨寒抬起臉龐，驚然發現板子正在起變化。木板中央隆起了紋路：六道主紋向外延伸，各自放射出對稱的細紋。等到一切回歸平靜，棲靈板的正中央已被巨大的雪紋封印占據。

「**以心互連，以魂相繫，此刻，妳已成奔靈者。**」陀文莎說：「**讓拂羽甦醒吧。**」

雨寒尚未做好準備，棲靈板的一角卻已出現動靜，彷彿回應她心底最深層的直覺和意念。那是一抹微小的虹光，悠悠地飄浮而上。但不同於初見，現在的雪靈已有了模糊的形體。突然那道光開始上旋，抖落的光點猶如輕薄的羽毛。黑允長老發出期待的讚嘆聲。

小巧的彩光在雨寒面前飄忽不定，那似有似無的形體彷如鴿子——某種絕跡於遠古世界的鳥類。它吃力地揮動著雙翼。然而落在雨寒的手上，竟比她的手掌還小。

雨寒心裡浮現說不出的感動。這麼小的光波，就是她所孕育的……

「那是什麼？」母親顫動的聲音傳到耳裡，讓雨寒本能地轉頭。「……在妳手中的是什麼？」黑允長老怒意橫生，又說了一次。

雨寒的思緒凍結了。她知道雪靈現身時的模樣往往象徵其力量。眾多奔靈者的雪靈當中，不乏遠古羽翼形態的鳥獸，多半擁有展翅後寬大的強健體態，包括總隊長亞煌的翔鷹。此刻雨寒再度被恐懼侵占，遭母親的眼神刺穿，手腳倏然麻痺。

一旁，桑柯夫長老開始發出嗤笑。他望向黑允長老惱怒的臉，以抑揚頓挫的聲音說：「看來，妳的遠征隊支部獲得一個強而有力的新血。」

母親倏地地起身，在蒙羞中準備離去。雨寒覺得喉頭一陣哽咽，目光離不開母親的臉，那曾經溫柔的——

溫柔的感觸掃過雨寒臉龐。

然後是頸子、雙臂。她低下頭，看見無數虹光閃現。許多有如飛鴿的靈體從棲靈板浮出，源源不斷地陸續奔入她懷裡。不計其數的虹光湧現，直到雨寒懷裡再也容納不下，從她懷中向上傾洩，撩起她的髮絲，逼她瞇起了眼。

桑柯夫長老這時已張大了嘴，表情凍結。恩格烈沙長老的視線也往上追隨。就連黑允長老也愣住了，渾身僵硬，神色震驚。彩虹般的羽翼不斷出現，成群朝岩頂上方盤旋——直到整個儀式廳被虹光點亮。

EPISODE 08《離焱》

他無法解釋自己憤怒的理由。總有股情緒淤積在胸口，隨時瀕臨爆發。

平時，凡爾薩會設法讓自己與他人的互動降至最低，因為每一次開口，都會牽動他所有神經。

奇怪的是，即使痛恨瓦伊特蒙的一切，這兩年來他卻從未想過前往所羅門。追根究柢，是因為凡爾薩不確定自己能否靠雙子針找到所羅門的位置。然而亞閣的話確實影響了他，難以克制的迷惘不斷侵蝕他的思緒。有時凡爾薩會下定決心，準備孤注一擲離開瓦伊特蒙，畢竟死在外頭的雪地也比在待在這裡腐朽要好。但衝動平息後，他還是無奈地待了下來，只能說服自己尚有未完成之事——

三長老依然活著。

是的，他嘗試這樣告訴自己。無法安定的心和無法堅持的決定，使凡爾薩無時無刻處於矛盾之中。更糟的是，縱使他不願承認，生活所需糾纏著他，凡爾薩得和其他居民一樣領取配給的糧食與物資，在硫磺味之中苟且偷生。

據說，螢火蟲已棲息在瓦伊特蒙數千年。甚至有學者說，上萬年前牠們就已存在。冰雪世紀的降臨並未滅絕牠們，卻改變了洞穴的生態，使過度饑餓的蟲子放射出比遠古時代明亮數倍的光。凡爾薩聽過詩人吟誦，這些蟲子在微光中沉睡，放棄了飛翔。牠們正在等待世界終結那天，當無盡的雲層散去時，回到天空的居處，變回遠古時代灑滿夜空的千萬顆光點。

當然，那只是毫無根據的詩歌。這些蟲子實際為人類所帶來的好處，不僅是光亮。

牠們將岩石表面鋪滿某種黏液，並由囊中產出比人的手臂更長的絲線，由岩頂垂吊下來千絲萬縷。有工人定期採集這些蟲絲，經處理後再進行配給。每位居民所能領取的額度相同，但可自行選擇加工用途，好比拿去服飾工坊，找紡織者為其編織成絲巾、面紗；也可到其他工坊製作成床單、桌巾等，豐富瓦伊特蒙的社會需求。

凡爾薩排在隊伍當中，領取每半年配給一次的蟲絲。他的身高突出，在人群中特別顯眼，使得每次來到黑底斯洞都是令人惱怒的經驗。他認為旁人總朝他投來異樣的眼神，但為了生存他別無選擇。

「聽說了嗎？長老們終於要再次召開『居民大會』了。不知道要說些什麼？」排前面的幾位居民聊了起來。凡爾薩的目光投向他們。

「必定是很重要的事吧。已經隔多久了？一兩年了吧？上次召開大會時……」

「呵呵，若非有重大事件宣布，就是長老們達不到共識，才各自都想爭取居民的支持。無論如何，我們可不能錯過。」

「我聽說這次是桑柯夫長老召集的。幾乎所有奔靈者都會參加。」

「所有奔靈者?許多在外遠征的尚未歸來吧?」
有個居民回過頭來。「這我就不清楚了。但我聽說長老們已經下令，屆時所有『守護使』和『探尋者』都必須回到瓦伊特蒙參加大會。事態聽說挺嚴重，好像是關於——」
說話者不經意與凡爾薩四目相接，頓時語塞。其他幾個居民覺得奇怪，也隨著視線望來，看見凡爾薩那高過他們的身子、短刺般的黑髮，以及並非刻意，卻睥睨著人們的眼神。在他胸口的整排牙骨項鍊更給人一種帶有威脅的氣息。那幾個居民不知是否認出了他，尷尬地互瞄幾眼，便悻悻然地轉過身去。某人帶起另一串話題，他們假裝忽視身後的凡爾薩，逐漸抓回交談的節奏，卻顯得刻意而笨拙。
就是這一切，令凡爾薩感到極端嫌惡。
他不清楚那些居民腦子裡究竟裝了什麼，也全然不在乎，但那種膽怯的眼神卻是他最痛恨的。在這裡的人全是懦夫。這一刻他由衷確定，就算有天瓦伊特蒙毀滅，他也毫不在意，因為這些人——所有人，都跟三長老同樣該死！凡爾薩直盯著那群人的後腦勺。第一個膽敢再回頭看他一眼的人，他會打碎他的鼻梁。
但剩餘的排隊過程中，那些居民都沒再回過頭。
手中拿著蟲絲包裹，凡爾薩往「深淵」的方向走去，經過地底的亞麻田。
這裡算少數地勢平坦的洞穴，岩地卻變得異常黏稠，彷彿每一步都吸吮著腳底。凡爾薩穿過一條小徑，兩旁是劍鋒般的白色葉叢，比他高上好幾個頭。某些花莖從中生長出來，筆直聳立著，更有凡爾薩的兩倍高。

在帆夢尚未成為首席學者前，曾告訴年幼的凡爾薩，最初來到這片大陸上的人類將這種獨特的亞麻稱為「華洛蕊基」，在遠古語言中代表「永恆、堅毅不屈」。當冰雪世紀降臨，絕大多數植物死去，這種類的亞麻卻以白化的姿態存活下來。

它們可以製作成上百種東西，包括衣裳、布料、火炬，用途遍布瓦伊特蒙文明的所有角落。

凡爾薩漫不經心地穿過一叢叢細長而密集的亞麻葉。這黑暗籠罩的洞穴中，只有擺在路旁的螢光燈點亮了腳步。前方三個身影隨著小徑走來，與他擦肩而過。

「嘿！這可不是鼎鼎大名的凡爾薩？」其中一人發聲，雙方同時停步。凡爾薩望著對方在幽光下的輪廓，設法辨識他的身份。

那人擁有寬大的肩膀，幾乎與凡爾薩同高。他靠了過來，繼續以口齒不清的語調說：「好一陣子沒見你的蹤影了咧，還以為你是在哪兒陣亡囉？」方正的臉龐，綠髮，因嘴裡叼著一根白樹枝而扭曲了口音。凡爾薩見過這個人，他是人稱「破荒蠻子」的戈刺圖。在他身後的兩人同樣散發出武者的氣息；沉默時的眼神，即便在陰暗中依然具有穿透力。這些人全是奔靈者。

「啊，不對，我想起來啦，」戈刺圖說：「你不會陣亡的。你活得可久了，是吧，『叛逃者』？」

凡爾薩的目光在瞬間銳利，觸動了對方三人的神情也跟著改變。

一陣子過去，戈刺圖含著樹枝的嘴角發出笑聲。「凡爾薩，原來你還留在瓦伊特蒙啊。你不會覺得難受嗎？那些被你背叛的兄弟無人生還，可是看來你卻過得不錯嘛？」他瞥了一眼凡爾薩手上的葉袋。「這下可好，你也去領配給啦。你的人格中還有一點點殘餘的『羞恥心』嗎？」

「這傢伙還有臉跟居民一起領？」另一名奔靈者語帶蔑視地說道。幾圈骨製的脣環刺穿他的豐脣，在說話時發出聲響。

「蒙勒，你想他會在意嗎？」戈刺圖瞥了同伴一眼。「動手宰掉自己的弟兄，我看他可是臉不紅氣不喘的嘛。」戈刺圖拿下嘴中的細枝，捏斷在手裡，猛然瞪視凡爾薩說：「──『勇氣』、『剛毅』、『忠誠』、『信念』，這些身為奔靈者該有的精神，對你而言算什麼？」

在過去的數秒間，凡爾薩已有數次想出手的衝動。然而，他也曾是可以毫無忌憚為了瓦伊特蒙付出性命的奔靈者，殘留在體內的戰士本能告訴他，眼前的戈刺圖說出這些話，就是為了逼他先動手。對方三人早已做好開打的準備。

凡爾薩咬緊牙轉身，邁開腳步離去。

「對啦，就是這樣。『叛逃者』凡爾薩！夾著尾巴逃離戰場可是你的拿手絕活！」

凡爾薩迅速將他們拋在身後，這才發現自己的心跳，早已猛烈到要撞出胸口。

早在兩年前，類似的衝突每天發生。他時常必須忍受人們鄙視的眼光以及各種辱罵，甚至必須單獨和一群人拳腳相向。之後他移居到瓦伊特蒙的邊陲地帶，讓自己躲過折磨。日子一久，他以為人們已忘記他。或者只要他不出現在人們面前，那血淋淋的記憶就不會掀開。

但他現在明白了，人們永遠不會忘記那一切。

凡爾薩深吸一口氣，告訴自己要冷靜。然而他的下一個動作卻是猛然扯開手中的葉袋——晶瑩的絲線灑出，他大喝一聲，憤怒地將手中的包裹砸向亞麻田裡。凡爾薩無法克制地劇烈喘息，手壓胸口，面目猙獰地直視前方隧道入口的黑暗。

然後他踩過黏在地面的絲線向前走，做出了決定。

他要去所羅門。

EPISODE 09《御風》

數日後，路凱接獲消息，首席學者已在研究院的協助下解讀出「恆光之劍」的文獻，甚至鎖定了雙子針的角度以及地圖上的可能位置。

學者們近乎翻遍收藏在研究院的所有文獻，拚湊起點點滴滴的線索，才達到如此結果。帆夢告訴路凱，等居民大會一結束，就讓他看看成果。

現在，路凱走在河畔，跟著人群前往大會的召開地點。

暝河流過黑底斯洞，在它的中央地帶岔開，繞過一座小島。島的邊緣矗立著三座由鐘乳石柱改良而成的巨大水鐘，導入暝河之水記錄著時間的流逝。每座石柱表面鑿有螺旋狀的石梯，每小時都有工匠爬到頂端，以長竿調整時辰，並敲響鐘聲。而在島中央是個足以容納數千人，由圓形階梯環繞的廣場。

現在，號角聲不斷由廣場傳來，響徹整片黑底斯洞。路凱踏上連接小島的木橋，看見人潮對岸是極其稀有的景象——燃燒的火把，點亮了整片廣場。

單是這些火燄的數量便足以吸引居民們前來。人們不斷從各個木橋湧入，想搶得火把旁的位置。大多數居民終年待在地底洞穴，僅依靠螢光燈過生活，因此在強烈的火光下他們看著彼此明亮的臉，覺得既新奇又震撼。

雜沓的人群被火光照亮，他們有著不同深淺的綠髮或灰髮。擁有純白髮色的人占極少數，首席學者帆夢是其中之一。他站在第一排，向路凱點頭微笑。研究院教導世人，當冰雪世紀降臨、陽光不再，世界殘存的人類僅剩兩個種族：遠古時期離「赤道」越近的人們曾擁有黝黑的髮色，他們的後嗣則轉為不同程度的灰階，從深黑、淺灰到純白都有，這些人被稱為「灰薰族」。而遠古時期曾經存在的其它淡色髮系——金黃、亮橙、紅棕色——則變成深淺不一的綠色髮系。這些人是「翡顏族」。

「看，奔靈者好像真的全到齊了。」

「是啊，不過遠征隊看似少了很多人——」

路凱聽見身旁居民的對話，跟著掃視著人群，發現駐留在瓦伊特蒙的奔靈者多半都站在環狀階梯前面幾排，大約有兩、三百人。雨寒也在他們當中，聽說她已順利成為奔靈者。

路凱試著向前擠，卻發現自己來得太晚，再也難以通過。他瞥見黑允長老站在環狀階梯上，似乎正與艾伊思塔交談，並在說了幾句話後離去。艾伊思塔仍停留在原地，面容被瀏海遮住一半，卻不難看出她的神情透露出困惑。路凱不曉得長老說了什麼，令艾伊思塔如此。

空中的一圈黑暗吸引路凱的視線上移。三座水鐘的上方有圈巨大的亞麻繩被鐵架給扣住，懸吊在廣場頂端，遮掩了岩頂的螢光。據說那是緊急號召所有瓦伊特蒙人類的烽火環，只有三位長老分別站在水鐘頂端同時下令，才會被允許點燃。然而它荒廢已久，路凱從未見到它被點燃，或許這輩子都不會。

最後的號角聲響起，全場靜了下來。

三位長老神情肅穆，往廣場正中央的空地挪動。他們三人均穿著深淺色調交織的雙層長袍，披著珍貴的雪羚披肩，手持權杖。路凱不確定是否為自己的錯覺，但他覺得黑允與桑柯夫長老交換眼神時，表情相當不自然。終於，桑柯夫長老往前走了幾步，對數千名居民開口。

「瓦伊特蒙的子民！」他的聲音意外地洪亮：「這次的大會，由我主導召開——」

環形階梯上的人們凝視著他。

「兩年前，我們曾為了瓦伊特蒙的生存，做出一項重大決定。」桑柯夫目光掃過眼前的居民們，然後往旁一望，直視黑允。「然而現在，黑允長老的決心出現動搖，認為我們必須打破那次的承諾。」群眾當中開始出現雜音，也有人露出不解的神情。桑柯夫瞇起雙眼，緩緩搖起頭說：「對瓦伊特蒙肩負重大責任的我，絕不可能同意。我們招開這次大會，由眾人來決定。」

群眾間一股低語擴散，路凱身邊的人都懷著詫異的表情。恩格烈沙長老使了一個非難的眼色，桑柯夫才隱隱露出笑容，張開手示意黑允上前。

女長老面對群眾時，她那鋒利的目光切過整片人群，讓廣場靜了下來。

「那麼我就斬釘截鐵直說了。我以長老身分正式主張——」黑允長老停頓片刻，然後說：「瓦伊特蒙，將再次與『所羅門』建立聯繫。」

居民們目瞪口呆，但騷動立即擴散。路凱並未動搖，身為奔靈者的他早已知道黑允長老有此意圖，然而長老她竟會如此直言不諱地告知整個瓦伊特蒙，確實令路凱吃驚。

「妳忘了我們的深仇大恨！妳完全忘記他們屠殺了多少瓦伊特蒙的戰士！」廣場另一端有

居民喊道。許多人跟著附和，數百種聲音同時咆哮。

「他們是我們的敵人！」

「瓦伊特蒙和所羅門勢不兩立！」

黑允長老沒有任何膽怯，反而往群眾踏了一步。她高盤的黑髮像利爪懸盪在腦後，而她的視線就像冰冷的火燄，燒過騷動的人群，直到人們迅速安靜下來。最後幾個持反對意見的居民左右張望一陣後，也閉上了嘴。

「是你們在作戰嗎？」黑允長老說。

居民似乎不解地彼此相視。路凱身邊有幾個人也低聲耳語，露出疑惑。

「是誰必須踏入魔物橫生的白色大地？是誰必須冒著生命危險遠離家園？」她昂首再往前踏出一步，懸於左臉頰的細鏈與鼻環擺盪。「是誰為了瓦伊特蒙的命運，必須緊握兵器，在雪地隨時可能喪命？」

「難道是妳嗎？」桑柯夫長老諷刺地丟回這句話。

黑允長老並未理會，以強大的目光抓住群眾。「瓦伊特蒙給了我們舒適的生活，是隔離一切危險的庇護所。但要記住，千萬別把這視為理所當然！」她選擇這時壓低音量，迫使人們必須傾耳聆聽：「就算『狩』無法跨越到沒有雪覆蓋的地底洞穴，在這裡，我們的安全依舊是奔靈者的犧牲所換來。」她轉頭望向恩格烈沙長老。「鎮守著我們家園的『守護使』，他們的崗位與我們僅幾扇門之隔，卻必須面對天壤之別的危險。」接著，她望向另一群肅立的奔靈者，微微點頭。「以性命帶回外界情報的『遠征隊』，沒有他們，就沒有我們所知的舊世界。」

最後她挪動身子，斜視著桑柯夫長老。「當然還有『探尋者』，我們對魂木和糧食的依靠。」

桑柯夫正想舉起權杖。「得了吧妳——」

「已經有太多人犧牲了！我們還能依靠自己多久？」黑允長老張開雙臂，將自己的權杖高舉。「單靠瓦伊特蒙，可以確保我們在冰雪世紀永遠安全嗎？」她以高揚的聲調重申自己的主張：「我們需要盟友！我們需要所羅門，我們需要更多擁有雪靈的戰力！」

「很動聽，但妳的話中滿是矛盾。」桑柯夫憤怒地搖頭。「外頭的世界已出現了異變，情況只會越來越艱鉅。」

黑允長老冷冷地轉過頭來。

「才不過一陣子前，我們剛下令封鎖東南邊的兩條隧道。」桑柯夫道出一件奔靈者熟知，群眾卻不大知情的惡兆：「東方雪域出現『狩』的蹤跡！總隊長亞煌身負重傷，帶回的情報告訴我們狩的為數過百，而且不過兩天的路程！不僅如此，在北方、南方，探尋者都發現了同等數量的魔物徵兆！」群眾開始熱烈交談，桑柯夫停頓，似乎刻意讓騷動持續一會兒才接著說：「瓦伊特蒙有更嚴酷的危險待解決，現在把所羅門的恩怨再度牽扯進來，是最不理智的做法。」

路凱站在人群中，雙手交叉於胸前，深深吸了口氣。他無法判斷究竟哪個長老是對的，但堅信身為奔靈者，必須聽從三長老的最終決定。

人們的吵雜聲無法平息。群眾裡有一些讚揚之聲，但大多數居民卻面泛擔憂，甚至有人發聲辱罵。

恩格烈沙長老舉起權杖，設法阻止會議失控。大會進行至此，居民們首次聽見他渾厚的嗓音。「桑柯夫，你可能沒想過，等到外界情況再惡化下去，或許一切都太遲了。」

「所以應該找來與我們有深仇大恨的『盟友』？這是解決事情的辦法？」桑柯夫瞠目怒問。

「過去彼此爭戰的日子，雙方都有人犧牲。」恩格烈沙的聲音極具威嚴：「如果我們因為歷史的傷痕而使雙眼蒙蔽，無法邁向未來……那麼承受後果的，將是瓦伊特蒙未來的子子孫孫。」

他的短短幾句話使一部分群眾沉靜下來。恩格烈沙長老的眼神有力，粗大的鐵環擺動於肩頭的髮辮。三個支部裡，守護使畢竟與居民最為貼近，深受人們的敬重與信賴。

「把視野放遠些吧。兩年間的衝突，並不足以沖淡身為人類的本質。」恩格烈沙的介入似乎已掌控了情況。「我們必須重新建立聯盟的基礎，我們的子孫才有機會——」

「那些犧牲的戰士難道就沒有子孫，沒有愛人!?」桑柯夫迅速打斷他的話，當眾以權杖指向恩格烈沙。「你是否知道他們的父母至今仍以淚洗面！」桑柯夫搖頭喊道：「不，那些戰士根本沒機會擁有自己的子嗣，因為他們早已成為死屍，死於所羅門的刀劍之下！」憤怒被挑起，群眾再度附和。

「那是我們不會忘記的歷史，但身為長老，我們必須考慮未來——」

「你錯了！」桑柯夫長老搥著自己的胸脯喊著：「他們會死，正是我們一度錯誤的決定！完全錯誤的決定！但現在你們卻想重蹈覆轍？」

黑允長老吃驚地望著他。

桑柯夫往後退了幾步，手掌掃過整片群眾，目光卻從未離開恩格烈沙。「告訴我！下一個你想要誰去犧牲？要派哪個戰士去送死!?」他的手往下挪移，指著階梯底層的整排奔靈者。「你想送他們到遠方的雪域，被敵人以殘酷的魔法殲滅？孤零零在遙遠的地方死去——就像『兩年前』那樣？」話聲甫落，在場居民爆發出咆哮，淹沒長老們的言語。

恩格烈沙長老露出不可置信的神情。黑允長老站在一旁怒目瞠視，緊握權杖的雙手似乎在顫抖。居民開始呼喊、叫罵。廣場一片混沌，人們甚至開始推擠。

路凱環視四周。他完全沒料到會議將如此演變，這一刻他才意識到事態的嚴重。三長老的意見從不曾如此分歧，桑柯夫長老吐出的一字一句，彷彿都帶著滿滿的執念。路凱想保持冷靜，卻被身邊的居民不斷推擠。

「沒錯！我們不需要與所羅門談和！」已有人舉起拳頭。

「我的兒子就是和他們對戰時陣亡——」

「他們殺了我們的親人——」

路凱用手臂擋住暴民，目光投向廣場中央。桑柯夫長老枯瘦的臉上似乎閃過一抹詭祕的笑容。有人重重推撞路凱，待他抓回平衡，卻看見桑柯夫長老已轉為極度悲憤的神情，與黑允、恩格烈沙面對面。

桑柯夫長老張開雙臂，往後挪退幾步，彷彿與身後的群眾同一陣線。「你們聽見了嗎!?」他拉開喉嚨，讓自己尖銳的聲音凌駕於騷動的頂峰。「這就是瓦伊特蒙的回答！」

EPISODE 10《芬瀾》

艾伊思塔站在人群外圍，環狀階梯的後方。在她身後有更多居民將小島的邊緣擠得水洩不通，許多人還得站到橋上去。群眾憤怒地咆哮推擠，場面極度混亂，連續有人跌落暝河的水裡。

她不過是為了看火燄而來，從未想到情況會如此轉變。黑允長老渺小的身影似乎正在辯駁，但艾伊思塔所站的地方太遠了，什麼也聽不見，只有人群的叫喊聲塞滿了聽覺。

她想起在大會開始前，黑允長老經過自己身邊時說過的話：「艾伊思塔，我們在等待的就是這一刻。妳的使命來臨了。」這些話讓她不禁思忖，到現在依然不清楚她什麼意思——

前方傳來尖叫聲。

艾伊思塔還未反應過來，人潮已夾著自己向前挪動。「等、你們等一下——」她踮起腳尖，動彈不得，驚訝地看見許多居民已湧入廣場中央。

「站回階梯上！」奔靈者圍了上來。他們是紀律嚴明的戰士，如銅牆鐵壁阻擋人們的推擠。居民不斷吶喊，某些人甚至舉起拳頭相向。對於反應過激的居民，那排奔靈者迅速讓出缺口讓他們過去，集中精力抵擋主要人潮。至於那些穿過缺口的零星居民則被後方已做好準備的奔靈者給制伏。

場面依舊失控了，環狀階梯上的居民一層層往下壓，前方許多人跌成一團。有婦女逆著人潮想離開小島，也有人喊著「推倒他們！推倒他們！」有個居民拔起一根火柱向前扔，擊中某個奔靈者的腦門。人們跌撞在彼此身上，跟著拉倒數名奔靈者。防守線開了個大洞，大會陷入完全混亂的狀態。

艾伊思塔被人潮推入廣場，卻驚見兩旁的奔靈者包圍過來，開始動起拳頭。普通居民根本無法與之對抗——奔靈者簡單幾個動作，已讓居民趴在地上呻吟。

「你們在幹什麼！」艾伊思塔感到一股怒氣從腹部升至腦門。「快住手！」她推開人群，一個箭步，剛好徒手擋下一位男奔靈者揮來的拳頭。艾伊思塔低身護住身後滿臉是血的居民。

「讓開！」那名奔靈者喊道：「擅自拿火把攻擊人是重罪，現在就送他進監獄！」

「你們是戰士！攻擊居民是你們該做的事嗎!?」艾伊思塔敞開手臂，絲毫不讓步。周圍全是人群的叫聲，就連場內長老們也吵成一團。

虹光像煙幕般噴發空中。

艾伊思塔和那位奔靈者同時停下動作，望向一旁。色澤急速變換的光波從廣場中央竄起，共有八道，各自凝聚為不同的影像：有看似張牙舞爪的巨熊、匍匐待發的獵豹，還有像多柄鐮刀般的放射物。數千居民詫異地驚望著，他們從未在瓦伊特蒙見過「雪靈」。

八名奔靈者分站廣場四方，手持棲靈板，神情肅穆。雪靈在他們頭頂飄晃，散發出淺淺的光，比環繞廣場的火燄更加夢幻。

艾伊思塔忽然明白了。多數奔靈者的雪靈就像遊魂般無法影響物理世界，然而這幾個雪靈必定擁有強大的「物理影響力」——如有必要，可直接對居民發動攻勢。八人中，艾伊思塔認出了曾與路凱同行的黎音，以及獨眼的老將額爾巴。

暴動遽然停止。艾伊思塔連同其他居民被趕回環狀階梯，雪靈才消散而去。然而騷動好不容易抑制下來，廣場中央的長老們立刻點燃又一輪戰火。

「如果我們可以扣緊雙方的利益，就不需要再走上兩年前的錯誤道路！」了解自己失勢的黑允長老，聲音變得急切。「所羅門的周邊有更多未受侵蝕的魂木，而我們握有銀礦的遺跡位置，這是與生俱來的互補關係！」

「瓦伊特蒙已經自給自足數個世紀，我們從不需要所羅門！」桑柯夫似乎斷定自己已打贏了這場仗，毫不客氣地咆哮。

「瓦伊特蒙需要魂木，這你再清楚不過！」女長老高聲說：「讓我提醒你，桑柯夫，我們現在的窘境，就是因為探尋者無法帶回更多有效的魂木！」

桑柯夫長老瞪著猙獰的雙眼，頓時語塞。

「魂木」的重要性不僅是棲靈板的建造。相較於白化的木頭，只有保持遠古體質的魂木才可持久燃燒，轉化為木炭提供熱能。因此儲備魂木對維持特定的社會機能有至關重要的影響：鐵匠、銀匠的工作，喬安製作蠟燭的過程，或藍恩大媽的淨水廠，都需要魂木。

「……妳還有膽指責我？」桑柯夫面色鐵青，情緒似乎失控。「所有問題的根源，不就是奔靈者全被分派到遠征隊!?」

「桑柯夫，我們支部間的人員分配與這場大會無關。」恩格烈沙提醒他。

桑柯夫依舊怒道：「以探尋者現在的人數，我們能做些什麼？人手全調動到遠征隊和守護使的崗位，現在卻想回過頭來責怪探尋者支部？」在環狀階梯最前排，眾奔靈者相繼交換了不安的神色。

恩格烈沙長老也反應出他的不悅：「歷代長老皆是如此，必須依情勢所需來調整奔靈者的編制。我們不需要在此爭辯這些事。」

「是嗎？」桑柯夫怒視他一陣子，然後將目光挪向黑允。「妳以為我不曉得妳在幹什麼？」

黑允不解地眉頭深鎖，鼻環上的細鏈子微微晃動。

「妳私下告訴遠征隊，所有從遺跡帶回來的東西都必須率先由妳來過濾，才能送去研究院！」此話一出不久，人群中再度掀起一陣低語。

「遠征隊的職責並不歸你管轄。」黑允長老眉宇間閃現情緒的裂痕。

「舊世界的遺物非妳一人所有，它們屬於瓦伊特蒙。」桑柯夫厲聲斥責：「妳為了自己的私慾，拿奔靈者當棋子，現在妳竟然還想操控瓦伊特蒙的命運，將我們導向毀滅！」

居民們的質疑聲浪四起，這次卻稍微有所保留。反而是一直不為所動的眾奔靈者此刻出現了變化；他們首次彼此交談，神情浮現疑慮。最後連恩格烈沙長老也嘆了口氣，睨視著黑允，彷彿桑柯夫的話也挑起了他的懷疑。

艾伊思塔覺得這一切可笑至極。所以到最後，這跟瓦伊特蒙的福祉根本沒多大關係。這場大會不過是你們這些長老為了私利相互辯駁的場所吧？

「你並不曉得我們所面臨的挑戰……」黑允的氣勢明顯轉弱許多，但她仍未放棄：「我們需要西邊的盟友。」

這一刻，桑柯夫顯然想引導大會結果成定局：「黑允啊，未來若有更加成熟的時機，我們可以再商討——」

「我堅持派遠征隊前往所羅門，結果由我全權負責。」黑允長老固執地說。

桑柯夫不可思議地吸口氣。「別傻了，黑允，」他那語重心長的模樣，在艾伊思塔看來卻再虛偽不過。「瓦伊特蒙和所羅門的關係永遠終止了，雙方早已沒有任何交集。」

「你錯了。」黑允露出了詭譎的笑容。「我們雙方確實還有某些……共通的連結，可以成為重建和平的橋梁。她將是我們兩方文明唯一的希望。」

「妳在說什麼？」桑柯夫困惑地問。

接著，令艾伊思塔無比驚訝，黑允長老的目光飄了過來，在前排的人群中找到她。「艾伊思塔，過來吧。」長老露出修長的黑色指甲，朝她揮手。

廣場上的人全都看向綠髮女孩。奔靈者竊竊私語，有探尋者支部的人公然發出咒罵。

兩個文明唯一的………希望？艾伊思塔感到一陣茫然。此刻她才意識到，或許黑允長老打算送她前往所羅門。

前方人群讓開一條縫，艾伊思塔遲疑地步入廣場，在整個瓦伊特蒙的注視之下渾身不自在。黑允來到身旁，把手搭在她肩上。

「你們當中多數人應該都認識艾伊思塔。」黑允的目光掃視階梯上的居民。「每日清晨，她不厭其煩地幫大家替換螢光燈。伸手給予所有需要幫助的人。」

許多居們發出讚嘆聲，人們頻頻點頭。艾伊思塔卻感到遲疑，想逃回人群當中。然而黑允的手緊緊壓著她。

「但或許你們不知道，她的出生之地就在所羅門，七歲才來到瓦伊特蒙。」黑允的一番話在群眾當中掀起一陣騷動，更激起眾奔靈者嫌棄的神色。「但那些重要嗎？她屬於瓦伊特蒙，屬於兩個世界。艾伊思塔可以成為雙方文明的橋梁。」

急劇的心跳、空白的腦海，一股冰涼扭痛了腹部，令艾伊思塔感到暈眩。打從七歲來到瓦伊特蒙，她就再沒回去過所羅門。她根本已忘記兒時的環境與那裡的人是什麼樣子，只知道當她興奮地縛定自己的雪靈，成為奔靈者的那一刻，竟被長老們下令拘禁。

在那戰事頻繁的年代，戰士們深怕她的背景會帶來災難。他們懼怕她將帶著瓦伊特蒙的情報投誠。他們甚至懷疑喜愛到處奔跑的艾伊思塔，是為了知悉瓦伊特蒙的每個角落。他們說瓦伊特蒙有幾座洞穴、幾條隧道，艾伊思塔早已摸清——「狩」或許無法踏入無雪之地，但若敵人為人類，絕對可能入侵。長老們聽進去了，斷然禁止她踏出瓦伊特蒙一步。艾伊思塔只能偶爾在鄰近雪域練習奔馳，但總會被好幾個守護使監視著。

「可以！艾伊思塔可以！」有居民吶喊。艾伊思塔回過神來，發現那是藍恩大媽的聲音。開始有一大票居民附和贊同，也有居民發出反對的聲浪。奔靈者無人發言，他們全部靜穆地盯著她，眼中滿是敵意。

廣場就像個審判場，壓力隨著一圈圈的人潮收攏過來，快將艾伊思塔壓垮。

她從不認為自己是奔靈者。她不過是個身在瓦伊特蒙，擁有棲靈板的居民——但或許，她更像個囚犯。

「好了，妳先回去吧，」黑允長老露出滿意的笑容，在她耳邊低語。「我找機會把妳編制到遠征隊裡。妳會有機會代表瓦伊特蒙，幫我們從所羅門那兒索取魂木的使用權力。」

她走回人群之中，有居民拍了拍她的肩膀給她鼓勵。然而艾伊思塔的腦中迴盪著解黑允長老話中的涵意。

艾伊思塔一直都對所羅門有股強烈的思念。她父母就是在那兒過世的……因此每次盯著地圖，她的目光會不自覺去尋找那群南太平洋的島嶼。對出生之地的幻想，刺激她長年的渴望。然而此刻，曾經的期盼卻消失殆盡。

當人們認為她是個威脅，他們選擇將她拘禁數年……而現在，當他們認為和平應該取代戰爭，則想反過來利用她。有股令她作嘔的感觸湧上心頭，這輩子她的心中從未如此難過。

艾伊思塔看著廣場中的長老繼續他們的辯駁，並環視周圍人們投來或讚揚或睥睨的神色。腦中有個聲音讓她不自覺地轉身。於是艾伊思塔硬是推開擁擠的人群，不顧群眾在身後低語。她什麼也聽不見，鑽入人潮裡。

研究院只留下一名學者助手看管，他正坐在石桌的燭光前謄寫東西。

綠髮女孩奔跑進來，倉促地說：「大會還在進行。但首席學者叫我來拿些資料，長老們已做出了決定！」

「是……是嗎？什麼決定？」那名助手起身問道。艾伊思塔記得他叫麥爾肯。

「長老們達成共識，要向居民們公布文獻了！」艾伊思塔告訴他：「就是總隊長他們帶回來的那些，還有首席學者的解讀。」

麥爾肯愣了一下，趕緊引領艾伊思塔走進通道內。「怎麼這麼突然？」

「他們打算把『恆光之劍』的信息分享給所羅門。」

「所羅門!?」麥爾肯一個踉蹌，雙眼瞪大。

艾伊思塔立刻推了他一把。「我沒時間解釋了！快！他們正在等。」麥爾肯帶她著來到某間窟室內，眼前的架子上標註了研究院關於「方舟」的資料，整整好幾疊。

艾伊思塔屏住呼吸。她明白每當研究院獲得一份重要文獻，第一件事就是在殷紙上製作手抄謄本。而路凱不久前才說過研究院已經解讀出方舟的所在地……她只希望學者已有足夠的時間完成所有抄寫，否則她必須想辦法取走真跡。

學者助手麥爾肯翻找了一陣，抽出其中一份文獻說：「啊，這些是完成的謄本。」換成其他任何人提出這樣的要求，或許他會感到懷疑。但艾伊思塔的跑腿工作在瓦伊特蒙無人不知無人不曉。

她呼出一口大氣，接過手說：「謝謝你！我得快回廣場去，否則會議會停擺！」

奔回自己的窟室後，艾伊思塔迅速收拾行囊，知道自己不能錯過千載難逢的機會：所有奔靈者都聚集在廣場，是守備最薄弱的時刻。一旦會議結束，任何逃離瓦伊特蒙的機會都將消失。

忽然一陣徬徨襲擊她。自己的生活空間一直在洞穴裡，她根本沒有足夠的遠行常識。然而艾伊思塔知道自己沒時間思考，開始隨手抓來衣物、慌亂地打包，她可不想再等上好幾年——

「艾伊思塔。」男人的聲音從背後傳來時，她嚇得跳了起來。她回頭，看見留著蓬鬆虯髯的燭匠喬安。

「喬安，你……你沒去大會？」艾伊思塔瞄了一下身旁的背包和衣物，知道遠行的意圖已明顯暴露。棲靈板都準備好擱在身邊了，就連她的武器——繫著鎖鏈的腕環——也已準備就緒。

「會開太久了，爭吵不休，沒什麼意思。」他凝視著艾伊思塔。

「啊……我……」她想避開喬安的眼神，卻不知該看哪裡。「藍恩……藍恩大媽叫我把這些東西拿給她……」瀏海底下的碧綠雙眸，偷偷瞄了燭匠一眼。

喬安只是點點頭，沉默了一陣。然後他像個父親般，用寬大的手掌摸摸艾伊思塔的頭，並放了某個東西在她的袋子裡。那是個玻璃杯狀的蠟燭，以及小巧的打火石，這讓艾伊思塔睜大了眼。蠟燭是極為貴重的東西，除了學者與長老得以使用，就連奔靈者都不能隨便觸碰。她似乎感覺喬安在大鬍子底下緩緩嘆了口氣。然而燭匠只露出微笑，沒說什麼就離開了。

一股莫名的傷感使艾伊思塔頓時哽咽。她想叫住喬安，但她知道已經沒時間了。

艾伊思塔收拾好剩餘的行囊，果斷起身。

整個北環大道空無一人。

她拎著棲靈板，爬上彷彿永無止盡的階梯，通過多道無人看守的閘門。她不禁感到諷刺，學者們無論何時都知道要派人留守研究院，負責鎮守通道的守護使卻非如此。

當她推開最後一道門，剩餘的通道依舊漆黑，但空氣的溫度已非冰冷所能形容。她讓自己緩緩吸了口氣到肺腔。這氣息……是久違的冰凍大地。艾伊思塔往前行，感覺前方逐漸明亮。

她閉起眼睛，知道人類的雙眼需要極長一段時間才能適應。柔順的長髮飄揚著，艾伊思塔就這樣繼續走著，直到雪片輕落身旁。步行的感覺，告訴她腳下堅實的岩地已逐漸轉為鬆雪。她站在落雪之中許久，才緩緩睜開碧綠色雙眼。

當艾伊思塔放下棲靈板，踏了上去，一股力量立刻緊緊纏住靴子的銀製底層。然後她拉起披風的兜帽、戴上手套，取出雙子針凝望了一下。她決定先往西走。

風聲在遠方響起，呼喚著艾伊思塔。她滑入雪幕之中。

EPISODE 11《拂羽》

雨寒站在奔靈者當中，位於環狀階梯最前方。束靈儀式之後，她按照奔靈者的傳統為自己綁了髮辮。在她黝黑的波浪髮紋下，三道細長的辮子橫向岔開。其中兩道劃過頭頂，最後一道則懸掛於額眉上方。

她的身旁站著母親的親信——有著「破荒蠻子」綽號的戈刺圖身材高大，嘴裡叼著灰色樹枝，口中頻頻發出不耐煩的嘖嘖聲。雨寒也感到難以言喻的沮喪。會議發展至此，不僅長老們尚未達成共識，就連奔靈者之間也出現分歧。

母親祭出艾伊思塔這一招並沒有說服對所羅門滿懷恨意的人，反而令現場觀會者更加對立。艾伊思塔自然不可能獨自前往所羅門，還需要遠征隊的協助，而遠征隊受母親管轄，母親則想和所羅門重修舊好。桑科夫長老抓住了最後這個點，聰明地運用居民大會把母親的意圖公諸於世。

或許探尋者支部無法對抗遠征隊的人數，但只要桑科夫長老煽動部分居民反對，母親的願望就難以達成。

難怪……母親會對亞煌心生怨氣。雨寒這一刻才想明白，或許母親希望總隊長在遠方能找到有魂木的森林，藉以壓縮桑科夫長老的權力。事實上，和座落大片原始森林的所羅門交換資源也有這味道。

成為奔靈者後，雨寒希望母親能為她感到驕傲。然而即使雨寒就站在第一排，母親從未看她一眼，只專注在自己的鬥爭上。

雨寒感覺自己好弱，幫不了母親任何忙。人生第一次，她期盼自己某天可以成為厲害的奔靈者，這樣說不定母親就會給她讚揚。

然而現在，長老之間的權鬥造成各支部間的矛盾被赤裸裸掀開，這將對奔靈者這群人產生長遠的影響……他們向來團結而忠貞，是一股沉穩的力量。鍛鍊出一顆沉著的心，本是在冰雪大地生存的法則。而非像現在如此分裂。

「黑允長老，請您三思。」某個女子的聲音從人群中傳來，雨寒轉過頭，驚訝地發現來自導師茉朗。她綠色短髮下的神情滿是不悅：「只要是奔靈者，沒有人忘得了所羅門曾做過的事。」

有探尋者支部的奔靈者叫好，守護使支部的人也點頭附和。遠征隊的成員則面色凝重，有點兒不知所措。

雨寒擔憂地看著母親的臉孔，知道她正壓抑著憤怒。黑允長老再次處於劣勢，就連恩格烈沙長老也不再為她發言。最受到居民的敬重，恩格烈沙的立場能直接影響許多人，因此當他不再聲援母親，黑允遭到孤立。

導師茉朗可能不清楚自己對所羅門的單純恨意，正在幫桑柯夫完成他的謀略……

「各支部嚴重失衡，才是我們同時陷入內憂與外患的主因。」桑柯夫輕聲竊笑，彷彿在暗示著什麼：「這些有失公允的情況不先處理好，瓦伊特蒙根本沒有籌碼管別的事。」

「那麼你認為該怎麼做？」黑允咬牙切齒地問，怒意也已達臨界邊緣。

「首先，打消去找所羅門的念頭吧。」桑柯夫長老喜形於色。「然後人員得重新分配。新的奔靈者有一半以上都被編入遠征隊——」

「那是縛靈師的決定，難道你對這也有意見？」黑允長老突然拋出這一句，堵住了桑柯夫的口。就算是三長老，也不敢違逆陀文莎的判斷——長老所管轄的是人類社會，縛靈師的感應能力卻觸及常人無法理解的地盤，是神祕而令人畏懼的權威。

雨寒忽然想起了什麼，環視廣場，卻未看見陀文莎那纖細高眺的身影。她感到奇怪，除非有束靈儀式在進行，否則縛靈師一向會出席大會。

「那麼我們便去爭取縛靈師的同意！」桑柯夫惡狠狠地說：「從今天起，遠征隊再不添加新人。」

黑允握著權杖的手在顫抖，沒有回話。

雨寒感覺自己也心跳加速。從小一直跟在母親身邊，她多半能猜出每位長老背後的行事動機。

近百年來，瓦伊特蒙開始探索外頭的失落世界，鄰近的遺跡先被發掘，資源陸續遭開採。當奔靈者的版圖往更遠處延伸，遠征隊越來越獲重視。同一時間，由於瓦伊特蒙周邊頻繁出現了零星的魔物，守護使的角色也更加重要。那麼，地域範圍正巧夾在中央的探尋者支部，重要性大受侵蝕。近幾年食物來源逐漸由雪地狩獵成功轉為境內的栽種馴養，近一步剝奪探尋者的職責。

桑柯夫長老意識到這趨勢將對自己越來越不利。要是讓瓦伊特蒙與所羅門重建關係，承擔使節任務的遠征隊支部自然握有再也難以動搖的權力，這對桑柯夫會是最後一記重擊，他的長老權力將被黑允踩在腳下。

然而，母親一直太過輕視桑柯夫的能耐……實際上，桑科夫長老已經成功了。母親已不可能在群眾不支持的情況下，公然貫徹自己的計劃。雨寒有點後悔自己因為害怕母親的目光，從未告訴她這些想法。

女長老掃視階梯上的居民與奔靈者，這是場僵局。最後她轉身，與桑柯夫再次對望。那雙漆黑的眸子反射火光，不願承認挫敗。然而她鬆開握權杖的手，聲音中隱約出現了屈從：

「好吧，看來這場居民大會毫無結果，那麼我們先緩下，之後如果——」

「長老，請容我說句話。」聲音從群眾之中傳來。

雨寒往一旁望去。某個身影出現在環狀階梯上。人們慢慢站開，讓那名留著黑色長髮、雙手拄著拐杖的男子通過——他是奔靈者的總隊長亞煌。

亞煌的雙腿裹著數層繃帶，已無法像平常一樣走路。然而他的神情與以往並無不同，獨自撐著拐杖一步步往前行。所有居民的目光聚焦在一向受人仰賴的總隊長如今已成殘疾的模樣。沒人開口說話，靜靜等待亞煌來到前方。

雨寒看見總隊長的左眼角，有和茉朗相似的藤蔓刺青。亞煌望了一眼站在前排的同伴們，然後說：「我們奔靈者，從來不懼怕所羅門。」

黑允長老面無表情聆聽，桑柯夫長老則瞇起眼盯著他瞧。

「如果是為了瓦伊特蒙，無論必須與他們再交戰幾次，我相信在場每位奔靈者都會毫不猶豫地拿起武器。」亞煌的語氣相當冷靜。周圍的戰士沒什麼動靜，然而雨寒注意到廣場的氣氛似乎不太一樣了。總隊長沉著的氣質影響了所有奔靈者，無論支部。就連身旁的戈刺圖也拿下嘴裡的樹枝，站直了身子。

「但黑允長老所言甚是，」亞煌點頭道：「許多尚未探索的重大遺跡，離雙方距離太近，我們遲早會與所羅門碰頭。與其如此，不如跟他們主動聯繫。」桑柯夫正想開口，亞煌接著說：「我們也可藉此機會刺探出所羅門這兩年間都在做些什麼。」

桑柯夫沉默一陣，似乎決定先聽亞煌說完而揮了揮手。亞煌繼續說：「然而要這項任務有許多不可預知的風險，因為我們不知道所羅門會是什麼反應。我們必須選出各方面都傑出的精銳戰士，來承擔這次任務。」他停頓數秒，給出了提議：「因此，與其像以往只派遣探索遺跡的遠征隊，我建議組成一支聯合部隊負責這次的行動，別再有支部之分。」

雨寒不自覺地觸碰自己嘴唇，感到驚奇；總隊長等於跳脫了兩位長老針鋒相對的窘境，提出了另一種可能性。

黑允長老卻嗤之以鼻地回道：「所羅門是長達兩星期的路程，只有遠征隊才有足夠的經驗完成。」

「沒錯，但前往所羅門的路途我們已十分熟悉。十數年來的交流，不會因為兩年的空窗期就被遺忘。只要有個好的嚮導，任何一組奔靈者都能勝任。」

總隊長的語氣透著滿滿的信任。他站在他們前方，背影凝聚了所有人。數百位戰士的眼神中散發出堅定的氣息，連茉朗也不例外。這一刻雨寒才體悟，當所有支部的奔靈者匯聚一起時那股凜然的氣勢……她依然不敢相信，自己已成為他們的一份子。

「亞煌啊，我們都相信戰士們的實力。」桑柯夫長老緩緩開口，向眾奔靈者瞥了一眼，似乎正小心翼翼地選擇措詞。「但是如你所言，我們並不知道所羅門的情況。他們擁有神祕的巫術，能在雪地不為人知地潛行，甚至還能操控雪崩！我們一廂情願，萬一對方從不打算放棄仇恨，到時又當如何？我們不能送戰士們去冒不必要的險。」

亞煌點頭。「我也如此認為。所以我建議，全權賦予聯合部隊最直接的交涉權。讓他們直接與所羅門對談，依屆時的實際情況，要戰要和，當下做決定。」

桑科夫長老打量著亞煌，陷入沉思，那模樣像在腦中盤算某些東西。

雨寒懷著崇拜之情盯著總隊長。亞煌的提議有些鋌而走險，卻不乏道理。多年前雙方文明尚有往來時，重大決策都是由長老們的信件做交涉，遠征隊來回遞送不僅費時，還常出現溝通錯誤，甚至導致衝突。

現場沒人說話許久，長老們全都沉默。

「這聽來……確實是不錯的提議。」出乎所有人意料，率先開口的竟是桑柯夫。黑允長老露出驚愕的神情，或許沒想到整場大會反對與所羅門聯繫的對手，竟轉變得如此之快。

雨寒緊抿雙唇，心底猜測桑柯夫長老就是一直在等待這樣的機會：他得以安插自己的人手，去掌控重要任務。探尋者支部的版圖，可以名正言順地邁步出去。三個支部間的權力平衡很可能產生變化。

答應吧，母親，答應總隊長的提議。雨寒緊張地看著黑允長老，知道這是必須的妥協。

「我不同意。」黑允長老搖頭。「我提出讓艾伊思塔充當和平使者的前提，是我相信只有遠征隊員可以保護她。」黑允的口吻充滿懷疑，直視亞煌說：「在你負傷後，我們就沒有其他人選，有能力同時率領三個支部的戰鬥團隊，又肩負領導階層的交涉事宜。」

「我們有足堪勝任的人選，」亞煌說：「我推薦路凱。」

雨寒抬起頭。廣場另一端，路凱的神情完全愣住了。亞煌並沒望向他，繼續向長老們解釋：「路凱曾與所羅門的奔靈者有共同探索遺跡的經驗，不算生面孔。若要重新建交，他合適；就算發生衝突，他在戰場上的判斷力也已足夠。」

「亞煌，這是必須謹慎考量的決定。」桑柯夫立刻插口：「這次任務非同小可，出不得任何差錯。人選我們再定吧。」他明顯感到不悅。

「當然不妥。」黑允長老的口氣冰冷，首次與桑柯夫的立場一致。「我知道路凱救了你一命。他的確是名優秀的戰士，但要率領整個團隊，他還缺乏經驗。」

亞煌沒有回話，場面因此陷入一陣沉寂。此時，在兩位長老身後的恩格烈沙卻開口了：

「我贊同亞煌的建議。」

黑允、桑柯夫一同轉過頭，難掩訝異之色。

恩格烈沙以宏亮的聲音說：「路凱的表現一直相當傑出。這次和總隊長的任務結果就足以證明。」廣場上的群眾鴉雀無聲，專注觀看這急轉直下的變化。恩格烈沙告訴所有人：「他們在『雪梨』的遺跡中找到稀有文獻，已被研究院判定為百年難得一見的重大發現。這對瓦伊特蒙是極大的貢獻。文獻還包括舊世界文明消失前，世界最終樣貌的地圖。」他望向站在群眾前排的首席學者。「是吧，帆夢？」

黑允的深色眸子睜大數倍，詫異地凝望恩格烈沙好一陣子，才緩緩轉向首席學者。

「是的，我們已解讀一大部分，」白髮學者欣然開口時，數千雙眼睛落在他戴著眼鏡的面孔。「路凱他們帶回來的資料，確實給了研究院難以計量的突破。」帆夢給出高度讚揚：「這應該是近幾年來最具價值的發現。」

雨寒的心臟跳得極快。她明白母親最近的注意力從不在那些文獻上，而先讓研究院進行解讀的後果，就是當前的背叛。

諷刺的是，桑柯夫竟也望向黑允，似乎急切地想尋求共同解決的方法。但黑允長老緊握權杖，已無心理會，她只滿臉詫異，必定認為自己被恩格烈沙擺了一道。

群眾間的低語再次像漣漪般擴散，只不過這一次，更多是讚許的聲音。如果恩格烈沙長老、總隊長亞煌、首席學者帆夢這三位倍受敬重的人物已站同一陣線，居民大會的結果差不多已告確立。其餘兩位長老只能妥協。

「那麼就這樣吧。既然總隊長負傷，我們就該相信他所指派的人選。」恩格烈沙長老的目光從亞煌飄向帆夢，最後落在群眾中的某一處，以嘹亮的嗓音說道：「——就讓路凱全權負責聯合部隊的任務，承擔瓦伊特蒙的未來。」

EPISODE 12《御風》

一直到居民大會結束許久，路凱的心跳依然止不住激盪。

離開廣場的路上，有些奔靈者恭賀他，告訴他率領聯合部隊可是重責大任；也有人說假如所羅門那些混蛋膽敢做出任何不義之舉，叫路凱直接給他們教訓；也有居民囑咐他一定要保護好艾伊思塔。

白髮飄逸的身影從遠方走來，俊的臉上是誠摯的笑容。看見路凱那滿臉不可置信的模樣，俊說：「瞧你的樣子似乎高興得太早了。這項任務異常危險，被你挑中的人可倒霉了。」

這句話讓路凱也笑了，腦子清醒了些。「沒錯，你是第一個。」

俊理所當然地點頭。「其他人呢？心裡有人選了嗎？」身為任務隊長，路凱可自由從各支部挑選成員。

「我正想找你談這個。等等……」路凱瞥見人群之中亞煌的身影。他快步追了過去。

總隊長的身邊圍繞著一群奔靈者，跟隨他蹣跚的步伐。參加居民大會，是亞煌受傷以來第一次出來走動。他看見路凱時，倚著拐杖停下腳步。

「亞煌大哥……」路凱想道謝，視線落在亞煌那雙已無知覺的腿，卻突然不知該說些什麼。

「這是你應得的。」亞煌露出了路凱熟悉的、從容不迫的笑容。「現在有許多事得開始著手。我建議挑選五、六位隊友為宜，人數過多可能會立刻被所羅門當成入侵者。」

「我懂了。」路凱回道。

「那麼，人員決定之後再一起過來找我。長老想必有許多事要交代，研究院那邊也會提出意見。」亞煌和他們兩人告別，拄著拐杖往前走。其餘奔靈者向路凱恭賀過後，隨著總隊長離去。

路凱望著亞煌大哥跛行的背影，深深吸了口氣。許多癒師都說，亞煌的雙腿已無法復元，可能永遠無法遠行於白色大地。路凱握緊拳頭，強行壓抑湧現的哀傷。在那瞬間，一股錯覺擄掠了他的腦海，感覺外頭的雪地才是奔靈者真正獲得自由的地方……無論它有多危險。那是他們奔馳的大地。

自由，永遠伴隨著代價。但若真如此，為什麼付出代價的是亞煌大哥，而享有自由的卻是自己？路凱確定，如果亞煌大哥沒有受傷，領導聯合部隊的必然是他。

「路凱，」俊似乎注意到他的神情，硬將他的思緒拉了回來。「你現在是隊長了，我們有許多事必須準備。」

路凱望向好友那近乎透明的白色眼眸。俊總是如此冷靜，在路凱感到徬徨時，成為他不變的助力。

路凱正色之後，頷首同意。

「問問『破荒蠻子』吧？」路凱說。

聯合部隊的核心成員，他不希望只找自己熟悉的面孔，而是能挑出真正適任的人選。但路凱這幾個月長期遠征在外，不了解人們近期的風評。俊在這方面比他更具備判斷力。

「我也贊成。」俊若有所思地說：「有你和戈剌圖同行，這個團隊就有了長程旅行的實力。你們兩人都是遠征隊不可或缺的人物。同時，他深獲黑允長老的信任。」

「我考量的是他能帶來的戰力。」路凱提出另一個層面的考量：「要是真面臨強敵環伺的情況，我們需要破壞力強大的隊友在身旁。」

「沒錯。最好再加個狙擊手。」

路凱點頭。「找帕爾米斯？我聽說他是你們探尋者之中箭術最優秀的？」

「前提是目標得不會移動。」俊搖頭解釋：「帕爾米斯擅長定點狙擊，甚至懂怎麼雙箭射擊。弓箭手之間的比賽沒人贏得過他。但若對手是雪地裡的游離作戰，他不算是最優秀的狙擊手。」他想了下說：「還有個問題，帕爾米斯太習慣探尋者支部那夥同黨的奉承。聯合部隊或許不適合他。」

「你會推薦誰？」

俊雙手交抱沉思，眼眸輕閉，白霜般的睫毛給人一種幽魅的錯覺。「埃歐朗。」他再度開口時，口吻十分肯定：「他是天生的游擊戰好手，無論『靈體分散』、『物理影響』都十分傑出。而且具我所知，他的性格沉穩，如果我們需要和所羅門談判，他會是個助力。」

路凱感到些許吃驚。比起自己單就戰士能力來考量，俊顧到的層面更多。「好，那就他吧。」路凱說：「對了，我們還得帶上艾伊思塔。」

俊沉默半晌，面無表情地說：「我認為不妥。」

路凱的眉間微皺。「但黑允長老在大會說過……」

「現在情況改變了。總隊長提出的『聯合部隊』壓倒黑允長老最初的提議，而且受到居民的一致認同。」俊說：「你能全權決定成員，不需要只聽黑允長老的。而且我有顧慮……艾伊思塔的背景不會是助力，反而是不穩定的因子。」

「怎麼說？」

「要是一個十幾年來從未出現在瓦伊特蒙的孩子突然歸來，口口聲聲說他要代表所羅門來與我們建立信任，長老們會是什麼反應？」

路凱思考了一會兒。「我明白了。但請原諒我還是單純從戰鬥組織上做考量。」他說出自己的分析：「艾伊思塔擅長中程攻擊，恰巧可以彌補我們與狙擊手之間的空缺。」

俊也想了一下，最終點頭。「合理。那麼由你決定吧。」他接著說：「最後一位成員，最好是名癒師。」

「同意。」路凱問：「有什麼人選嗎？」

「攸呂不錯，他的治癒能力在守護使當中相當出名。恩格烈沙長老也非常看重他。」

「但攸呂的眼睛……適合長期待在外頭嗎？」

「可以問問他的意願。」

砰磅——！

腕力比賽的結果在瞬間分出勝負。「破荒蠻子」戈刺圖壓倒對方手腕，引爆一陣歡呼。他爬上木桌高舉酒杯，手臂全是青筋，胸膛滿是汗水。人們邊啃著酒釀的魚骨，邊胡亂瞎喊著。

「下一個換誰？」戈刺圖才剛發出大笑，人群已讓開一條路。

路凱和俊走到壯漢面前，在人群包圍下抬頭看他。

站在桌上的戈刺圖塊頭極大，駝毛背心露出結實的雙肩。他弓著背，彷彿正蘊釀著隨時可能爆發的力量。然而看見路凱時，戈刺圖的表情轉變了。「恭喜你擔任聯合部隊的隊長！」他口中仍含著樹枝，腔調濃厚。接著，他瞄了白髮的俊一眼。

「如果這是值得祝賀的任務，希望你能與我們同行。」路凱簡單地說。

戈刺圖跳下木桌，重重落地，挺起身時比路凱高上一個頭。他扯下嘴角的樹枝微笑。「當然囉。這會是我的榮幸。」

兩人在射箭練習場看見一整群探尋者。幾個人正在舉弓比試，其餘的人圍著一旁下注，看見路凱和俊的身影走來，立即議論紛紛。人們滿懷期待地瞥向高眺的綠髮男子——帕爾米斯。

然而當人們聚過來與路凱談話時，俊逕自走向一個坐在角落的人。

埃歐朗的個子不高，沉默寡言，那雙深灰色眸子極具穿透力。他將灰髮綁成粗大的結串落在背後，手臂上的線條劃出糾結的肌肉，手掌上戴著金屬手套。俊與他交談一陣後，轉過身朝路凱點頭。

路凱對人們道謝之後，和俊一同告辭。

這時，那群人才彷彿回過神來，意識到路凱完全未提及聯合部隊的事。他們的目光先聚在帕爾米斯身上，然後所有人同時轉頭，驚訝地望向坐在角落的埃歐朗。

不久，路凱立即獲知驚人的消息。

艾伊思塔失蹤了——她臨走前還竊取了研究院許多資料。長老們知情後勃然大怒，尤以黑允長老更甚。

恩格烈沙長老立刻動員了守護使支部搜遍洞穴與隧道，認為艾伊思塔可能還在瓦伊特蒙某處。桑柯夫長老則斷定她盜取關於「恆光之劍」的機密資料，果不其然是為了投誠所羅門做獻禮。

路凱非常詫異，但他壓下不安的情緒，知道事不宜遲，自己得繼續面對更重要的事。

「這樣我們就少了一個人。該由誰代替？」路凱在腦中過濾著名單。聯合部隊的隊員最好能符合幾項條件：相互支援的能力，以及足夠的小組作戰經驗。他想到幾個名字：「黎音？佩塔妮？還是尼古拉爾斯？」

「都不妥當。他們的能力都有替代性。」俊拍了下路凱肩膀說：「之後再想想吧。我們先去找攸呂。」

最後一位隊員，他們知道他時常在「陽光殿堂」獨處。

黑底斯洞的邊緣，數道石階依附岩壁，連到岩頂處一個相當深的洞穴。螢火蟲的光盤旋於洞口，隱約照亮這所謂「殿堂」的內部。裡頭盡是鐘乳石，人們能行動的空間只有中央一條窄道，通往盡頭的一面牆。

而兩旁的鐘乳石林，上頭掛著數百個銀色飾物——由陣亡戰士的兵器上所剝下的銀紋，用於緬懷他們。

攸呂獨自坐在窄道的盡頭。在他面前，石牆上刻滿密密麻麻的遠古文字，是符文語和音輪語的多種前身。那是祖先們在冰雪世紀降臨後不久，將許多關於陽光的故事刻下，成為永存的記憶。而在牆的正中央，文字環繞著一個異樣的浮雕；祂像是火燄放射四方的球狀物，被漆上黑色的墨。定居在瓦伊特蒙的人們，根據遠古的故事揣摩對陽光的印象——那在地球尚未冰封之前，由遠方到來，點燃生命起源的神聖力量。傳說中，正是祂創造了這世間的一切。

路凱和俊來到攸呂身後，看著漆黑火球的浮雕。遠征隊每次出任務前，都會來這裡祈禱。然而令路凱感到震撼的並非那些遠古文字，也非精緻的浮印雕刻，而是覆蓋在浮雕表面的那層墨——它使整個畫面猶如燒入岩壁的黑色火燄。

人們將陽光塗黑，因為祂早已不復存在，並藉由逝去的黑色印象，永遠提醒自己切莫遺忘。

「攸呂，」路凱輕聲說：「我們將前往所羅門。來回約一個月的路程，需要一名癒師。」

少年轉過頭來。他年紀不過十來歲，一頭翡顏裔的淺淡綠髮，面無表情的容貌。那神韻讓路凱想起縛靈師思緒縹緲的悠遠模樣。攸呂的雙眸總是半閉著，應該呈綠色的瞳孔卻淡得像不存在，彷彿失明一樣。路凱知道他兒時體質出現病變，無法在亮白的雪地裡久待，否則雙眼真有可能失明。

攸呂的面容轉回牆上的浮雕，聲音細微：「好。」

他的回答沒有任何猶豫，反而令路凱遲疑了。「你的眼睛……現在已經可以適應雪地了？」

攸呂依然盯著那已失去光芒的黑色火球。「路凱，你相信在那片無盡的雲層之外，陽光依然在看著我們嗎？」

路凱愣了一下，一時間不知該怎麼回答。「應……應該吧。」他向俊投以不確定的眼神。

「學者說沒有證據能證明，但長老——」

「那是信仰。」攸呂打斷他的話，輕聲說：「如果白晝的天空會因信仰而明亮，我沒有理由會在祂的懷抱中受傷。」

EPISODE 13《離焱》

所謂孤獨，是在自認熟悉的環境中，再也找不到任何熟悉的事物；也是當胸口的酸楚加劇，臉上卻得維持不變的表情。

長久以來，凡爾薩早已麻木。他獨坐在一塊岩石上，看著底下人們幽暗的身影遊走於鐘乳石之間。他想像這些形體怪誕的岩石都在腐朽，卻被時間所凝固，禁錮這裡所有人的命運。硫磺味依然瀰漫四周。凡爾薩緊抓著攞在膝上的羊駝披風，從未像今天這般掙扎。

現在，他已經知道獨自前往所羅門是不切實際的行為。他並非沒有嘗試過，披風上滿是因冰凍而破裂的痕跡就是證明。但自己踏上兩週的漫長旅程無疑是自殺……

所幸命運回應了他長期以來的願望——那支即將前往所羅門的聯合部隊。

這兩年，他沒有任何機會參與黑允長老指派的遠征隊。但在居民大會上，他聽見聯合部隊所代表的些微可能性——說服路凱讓自己加入，這將是他離開瓦伊特蒙的唯一辦法。

他與路凱並未有太多交集，兩人談話的次數一隻手都數得出來，但在凡爾薩的印象中，路凱或許會是個願意聆聽提議的人……

那麼他必須提供一項路凱無法拒絕的條件——凡爾薩擁有與所羅門戰士交手的第一手經

驗。

他曾親眼見識到對方的魔法，那如咒文般的集體召喚術，誘導白雪傾洩而來。聯合部隊會需要他。

終於，他看見身影從底下的道路走來。算了算，共有五個人，人數應該還未滿。凡爾薩並認出走在那群人中央，路凱那及肩的黑髮。雖然害怕會平白自取其辱，凡爾薩逼自己深吸口氣，知道猶豫得越久機會將更渺茫。

他抓起膝上的羊駝披風，起身跳下岩石。

「路凱。」凡爾薩開口時，那群人停下腳步。

五人之中，站在路凱身旁的是個髮色蒼淡的男子。然而凡爾薩這才驚訝地看見曾向他挑釁的戈刺圖；對方含著樹枝的嘴角立刻浮現蔑視的線條。凡爾薩設法不去理會，將焦點集中在路凱身上。

路凱似乎在陰暗的光線下也認出了凡爾薩，眼神開始轉變。

凡爾薩知道那種眼神——緊繃，充滿不信任，甚至像某種壓抑的怨恨。凡爾薩沒讓自己畏縮，因為他早已習慣人們的態度。這一次他做好心理準備，絕不使自己的決心動搖。

「凡爾薩。」路凱點頭。

「我知道你將前往所羅門……」凡爾薩頓了一會兒。下一句話極難脫口，但他逼迫自己。

「讓我加入你的團隊。」

這句話令對方的成員十分震驚。他們靜了一會，只有後方的戈刺圖噴出鼻息，扭曲的笑意轉為不可置信的笑聲。路凱則與凡爾薩目光相對，許久沒有作聲。

「抱歉，」路凱緩緩搖頭。「我們的團隊不需要你。」

「你錯了。」凡爾薩嚥下一口唾沫，忍住怒意。「如果你們與所羅門交戰，會需要我擁有的情報。」

路凱拋來的眼神，令凡爾薩感到相當不舒服。但他繼續說：「我親眼見識過那群奔靈者，以精準的陣勢施放法術。」

「我們的目標是與他們媾和，不是再次挑起戰端。」路凱回道。

「那是理想的情況下。」凡爾薩嘗試說服他：「所羅門那幫人的舉動難以預料。如果你想活著回來，會需要我所知道的事。」

「破荒蠻子」戈刺圖諷刺地大笑，高大的身影擠到路凱前方。「啊，像你一樣？從戰場上『活著回來』？」他厚實的眉頭深陷，臉上滿是憎惡。「如果再與所羅門作戰，毫無疑問，咱們都知道你會先跑，對吧，『叛逃者』？」

不僅戈刺圖，其他人的眼神也逐漸浮現敵意。凡爾薩獨自面對他們五人，堅定自己的意志與目光，只把希望寄放在路凱身上。

然而路凱那雙剛毅的眼眸背後，是冷漠。「你為了什麼理由，想與我們同行？」

來了……凡爾薩心想。他鎮定自己的思緒，搬出早已演練好的台詞：「只有我見過所羅門的祕密。或許命運要我為瓦伊特蒙做些事。」他曾考慮撒更大的謊，說自己想為了當初的陣前脫逃而贖罪。但凡爾薩做不到，也是他寧死都不願扭曲的事實——

因為當初的抗命與遠離戰場之舉，他至今從未後悔。

「我們都知道你幹過什麼事。」路凱直視他，語氣不帶任何情緒：「奔靈者沒將你趕出瓦伊特蒙，放你在外頭自生自滅，是顧念你也曾是我們的一份子。」路凱的語氣一轉：「但念舊之情總有個限度。別考驗我們的極限。」

凡爾薩張開嘴，卻啞口無言。

路凱從他身旁經過，沒有再看過來一眼。其他人也拋下避忌的眼神，一個個轉頭離去。

凡爾薩此刻心神恍惚，知道希望已全滅，他將永遠走不出瓦伊特蒙。

「慢著——」突來的一股衝動讓他追了上去。凡爾薩覺得一股驚恐掐住自己的喉間。自己的餘生將在瓦伊特蒙腐朽潰爛的景象使他亂了方寸。他幾乎咬著牙嘶吼：「帶我走！你必須帶我走！」

凡爾薩抓住路凱的衣領，使路凱露出驚訝的神情。下一瞬間，戈刺圖憤怒地吐掉嘴裡的樹枝踏了上來，以手掌掐住凡爾薩的頸子，姆指陷入喉間。

腦中某樣東西被撕裂，本能遭到釋放。凡爾薩出手重擊戈刺圖的手肘，並在對方腹部補上一拳。

「死雜碎！」戈刺圖邊咳邊咆哮，挺起身子揮拳過來。凡爾薩低頭躲過，往側面跨出一步，一記鉤拳重重揮向戈刺圖的下巴。骨頭撞擊的清脆聲響才剛揚起，凡爾薩的靴子已劈向對方的後膝，讓高大的戈刺圖跪了下來。

一個人影從後方抱住凡爾薩，但他轉身將那人摔在地上，看見是個灰色髮束，眼神深具穿透力的奔靈者。凡爾薩並不認識他，但仍狠狠舉起腳——

痛楚在凡爾薩的臉頰炸開，讓他失去平衡向後傾倒。凡爾薩還沒穩住身子，路凱的下一拳已揮來，埋入他的左眼。瞬間的撞擊讓他倒下，隨之而來的才是疼痛，從眼眶周圍向外擴散，麻痺左半邊的臉。他一陣暈眩，懷疑自己的頰骨可能碎裂，皮膚底下是一陣陣尖銳的刺痛。

這次換路凱蹲下，揪住凡爾薩的領口。「你不但曾經臨陣脫逃，現在竟然還對自己人出手！」

「你們這些長老養的蟲子懂個屁！」凡爾薩中拳的那隻眼已無法睜開，但他仍單眼瞪視路凱。「當時換作是你，也會做出相同的事！」

這句話使路凱頓了一下。他猛然將凡爾薩拉近，怒道：「那就告訴我，你當初為何棄戰友於不顧！」當凡爾薩不知該怎麼回應，只咬牙切齒不作聲，路凱又說：「果然沒錯，理由再簡單不過了。你是個懦夫。」

「拋下他們又怎麼樣——」

路凱的下一拳結束了凡爾薩的話，撕裂他的嘴角，令鮮血不停滴落。

「敢再說一次，我現在就殺了你！」路凱吼道：「你知道『夥伴』的意義嗎？」

戈刺圖挺直身軀，吐了口唾沫走來。他咒罵了幾聲，狠狠踹向凡爾薩腹部，一次又一次。路凱並未阻止他。

凡爾薩痛苦地叫出聲，緊抱自己的腰，咳出整灘血。

其餘幾人在旁圍觀，投來冷漠的眼神。凡爾薩嘴角淌血，瞠目怒視所有人。他當然知道，所謂的夥伴就是一群人聚在一起才有膽量對抗別人。憎恨竄過凡爾薩的每條神經。他早該知道這些人全是一個樣，早該知道路凱也不例外！

凡爾薩暗地嘲笑自己的愚蠢。而路凱留下最後一句話：「什麼過錯都有諒解的餘地，除了拋棄戰友。」

他們就這樣丟下凡爾薩，響起堅硬的腳步聲離去。

凡爾薩的血液因憤怒而沸騰，不斷地大口深呼吸。他很清楚，自己從未因「恐懼」而逃離戰場，但在那一刻，他卻狠狠扯下用於遠行的羊駝披風，發出歇斯底里的笑聲：

「沒錯，我就是因為膽怯！」他對著那群人的背影咆哮：「但你也一樣，路凱！別以為自己有多英勇！」凡爾薩的怒吼伴隨著笑聲：「等你必須面對死亡之際，你就會明白自己也是恐懼的動物！你會和我一樣——全都是懦夫！」

幽光之下，路凱的身影彷彿停下腳步，但僅止於短暫的片刻。他的同伴拉住他，沒再回頭，將凡爾薩留在黑暗中。

EPISODE 14《拂羽》

公共澡堂位於瓦伊特蒙西邊的洞穴裡。它是一連串不同大小的池子，被地底看不見的火燄燉煮著，形成溫泉。

蒸氣不斷從水面冒出，模糊了整個洞穴。

雨寒慢慢讓身子下沉到池子裡——熱氣搔撫過她的肌膚，熱水淹蓋她的小腿肚，然後是大腿、腹部，胸脯和荏弱的雙肩，直到水波撩弄到她的頸子。她的波浪般黑髮浮於水面，細長髮辮懸於額前，而一對深眼袋隔著霧氣依然明顯。

幾個大池供普通居民使用，通常他們每個月會獲准清洗一次身體。身為長老的女兒，雨寒可隨心所欲來這兒，她卻總是自己一個人泡澡。霧氣中，她聽見隔壁池傳來人們的低語，猜測是研究院的學者們來此放鬆，討論事情。

一旦泡著溫泉，她感到緊繃的肌肉逐漸放鬆。

成為奔靈者的感覺與之前並無多大不同。唯一奇特的是自從有了雪靈，把棲靈板抱在懷裡，雨寒便莫名地不再孤單。彷彿任何時候都某種……無法解釋的存在感伴隨著她。

每天醒來，她會告訴母親：「我要去訓練了。」黑允長老只點頭，不看她一眼，也不多說什麼。接踵而來的滑行訓練讓她不用成天跟在母親身邊，這在某種意義上對雨寒也算是種解脫。

眼前的水蒸氣中出現女子的身影。雨寒將身子縮進水中，讓水蓋住自己的下脣。岩壁上整排螢光燈反射著霧光，映照出導師的容貌。

「感覺怎麼樣？」茉朗說：「在外頭一整天，泡個澡很舒服吧？」

雨寒輕輕點頭，盯著朦朧霧氣中茉朗赤裸的胴體。女奔靈者相當高，體態豐腴卻不失柔美。她的綠色短髮覆蓋著紅潤的臉頰，慣於駕馭棲靈板的雙腿修長，肌肉良好。茉朗踏入池子裡，來到雨寒身邊。

「身體還會疼痛嗎？」茉朗關切地問。她今天帶著雨寒在雪地奔馳超過七小時。

「小腿還有一點……」雨寒已記不得自己痙攣過幾次。

茉朗挪動到她面前。漂擺的水波環繞著導師裸露的腹部，她的右手腕戴著一圈看似粗重的手鐲。茉朗曾說那是藍恩大媽送的：一圈玻璃環，裡頭裝著從淨水房取得的暝河之水，有氣泡在裡頭滾動。

茉朗溫柔地說：「我幫妳吧。」導師的雙手觸碰雨寒的腿，緩緩搓揉，令她不自覺羞紅了臉。「別擔心，再過幾天妳的身體應該就會適應這些運動狀態。」茉朗告訴她：「到時我會教妳俯衝跳躍的技巧。」

水底下，雨寒感覺茉朗的手往上移，柔和地搓著她膝蓋上方。茉朗的綠眼睛看著雨寒的灰色雙眸。

許久後，茉朗才開口：「妳以後的職責是成為遠征隊的一份子。下星期開始，我會帶妳前往更遠的地方。」

「把這拿去給桑柯夫。」黑允長老揮手扔給雨寒一份資料。裡頭是某些遠征隊員新帶回來的舊世界檔案。

「好的……」雨寒小聲地說。她想跟母親說些什麼，想了想後卻打消了念頭。

居民大會之後，長老之間的關係沒有改善。聯合部隊的組成，只是他們勉強達成的共識，根本的問題卻未得到解決。桑柯夫長老依然指責黑允意圖攬權，更糟的是，現在就連恩格烈沙長老也與母親疏遠了。

而雨寒和母親的關係，在她成為奔靈者後有了一些微妙的變化。她說不出具體是什麼，只覺得母親對她少了一份苛責，卻多了一份冷漠。彷彿有記憶以來，她們的距離被刻意疏遠。

雨寒走在瓦伊特蒙的陰暗街道，嘗試不去多想。

路凱的團隊即將出發。聽說他們最後找來一位叫做尤里西恩的奔靈者，以在雪地疾馳的速度聞名。然而就在今天早上，桑柯夫長老突然提出異議，換掉了尤里西恩。取而代之的是個名為茄爾莫的探尋者；據說他體內灰薰、翡顏裔的血脈各半。

雨寒懷疑桑柯夫長老在打什麼主意。照理來說，長老們不該強行干涉路凱選擇成員的決定，但桑柯夫此舉來得突然，在聯合部隊即將出發之際，減少了辯駁的餘地。母親感到憤怒，卻決定不做任何處理。或許因為她所信任的戈刺圖也在團隊裡，但更可能是她對亞煌這不屑一顧。

在路凱沒有反對的情況下，前往所羅門的團隊成員至此已成定局。

雨寒沿著一條隧道，經過了工坊洞穴。

十幾座以石柱為主體的窖窯散發著熱力，代表各種工作坊。它們與鄰洞中的澡堂一樣，捕捉由地心升起的熱能，並在需要時以魂木為燃料加工。工匠奔走在它們之間，搬運著岩塊、木頭，以及某些無法辨識的物品。

雨寒踏入又一條隧道。出來時，她看見桑柯夫長老的窟室。方形的巨大岩塊所砌出的居所，表面盡是各種浮雕。雨寒來到門口，準備掀起門簾呼喊長老的名字。

「——這是最首要的任務，絕不能讓路凱察覺。」

雨寒停下動作，突然遲疑。那是桑柯夫長老的聲音。她本能地站到一旁，從門簾的縫隙往裡瞧，看見另一個人。茄爾莫的墨綠髮色反射著油膩的光澤，映入雨寒眼簾裡。他留著雜亂的鬍鬚，嘴角一道長長的傷疤幾乎觸碰到耳垂。

「如果到了最後還是辦不到，」長老低聲說：「你知道該怎麼做。」

茄爾莫陷入沉默，似乎在思考什麼。雨寒窺視著他們，感到一陣不安。

「呵……阻止他們抵達所羅門的方法可多了，我在途中臨機應變。」茄爾莫的聲音竟然如此陰沉，令雨寒打了個寒顫。「如果他們夠走運，到了所羅門……就由我來點燃戰火吧。」

雨寒奔走在瓦伊特蒙四處，尋找路凱。

她深怕他們已經出發，深怕自己錯過最後那一絲機會，卻跑錯了兩條街。她忽然為自己總跟在黑允長老身旁而羞恥，和母親會去的就是那些固定地方，完全不了解這些錯綜複雜的通道。這一刻，她真希望自己能像艾伊思塔熟悉瓦伊特蒙的每個角落。

終於，她在研究院門口看見路凱等人。已有許多奔靈者在那兒為他們送行。雨寒氣喘吁吁地彎著身，攀扶著牆邊。路凱和隊員們已換好遠行的裝備——繫著軟毛兜帽的長披風，裡頭是皮革衣裳，防風鏡掛在頸上，底下則穿著套有細鋼環的銀底雪靴。他們背著各自的武器，手中拿著棲靈板。

「路凱……」雨寒上氣不接下氣地喘息。

「雨寒？」路凱微笑。「怎麼了？我們得出發了。」

「找到你了……」她吞下一口唾沫，深吸口氣，讓自己稍微冷靜。「路凱，我剛才到桑柯夫長老住的地方，聽到他說——」她的話卻戛然而止。

研究院走出一個身影，那道詭異的傷疤從嘴角上揚，即使面無表情，臉上也似乎帶著扭曲的笑容。茄爾莫的目光投射過來。

當雨寒許久說不出話來，路凱對她說：「請幫我跟黑允長老道別。若情況能如預期，我們一個月後就會帶著好消息回來。」

首席學者帆夢與幾位研究員也走出研究院洞窟，與其它前來送別的人們跟上路凱的隊伍，朝北環大道的出口而去。交談聲在雨寒面前逐漸遠去，卻有個人眼神從未離開她的身上。

茄爾莫走在人群後方，視線沒離開過雨寒，直到確定她的雙腳彷如冰凍，沒有追上他們，才緩緩轉過頭，以靜得猶如幽魂的步伐跟上其他人。

PART II

EPISODE 15《芬瀾》

艾伊思塔從未想過外面的世界竟是如此。無盡的白雪綿延四方，光是睜眼就讓人感受到壓力。

而一個人在這白色世界滑行的身影，已經不能以渺小來形容……

廣大的雪地一片寧靜，絲毫不在意你的掙扎。突來一陣風就能把一切埋沒，沒人會察覺你曾經存在過。艾伊思塔詫異地發現乘著棲靈板滑行時，腳下的感覺不斷變化——某些地方的雪地稠密得難以行進，某些地方又如流水般鬆軟，像要把她整個人給吸進去。

驚訝之中，她開始了解為什麼瓦伊特蒙能保護好殘存的文明。除了地熱阻隔外頭永恆的冰冷，更重要的是，瓦伊特蒙一帶並沒有無盡肆虐的氣候。與家鄉附近的平坦雪丘比較，現在眼前的景象完全跳脫了艾伊思塔的想像力能及的範圍。

白雪暴風毫無規律地交織，雕塑出各種奇形怪狀的地勢，像是扭曲的尖塔、溶化的堡壘，分裂崎嶇的崖地、交錯重疊的斷層。艾伊思塔想起學者們說過在遠古時期，瓦伊特蒙的西邊曾是一片汪洋；現在它早已凍結，數百年間形成違背邏輯的景觀。驚嘆的同時，她更難以想像厚達千呎的冰雪底下，可能漂著無盡的洋流。

而天空，永遠是密封的雲層。

她嘴邊呵出熱氣，用手纏起毛絨絨的圍巾護住脖子，並把灰色雪狐披風緊捆身軀。過去數小時，她經過的地方到處是尖銳的雪陵，樣貌極度駭人。

艾伊思塔吃力地滑過一道白色峭壁的邊緣。棲靈板在她腳下擺動，深雪卻逐漸覆蓋到膝蓋。所幸她穿著一雙麂皮加工過的靴子，裡頭鑲著層層金屬圈，足以維持長途遠行……

發現有人在跟蹤她時，艾伊思塔已離開瓦伊特蒙有三天路程。

她只能選擇繼續前進，設法甩開有人從後頭追來的不祥預感。她祈禱那僅是錯覺，而不是來擒拿她的奔靈者。

艾伊思塔往旁邊一蹬，隨著峭壁邊緣落下，纖細手臂上的鐵鏈發出喀啷聲響。她落在另一條天然的雪道上，並從口袋裡掏出一個方形鐵容器，取出一片溫菌草，用手指壓碎後貼放在體內。皮膚馬上感覺溫暖了些。

幾天下來，攜帶的糧食已全數吃完，艾伊思塔意識到接下來必須靠自己獵食了。她忽然想起該確認雙子針的方位，才剛扭過頭搜尋肩袋，眼角就捕捉到動靜。

突來的恐慌讓她的後頸發麻，她睜大眼盯著後方。

雪壁層層交疊，像一幅靜止的畫——但艾伊思塔確信剛才看見一個微小的身影，沒入視線阻隔之處。

艾伊思塔趕忙越過一座雪陵的頂端，頭也不回地向下滑，心裡直想著甩掉追兵。她靈巧地跳躍在短坡之間，突然看見前方有道斷崖。某個點子油然而生。

「這就對了，有膽就來吧。」

艾伊思塔背貼岩壁，讓落雪堆積在兜帽與肩膀，紋風不動。她側著頭，目光緊盯著一旁的斷崖邊緣。

一道偽裝的軌跡深烙在崖邊的雪地裡。艾伊思塔希望她的追捕者誤以為自己已經往前逃離，刻意留下那板痕。

到底是誰？她不禁懷疑。

好一陣子過去，當寒冷的空氣令艾伊思塔感到睏倦，她終於聽見了——板子滑行的聲音，壓過空盪盪的風聲，逐漸逼近。艾伊思塔隨口向陽光祈禱，希望對方會上當。

人影進入視線，讓她心跳停了半拍。果然是奔靈者！那高䠷的身影，似乎穿著白色的毛質披風。

這必定是瓦伊特蒙派來捉她回去的。對方急煞在崖邊，矗立不動。艾伊思塔立刻閉住氣息，深怕任何一點聲音都會使對方轉頭。

那人所站的位置離艾伊思塔的位置非常近，但面容被兜帽遮掩，從髮色判定是灰薰族人，卻不知是男是女。乍看之下那人的披風應該是羊駝毛製，似乎與遠征隊的服裝不同……有誰會追來這麼遠的地方？

終於，那奔靈者從崖邊躍下。

艾伊思塔立刻動身，朝另一邊滑行離開。

隨風吹起的雪浪讓她眼前一片泛白，難以辨別方向。她害怕自己不小心落入萬丈深淵，只得減緩速度，後悔當初沒跟喬安借他的防風鏡。所幸她已甩開瓦伊特蒙派來的追兵，暫時不需煩惱推進多少距離。

然而前方猛然傳來的低鳴讓她止步。是錯覺？還是風聲？艾伊思塔謹慎地往前滑。白雪四處飄散，能見度極差，但她知道右側是崎嶇高聳的峭壁，左邊則是微微下彎的白色平原。

巨響再次傳來，眼前的風雪突然震動。

艾伊思塔確信那是魔物的嘶吼。她剛想調頭，敵人的身影已然出現——左前方的平地上，彷若白色雪幕的一部分，有隻狩就站在那裡！牠的利爪緩緩張開，像白煙中誕生的藍色幽光。

魔物開始朝她走來，艾伊思塔立刻鬆開手臂上的鎖鏈，垂於身旁兩側；虹光從她的腳邊升起，接著，雙手也冒出縹緲的光波，順著鍍在鐵環內圈的銀紋游動，直到整個鎖鏈被彩光包圍。

許久未在雪地作戰令艾伊思塔感到緊張，然而接下來的景象卻讓她的心跳停了一拍。

在那頭狩的背後出現了更龐大的身影。猶如飄雪中浮現的巨塔，另一隻狩踏著沉重的步伐進入眼簾，艾伊思塔從未見過如此龐大的魔物，起碼比五個人還高。牠的手臂能將她輕易壓碎，掌末的每根利爪都與黑底斯洞的鐘乳石一樣巨大。

直覺告訴她必須逃走，但才剛轉身，大地已晃動起來。那兩隻魔物正以駭人的速度逼近。她變換滑行方向，傾全力甩出右臂的鐵鏈。鎖鏈纏住前方那隻較小的狩，深深切入牠體內，然後艾伊思塔以牠的體重為支點，板子劃出一道弧形軌跡來到敵人側面。她的手臂猛然扭轉，力量隨著虹光波衝向鎖鏈末端，狩的身軀頓時碎裂。清脆的聲響揚起，伴隨魔物體內破碎的藍冰，化為一灘碎雪。

右手拉回鎖鏈時，艾伊思塔藉著作用力，身子扭轉了整整一圈，再拋出左臂的鏈子，射向那頭巨型魔物。

鐵鏈纏住比她人還要高的腿，艾伊思塔再以其為樞紐，劃出另一道弧形軌跡奔往魔物的身後。她扯斷這頭巨狩的腿，於是牠往旁邊傾倒。然而艾伊思塔還來不及進行下一個動作，龐大的手臂突然迴旋過來，直接擊中她。

艾伊思塔撞上白雪覆蓋的岩壁，全身骨頭震盪令她痛得尖叫。一瞬間的失神讓她鬆懈了，棲靈板從靴底脫落。她剛想起身，巨狩的手臂已再次揮來，使她在雪地打滾好幾圈。

她感覺溫熱的血液從腹腔湧入口中，吐出滿地鮮紅。血液在雪地溶出一個坑洞，升起陣陣白煙。

艾伊思塔剛抬起頭，看見不可思議的景象在眼前發生。斷了腿的巨狩，身子底下的白雪自行挪動，朝牠凝聚成稠密的雪塊，生成新腿，支撐著牠緩緩起身。龐大的魔物胸前裂出十字形的縫隙，裡頭的獠牙不斷蠕動，閃爍冰藍色光芒，憤怒的吼聲撼動大地。

她嚇得動彈不得。棲靈板離她有段距離，她只能跪在雪地裡，聽見更多不祥的低鳴從峭壁頂上傳來……

想都不用想，艾伊思塔知道自己已被包圍了。她慢慢抬頭，看見灰白色的峭壁表面有三隻狩垂直站立的身影。牠們朝她放聲怒吼。絕望讓艾伊思塔雙肩下垮，忽然她瞥見更上方的峭壁頂端，有個身影落下。

她愣住了，驚訝地看著那人的背幾乎平貼壁緣，像枝垂直射出的箭矢隨地心引力下墜。不知何時，對方手中已閃現兩柄長劍。他只在半空停頓了一瞬，左右劍鋒嵌入兩隻狩的體內，使碎冰噴濺、雪塵飛散。

這種高度，他卻姿態輕盈的著地，激起雪沫後滑過艾伊思塔身邊。「解決剩下那隻。」他經過她身邊時悄聲說道。

峭壁上殘存的狩發出低鳴，垂直朝下挪移。

「芬瀾！」艾伊思塔急切地轉頭呼喚雪靈。光芒再度從板中閃現，導引棲靈板從遠方朝她奔來。

艾伊思塔躍上板子，手上的鎖鏈立即綻放出虹光。她低身迴旋，鎖鏈向上甩。峭壁上的狩舉起雙掌想擋住第一條鐵鏈，卻在艾伊思塔單臂一扯之下斷裂。牠還來不及再生，第二條鐵鏈已從旁襲來，捆住牠的身子。艾伊思塔猛烈轉身將牠扯成兩段。

她回頭，驚見那奔靈者已朝巨大的魔物疾馳而去。巨狩發出震天嘶吼，但奔靈者滿不在意，向上躍起躲過魔物的巨掌。他的棲靈板蹬上牠的大腿，反彈時身子後弓避開另一道掃擊，輕盈落在魔物肩上。

艾伊思塔從未見過如此敏捷的動作。巨狩的冰爪揮起時，對方早已躍下，雙刀隨即插入牠胸前的十字形開口。他的棲靈板幾乎有一半落在魔物嘴裡，但他揮舞長劍擊碎一排冰藍獠牙。艾伊思塔意識到對方身陷危險，也朝巨狩滑去。

雙刀在魔物胸前劈開幾道原本不存在的裂縫，現在十字形的開口已殘破不堪，裡頭的冰牙混亂地扭動。巨狩準備闔上巨齒刺殺他的那一刻，艾伊思塔出手了。

她下意識加強武器表面的雪靈之力，掃出鎖鏈拉開兩道虹光，威力之大，幾乎直接斬斷巨狩雙腿。牠身軀垮下時奔靈者一個後翻，持雙刀躍至牠那無頭的頂部。

巨狩重重傾倒在地，激起的雪讓艾伊思塔緊閉雙眼。待她再次睜眼，那名奔靈者已在牠背後無情地劈砍，幾乎要將自己埋進巨狩體內。魔物發出悶響，爪子朝背後猛烈拍打，雙腿正在迅速復原。但須臾之間牠猛然炸開，化為大量粉塵。

強風不斷吹拂，帶著雪片散去。艾伊思塔看見男子矗立在雪堆裡喘息，身上的披風飄揚，而他手中的兩柄刀刃沾染著無數仍在閃爍的冰藍細屑。

「你一直在跟蹤我。」

艾伊思塔盯著眼前這位名為亞閻的男子。他們並不相識，但早在她擁有自己的雪靈前，就已從居民口中聽過這位奔靈者的許多事蹟。有人說他的實力能與總隊長亞煌匹敵。

兩把劍鞘掛在男子腰際，一把在左側，另一把懸於後腰。他額前的頭巾低得近乎遮住雙眼，目光與陰影相融。亞閻這時已拿下護臉的圍巾，艾伊思塔看見淡灰色長髮在他腦後結成好幾束辮子，垂於肩上。他的左耳環是某種動物的利齒，繫了條細鍊到耳朵上方的裝飾骨片；右耳則有刺青的紋路。從裝備上看來，男子似乎相當慣於遠行，皮質背包有數層開口，褲管上也繡了許多口袋。他從裡頭取出堅硬的短鐵鍬，逐一撬開卡在劍刃上的冰屑。

「妳的洞察力挺敏銳的，」亞閻注視著劍身，嘴角揚起微笑。「過了三天才發現。」

「呃……我早就發現了。」確定自己的猜測沒錯之後，艾伊思塔卻仍覺得哪兒不對勁。「倒是你，怎麼有辦法一直找到我在哪裡？」

亞閻這時仰起頭，頭巾底下的雙眸望了過來，淡然的笑容依舊。「妳完全不會隱藏自己的行蹤，只要任何受過訓練的奔靈者，都能輕易找到妳。」

艾伊思塔驚訝地想這根本不可能。無盡雪地裡的蹤跡豈可能輕易被捕捉？她可是翻越無數嶺峰，跨過無數深谷啊！然而男子說得如此理所當然，讓她尷尬地別過頭去。

彷彿回應女孩心中的疑慮，亞閻接著說：「我一直在觀察妳的移動模式，說實在的，十分無趣。」他聳了聳肩。「大致摸清妳的前進方向後，就好辦了。因為妳選擇的路既單調又容易猜測，只要揣摩任何新手會選的路徑就對了。」不管他有沒有望見艾伊思塔紅通通的臉，都繼續說：「啊，而且妳習慣靠自己的身體用力滑，軌跡紊亂又不斷扭轉方向，在雪地留下相當明顯的痕跡。不刮風的情況下呢，兩三天都還看得見。我勸妳多相信自己的直覺而不是身體，讓雪靈帶著妳走。」

男子一派輕鬆的模樣，讓艾伊思塔不知該怎麼回嘴。

亞閻將細針般纖細、仍發著微弱藍光的碎屑撬起。奔靈者的兵器在被虹光覆蓋時，就能輕易對狩施以傷害，然而一旦缺乏雪靈的力量，再銳利的刀刃都對狩產生不了威脅，而現在艾伊思塔親眼見證原因：那些看上去像是碎冰的細屑，可能比鋼鐵還要硬！亞閻必須用鐵鍬抵住一片深嵌刀緣的冰屑，那裡頭還隱隱發著藍光，然後他使盡全力才能將它撬出。刀刃留下了明顯的凹痕。

「所以你暗地裡跟蹤了我三天。」艾伊思塔在心裡暗自決定，這個人不值得信任。

「不，正確說法應該是兩天半。」亞閻換了把劍略作檢視，才繼續清理的動作。「昨天的天氣不錯，我還睡了個午覺，依然輕易追上妳。」

「你這個騙子！」艾伊思塔感到惱怒。這陌生人竟能若無其事的模樣，句句刺傷她的自尊心。「虧我剛才還救了你一命！」

這時亞閻露出吃驚的神情了。他揚起一邊眉毛，左右張望起來——在這一望無際的蒼白大地，除了他們兩人以外沒有其它任何生命。然後他回望艾伊思塔。「妳在跟我說話嗎？」

艾伊思塔睜大了眼。「你這忘恩負義的人！要不是我砍斷那隻狩的雙腿，你早被牠給吃了！」

「這位可愛的淑女，我當時已經在牠嘴裡找到了『核』，如果不是妳插手攪局，牠早被我殺死了。」亞閻露出荒謬的神情說：「妳可害我差點被壓死，所幸我動作快，跳到那頭狩身上。但之前劈開牠好幾排牙齒的努力全白費了，還得重新在牠背後開個洞找『核』的位置。要是我被牠的巨掌給劈到，現在就沒辦法坐在這兒跟妳閒聊了。」

艾伊思塔張著嘴，憤怒地拎起自己的背包，在雪地拖著兩條鎖鏈準備離去。

「妳的性子真急！既然妳有我要的東西，而我也有妳要的東西，我們不如就各取所需，正大光明的同行吧？」

他跟蹤我果然有目的！艾伊思塔轉過身，瞪著他問道：「你想從我身上得到什麼？」

「啊，我思考了很久，還是想不透妳怎有方法竊取到『方舟』的資料。」亞闍用拇指勾起頭巾，露出淺灰色雙眼。「研究院裡頭塞滿數千萬份書籍文獻，沒有學者們的指點，根本不可能找得到。就算我直接去問，他們也不會答應交出來，我恐怕得砍倒好幾名學者，還不一定能像妳輕易拿到手。」

輕易拿到手？艾伊思塔在心裡苦笑。被監禁於瓦伊特蒙好幾年，才換得那片刻的機會。然而她並沒有回應。

「所以，」亞闍說：「讓我看看那些關於『方舟』的文獻吧。」

「你別妄想！這些資料是我的！」她往後退了一步，本能地警戒。艾伊思塔露出質疑的神情問道：「你說你也有我想要的東西？我會需要你什麼？」

頭巾底下的雙眸直視著她，亞闍將雙刀入鞘，刮出兩道清脆的聲響。「答案很明顯吧？」他露出微笑。「我能讓妳活下去。」

EPISODE 16《御風》

俊單膝跪在雪地裡。風吹拂著他的白髮，以及垂於耳緣的單一髮辮。白霜般的睫毛底下醞釀著某些思緒。路凱來到他身邊，任由深黑色披風飄擺，雙手撩起了防風鏡。

俊攤開手掌，手中的雪沫裡有塵埃般的藍色粉末。「是狩經過的痕跡。」

其他隊友也陸續從遠方聚集過來。塊頭高大的戈刺圖開口：「西邊的跡象不明顯，但確實有大批狩群通過這一帶。半天到一星期前都有可能。」他肩上披著雪狼皮，紛飛的綠髮底下目光凶狠，整排狼牙覆蓋著魁梧的左肩。

「我們往東邊繞行。」路凱思考後，決定先朝東北角前進，避開不必要的危險後再轉往西北方。於是他們再度動身。

六名奔靈者均穿著黑色的複合式披風，以及遠征隊專用的防風鏡。黑色皮靴上綑綁著額外的護脛，加強他們的遠行所需。

前方，一條淺淺的溪流切開了雪地。奔靈者們刮起雪塵，陸續騰躍而過。路凱忽然擔心這可能是某條冰縫川的支流。果然，在行進一陣後，一道相當深的河谷出現眼前。它分裂了大地，寬度起碼二十公尺。

「現在咧？」戈剌圖呼喊。

「只能先沿著走，設法找對策了。」路凱對其他同伴說。

這兒的深雪底下沒有陸地，冰域可能隨時分裂。若有海水灌注進來，即形成所謂的冰縫川。要是掉進去，八成會落入冰域之下，凍死後屍體才被洋流帶往遠方的不知名之處。

他們延著冰縫川邊滑行數個小時，終於碰上一個收縮的河腹。

然而河岸依舊太寬了，甚至足以容納漂浮的冰山。那些披著白雪的冰錐就這樣在水裡挪動，從他們身旁緩緩漂過。

「照著我做。」臉上有道詭異傷疤的茄爾莫低聲說完，突然往前奔。

他算好冰山漂過的時間及距離，躍上冰山傾斜的表面，棲靈板劃開一道驚險的軌跡後跳到對岸。其他人立刻跟上，逐一躍過底下的鴻溝。只有不擅遠行的癒師攸呂缺乏自信，險些跌入河裡，所幸弓箭手埃歐朗伸出強健的手臂即時拉住他。殿後的俊是最後一個跨過河流的。

接下來的旅程，冰縫川出現的頻率越來越高，眾人必須不斷繞路。

「海岸線應該就在附近。」茄爾莫探勘一陣，又找到一條路徑，從遠方朝他們揮手。

路凱望著茄爾莫滑行的背影，確實為他的機動性感到吃驚。茄爾莫的雪靈能以超乎常人的速度疾馳，完全足以取代原本該加入的尤里西恩。這些來自探尋者支部的奔靈者對於周遭環境的細節有更敏銳的觀察力，因為他們往往必須帶著沉重的魂木與糧食返回瓦伊特蒙。現在看來，路凱真心對聯合部隊有信心，尤其為茄爾莫的加入感到欣慰。有他和俊在，前方的路徑就不是問題。

這是路凱初次被任命為隊長，絕不能讓瓦伊特蒙失望。

並非團隊中的每個人都親眼見過「海洋」。

他們的面前出現一片鉤形的峽灣，整片灰色海水對應著上方淤積的雲層。幾座龐大的冰山在海面靜止不動，被無數座較小的碎冰群圍繞著，寧靜而安詳。在如此毫無生機的環境下，眼前的景象卻顯得莊嚴肅穆。

六名奔靈者沿著海岸繼續疾馳。他們必須在世界全面轉黑的一兩小時前就開始留意適合過夜的地方。遠征的原則是，除非逼不得已，絕不在夜裡摸黑行進。

而在所有人當中，俊擁有最多的雪地追蹤經驗。他時常脫隊往遠方勘察，且不時停下腳步，屈膝跪地檢視周圍的白雪，帶回關於魔物行蹤的情報。茄爾莫也時常遊走在周圍，其餘四人則在一起緊密滑行，由路凱、攸呂為首，灰髮的弓箭手埃歐朗和高壯的戈刺圖兩人殿後。

不妙的是，就在天空開始轉暗時，他們發現腳下雪地分裂的程度加劇，似乎到處都是冰縫川。他們判斷已進入碎冰帶，也就是海面結冰情勢最不穩定的非永久結凍帶。這兒的冰域脆弱而難以預料，迸裂後再被海潮推擠合併的現象頻繁。逐漸陰灰的雲層給人強大的壓迫感。

「太危險了，要先遠離這一帶。」戈刺圖前後張望後說道。

路凱點頭同意，開始帶眾人往地勢較穩定的內部雪域行進。他們必須僅快找到歇息之處。

不出一陣子，路凱等人看見一座筒狀的雪丘出現在雪原中央，決定在它腳下設置今晚的休息處。

攸呂這時以懷疑的口氣問：「這裡的大地如此平坦，就只有這麼一座雪丘，不是相當奇怪？」

「這應該曾是座冰山，」路凱回他：「它隨著冰縫川漂流到此，兩旁的冰域剛好併攏。河川消失同時，冰山的頂端被保留下來。不會有問題的。」

事實上他們別無選擇。夜已降臨，若不在此停留，眾人必須冒險在夜裡穿越整片雪原。他們刻不容緩地在雪丘底下挖出深洞。戈剌圖憑藉出眾的膂力，雙手以棲靈板為工具，迅速將白雪一塊塊地挖開。然後他們拓寬地洞的空間，並用板子擊壓雪壁，塑造較堅實的牆。不出一陣子，能防風保暖的休息之地已完成。

路凱來到外頭，趁世界尚未完全漆黑前拿出雙子針——那是個手掌大小的圓形羅盤，中央被一根鐵錐貫穿，像陀螺的形狀。羅盤上有兩個不同金屬做成的指針，一根指向北方，另一根則指向學者們稱為「絕對磁極」的方向，也就是太平洋的正中央，傳說中「白島」所在之處。

俊由附近巡視歸來，將棲靈板停煞在路凱身邊。「這一帶應該是安全的。」他掀開斗篷，摘下防風鏡並鬆開飄揚的白髮。「雙子針的角度是多少？」

路凱等兩片指針停定後才說：「39.3。」

俊思考了一會。「我們的行進速度似乎比想像中要快。」

「嗯，已經好幾天沒碰上狩群。」路凱把雙子針收了起來，微笑道：「多虧了你和茄爾莫，否則我們的行程不會如此順利。」他開始考慮，若這次任務能成功，或許可以藉此為典範向長老們建議，多多組織跨支部的任務。

「但明天起，我們還是必須回到海岸線，緊貼著前進。」俊說：「要是錯過『45度角的關口』，我們就必須繞遠路，從西邊折回所羅門。」

「所羅門位於59.7度的地方……」路凱在心裡算了算。「確實，要是得從它的西邊繞行，我們還得多花五、六天的時間。」

「最好心理準備，沿岸碎冰帶的情況可能會越來越嚴重。」俊說。

路凱點頭，想起以往的遠征經歷。「這兒的情況一直如此，尤其子輻線37度和45度之間的冰域。前往澳大利亞的遠征小組都必須硬著頭皮捱過兩三天這樣的地形。」

距離天空再度明亮還有十四個小時左右。戈刺圖提議除了攸呂之外，他們五人各自守夜一段時間。然而埃歐朗卻自願負責整個黑夜的前半段，以及早晨初臨的那段時間。他告訴其他人，這裡地形的守備最適合狙擊手，而且自己習慣的睡眠時間僅五小時。於是埃歐朗扛著弓，徒手爬上高聳的雪陵。他戴著內襯絨毛的金屬手套，有力地向上攀，直到他隻身站立於半山腰某個凹陷處，把那兒當成守夜者安身的崗哨。

路凱跟在他身後，也爬上半山腰的守夜之地，想做最後一次的地形環顧。他看見狙擊手已裹起披風，倚著棲靈板而坐，長弓攬在懷裡。埃歐朗並打開箭筒，讓木箭適應周遭冰冷的空氣及濕度。

路凱來到他身旁，凝視著前方。原來的蒼白大地現在已被無盡的黑暗給吞蝕。「任何時候覺得睏倦，別猶豫，立刻叫醒我。明天的路程會比這幾天費力得多。」路凱說。

埃歐朗似乎遲疑了一下，然後點頭。

「這幾年來我學到最重要的一件事，」路凱笑著說：「就是遠征任務的成敗，是由睡覺時間決定的。」

狙擊手也笑了。路凱揮了揮手，然後謹慎地走下崗哨，留下埃歐朗一人鎮守。

隔天，是他們面臨團隊默契的首次挑戰。

起初奔靈者不斷往西北方推進。路程和預期一樣，每隔一段距離就會遇上諸多縱橫交錯的冰縫川，阻礙他們的行進速度。雪片不斷從空中落下，形成一道薄幕。他們提高了警覺。茄爾莫也緩下速度，不再肆無忌憚地奔馳。

俊仍在前方不遠處，蹲下身子檢視雪地。忽然他抬起頭，開始滑行到幾個不同的位置，以長槍挖開白雪，似乎在翻找什麼。路凱感覺得出來他的動作帶著急迫。

俊的白色眼眸盯著前方某處，對追上來的夥伴們說：「狩就在這附近。」

戈刺圖、茄爾莫立刻拿出武器，埃歐朗也卸下長弓。只有攸呂那半閉的雙眸之下，神情明顯緊張起來。

眾人的前方是片隆起的陡坡，寬度延伸至視線可及處，兩端沒入雪幕裡。這是冰域相互撞擊所造成的地理突起。他們看不見陡坡的另一邊有什麼，但知道必須跨越。俊拎起長槍，獨自滑上坡道，然後放低身子，趴在坡頂邊緣。過了一會兒他舉手示意，路凱等人才小心翼翼跟上去。

他們朝底下窺視。白色峽谷裡有數條淺淺的小溪流過，雪花不斷飄落在四周。俊先指向自己的防風鏡，然後指向底下某處。他們的視線跟著挪移——成群的狩聚集在那兒，白色的身影與背景近乎融合，在風雪中紋風不動。

攸呂說：「看那樣子，牠們似乎正在歇息。」

路凱算了一下，大約有二十來隻。他估量了一陣。

「要繞道嗎？」戈剌圖拉開防風鏡發問。

路凱的語氣卻透露出一股前所未有的危險：「不，我們動手突襲。」

在他的指示下，六名穿著黑色披風的身影靜靜地分散開來。埃歐朗選擇了離狩最近的狙擊位置，其他人也做好準備，藏匿於坡頂各處。現在，他們擁有突襲的優勢。路凱對埃歐朗比了個手勢。

狙擊手以柔順的動作抽出一支箭，架上長弓，然後無聲地拉至耳緣。虹光像是飄搖的絲線，從棲靈板浮出、盤繞他的身子，然後沿著手臂來到弓前，最後匯集在銀色的箭鏃上。彩色的光波蘊釀，愈漸稠密，像有無數觸手在箭尖緩緩飄動——直到埃歐朗鬆開手。

放出的箭帶著光波穿越風雪，劃出一條眩目的軌跡朝底下的魔物而去。

箭鋒埋入狩的胸口瞬間，牠噴散開來化為雪沫。綻放的虹光也波及兩旁的魔物，在牠們身上燒出傷痕。然而牠們並未死去，軀幹吸取周圍的雪急速復原。魔物群中接連發出怒吼，牠們似乎驚慌地醒來了。

但奔靈者們早已動身，由斜坡傾巢而出。第二支光箭由路凱的身旁飛過，貫穿前方的兩頭魔物。他回首看見埃歐朗暴露出自己的位置，矗立在雪坡頂端。虹光不斷從埃歐朗的腳下揚起，彷彿整塊棲靈板正在燃燒。身為狙擊手的基本條件，是雪靈必須擁有良好的「抗縛性」——它可以將自身的一部分切割出去，附著於遠程兵器上。然而埃歐朗似乎更勝一籌，每支釋放的箭都能對數頭魔物造成傷害。

箭影持續在風中呼嘯，底下的奔靈者們揮出武器，帶著虹光殺入整群魔物之中。披著雪狼皮的戈刺圖，自己彷彿更像頭猛獸，他操起雙刃長槍發出戰號，劈斬眼前的敵人。路凱閃過某個揮來的巨掌，精準劃開狩的身軀，瞥見裡頭的「核」。那是如冰晶般堅實、閃爍著藍光的不規則形體。他轉身掃來長槍另一側的刀刃，魔物在核被擊碎的同時炸開。

茄爾莫露出詭異的笑容，左右手各持匕首。他雖無法在混戰中有效擊殺敵人，卻以超乎常人的速度穿梭在狩群之間，混淆牠們的攻勢。

「俊！掩護攸呂！」路凱在數頭狩的包夾中呼喊。

遠方，癒師攸呂在千鈞一髮之際避開狩的利爪。然而牠們緊追不捨，胸前裂開血盆大口，整圈冰色獠牙朝外彎。攸呂的手上並未握有任何武器，但他仍轉身應戰。數條光波由他的棲靈板放射出來，扭動的形體像是遠古世界的巨蟒。光波接連擊中奔來的狩，在牠們身體上燒出創傷，卻不足以致命。攸呂咬緊牙關，加速放射蛇影般的虹光，集中攻擊離自己最近的那隻魔物，終於將其擊潰。然而牠所化成的雪沫尚未散去，更多狩已嘶吼著來到眼前。

長槍鋒芒閃現，劈開狩的身體——俊已趕到癒師身邊，發光的槍刃隨著扭轉的身軀掃動、劈砍，然後他再次俐落地折回，接連斬殺兩頭魔物。攸呂也跟了上去，在他身邊施放靈蛇般的光波，兩人合作迅速殲滅身旁的狩。

路凱從另一邊趕來，與俊、攸呂會合。他們不斷劃開聚攏過來的魔物軀幹，設法瞄準胸腔中的「核」。但面臨敵人的包圍，以及魔物那結實且不斷復原的身軀，要一刀擊斃一頭近乎不可能。路凱不自覺地想起總隊長亞煌——亞煌大哥帶領著自己突破上百隻魔物包圍，卻每一刀都落在敵人的弱點置其於死地。

我是隊長了，有天我也要成為像他那樣當之無愧的榜樣！路凱心想，集中精神看見谷中剩下七、八頭魔物。他舉起長槍示意夥伴們朝另一邊的斜坡突進。「戈刺圖！」路凱吶喊。

「交給我吧！」高壯的奔靈者滑向敵陣外圍，棲靈板釋放出光波，在雪地留下一道弧狀的彩影。其他人陸續脫離戰場，往斜坡上行進。弓箭手埃歐朗也已越過谷地，迅速拾起雪地裡的箭跟上他們。此時戈刺圖已繞過狩群的邊緣，帶出一條半圓形光影於地面。他再加快速度，切上斜坡後再下滑，即將完成整圈軌跡。

狩朝他奔來，但戈刺圖快了一步——

當雪地上的光軌連結成密封的圓，驚人的事發生了。彩光交錯，席捲圓陣中央。裡頭狩群的軀體開始崩解，迅速遭到侵蝕——白雪所凝聚的軀幹受到虹光襲擊，碎裂、腐化，暴露出體內冰藍色的脊幹。但那僅止一瞬，下一刻牠們便成群爆裂。

路凱看見戈刺圖停下動作喘息。壯漢望了一眼重新回歸寧靜的峽谷，露出滿意的笑容，然後跟了上來。

EPISODE 17《芬瀾》

不安的感覺縈繞在艾伊思塔心中。亞閻已經離開數小時，尚未歸來。

龐大的冰架底下有個天然洞穴，艾伊思塔就躲在裡頭，用灰色披風裹身，並緊抓著披風邊緣的雪狐皮。她將臉埋藏在圍巾下，只露出碧綠色的雙眼，無神地看著洞口飄散的雪花。

她至今依然無法信任亞閻，他總是放蕩不羈的模樣，而且從未告訴艾伊思塔他找尋「方舟」的動機是什麼。這正是她堅持不給他看研究院資料的理由……然而，無論怎麼思考，合乎邏輯的答案都是她需要亞閻在身邊。她的判斷力告訴自己，對方說對了一件事——艾伊思塔無法在這片廣大的雪地裡獨自存活。如何獵食，如何找路，如何面對暴風雪與躲避狩群的追擊，這些她全一知半解。當初一股衝動而出走，現在想來自己也不可思議。若非亞閻的出現，或許她早已成為雪地裡的硬屍。

然而亞閻出去找食物卻遲遲未歸。艾伊思塔環抱著雙腿，壓抑焦慮的情緒。

如果亞閻拋下她離去，那麼她應該繼續去尋找「方舟」的位置？還是折返回瓦伊特蒙，面對長老們的制裁？或者……她是不是該前往自己的出生之地所羅門群島？

洞口噴濺一灘雪花令艾伊思塔瞇起眼。某個平滑的物體在洞穴邊緣出現，讓她差點驚叫出聲。艾伊思塔反射性地解下手腕上的鎖鏈，才看見亞闍的身影。

他單肩扛著一片巨大的東西，乘著棲靈板緩緩滑入洞穴，然後將那東西扔在地上。它看上去像個十分奇特的生物屍體，有扁平的身軀和長長的尾巴。

「你……你為什麼這麼久才回來!?」

亞闍用拇指勾起頭巾邊緣，雙眼直盯著她，滿臉莫名其妙。「我不是說過要去找些吃的？」

「你明明說自己『去一會兒就回來』的！」艾伊思塔怒道。

亞闍愣了一下，然後露出諷刺的笑容：「原來如此，我懂了。」他不慌不忙地將身上的白雪拍掉。「妳以為自己還在瓦伊特蒙，只要等待鐘聲響起，跟著居民排排隊就能領到午飯吃？」他沒給艾伊思塔回答的機會，接著說：「我才不過去了幾小時，算挺快的了。妳有過獨自在雪地裡，整整三天捕獵不到任何食物的經驗嗎？」

「我……」艾伊思塔啞口無言。

「我猜也是。」亞闍笑著瞥了她一眼，然後抽出匕首，蹲下切割獵物。「妳八成是太餓了才有這種反應。喏，算妳幸運，這種『魔鬼魚』相當少見，肉質可棒了。」艾伊思塔盯著亞闍彎曲的身子，這才看見他腳下的棲靈板似乎正隱隱發出微光。艾伊思塔驚然發現他的雙腿、肩側都濕透了，衣服上更有嚴重的結凍痕跡。

「你身上全濕了……」艾伊思塔猶豫地說。

「啊，這是必然的。小事。」他回答得如此自然，令艾伊思塔不知該說些什麼。亞闍的雪靈正在溫暖他的身子，虹光輕撫著濕淋淋的衣服，光波從交融的七彩色調緩緩轉為黃褐色。

如果不是奔靈者，普通人可能在數分鐘內已凍寒而亡。亞閻似乎絲毫不在意，遞給艾伊思塔一片肉。

「這種魚在我們的居處一帶並不存在，這下我們有口福了。」亞閻說完，艾伊思塔投來懷疑的眼光。「嘗嘗看吧。牠的味道很特別，妳可能吃一口就會上癮。」

艾伊思塔接過來立刻咬了下去，她無法否認自己快餓慌了。魚肉本身泛著鹹味，底下卻有股她不太熟悉的氣息，彷彿來自世界的深處。口中的肉非常鮮嫩，散發淡淡的香甜，在瓦伊特蒙配給的魚完全比不上。她瞄了亞閻一眼，他也津津有味地品嘗著。看著他那濕透的身子，艾伊思塔不禁對之前的行為感到內疚。

將食物送入口中的滿足感，洗淨了腦中的憂慮。她想起亞閻之前說過的一件事。

「你說……你並不在意『恆光之劍』是否真的存在？」艾伊思塔邊吃邊開口。

亞閻嚥下自己口中的魚肉，聳了聳肩。「是啊，類似的傳說到處都是。我沒什麼興趣。」

「你不想親眼見到『陽光』？」

亞閻笑了一下。「妳不想親眼看看在我們腳底千百公尺的冰層底下，那些漂動的海流？」

艾伊思塔皺眉。她不確定亞閻的話是什麼意思，但反問：「那你到底為什麼想找到『方舟』？」

「妳又為什麼想要找到『恆光之劍』？純屬好奇，對吧？」

艾伊思塔感到十分惱怒，這傢伙老是以問題擋開她的問題。她提高音量回說：「你難道不曉得？三長老之間的衝突太嚴重了，搞得瓦伊特蒙形同分裂。如果我能帶回傳說中的陽光，或許瓦伊特蒙就會團結起來！」

亞閻嘴叼著魚肉，先愣了半晌，然後給了她一個戲謔的表情。「這位可愛的淑女，敢問妳是在說笑嗎？」

「我——」

「就算妳找到恆光之劍把帶回瓦伊特蒙，妳認為可以改變什麼？」亞閻聳聳肩。「人們的心態沒做好準備，突然接收到那樣的東西，只會讓他們的意見更加分歧。」

「……我只是說著玩的！」艾伊思塔羞紅了臉。「我只是……想親眼看看那柄保存住『陽光』的劍，到底是什麼樣子。」她不可能承認自己踏上這次旅程之前，什麼也沒想明白。

「這理由可以啊。但我勸妳先做好心理準備。舊世界的文獻說陽光是所有生命的起源，以及創造世界的力量，對吧？如此強大的存在，妳覺得有任何東西能『捕捉』得了？更不用說完好保存五百年到現在，那全是無稽之談。」

艾伊思塔感到詫異。她以為所有人都應該與自己一樣，一旦知道恆光之劍很可能真的存在，會難以克制興奮。然而在她眼前卻有個漠視這一切之人。「總隊長亞煌帶回來的文獻，已經證明恆光之劍不僅是傳說！首席學者解讀過那些資料，知道它的所有構造——」

「別說笑了。妳曉得那些學者說錯了多少事情？」亞閻又用嘴撕下一塊魚肉，嚼了幾口後說：「舉個簡單的例子吧。幾百年前就是研究院徹底反對在地底下栽種植物，說什麼植物只能在地面存活，不能浪費種子。等到暴風雪讓人們在地面的努力全白費，死了不知多少人，當時的長老才下令開始在地底洞穴嘗試大規模的栽種。」他近乎魯莽地嚥下一大口食物。「如果當初什麼都聽研究院的，今天瓦伊特蒙根本不會有亞麻田可收成。」

「你這麼說根本以偏概全。」艾伊思塔反駁：「研究院收集了許多舊世界的知名文獻！那些是遠古人類世界的瑰寶，數千年來的智慧結晶！」

「數千年來的智慧結晶？」亞閻放聲笑。「啊，舊世界那些最有知識的人們預測的事，又有多少真正發生了？他們說一旦『陽光』離去，所有生命都將滅亡，所有植物會立刻死去，但他們不知道某些植物在轉白後依然存活。他們說人類無法適應冰雪世紀，但他們不知道我們的體溫適應了，比遠古時期的人類更低，連皮膚、髮色都已變了。他們更是從來沒預料到『雪靈』的存在。」

「你……」艾伊思塔再次不知該如何與他爭論。

「當舊世界所依賴的，那些他們稱之為『電』和『火藥』的法術對抗狩群全部失敗，他們又預言世界要滅亡了。」亞閻將手叉在腰間，笑著搖了搖頭。「然而他們根本想像不到會有『奔靈者』出現。舊世界的人們自以為了解世間的一切，堅信所有文明在冰雪世紀終將毀滅，」他哼了一聲，笑容銳利得像刀刃。「但他們從不知道仍有人不屑那些自以為是的邏輯。祖先們勇於對抗命運，因此瓦伊特蒙活了下來。」

艾伊思塔的內心一陣糾結。亞閻的話確實有理，但她總覺得哪兒不太對。她想尋找恆光之劍的理由，或許只是想知道自己仍有可以追尋的事。或許她唯一需要的，是希望。就像瓦伊特蒙的居民會對陽光祈禱，追尋那股從未見過的創世之力，也是因為他們需要希望……亞闍的話卻讓她懷疑自己的愚蠢。艾伊思塔抿著脣，想回嘴卻找不到話說。

「如果妳認為找到一柄劍就能改變一切，妳最好重新思考一下。」亞闍說：「與其去相信根本沒親眼目睹過的東西，不如靠自己。」

艾伊思塔抬起頭，怒目瞪視著亞闍。她相信擁有值得追尋的信念，人類才有生存的動力。她無法忍受亞闍竟然會如此奚落恆光之劍的存在。「原來你是個缺乏信仰的人。」

她很嚴肅地說出口，亞闍卻被此言逗得笑出聲來。「缺乏信仰？妳錯了，我當然有信仰，而且我可能是妳所見過的人當中最虔誠的——我相信自己。」

亞闍割下數片魚肉裝進背包中，將剩餘的丟棄在洞穴裡。

「等等，這魚還有一大半啊，全浪費了！」艾伊思塔說。

「我們帶不走這麼重的東西。」亞闍重新綁好頭巾，低得幾乎遮住雙眼，然後他圍上圍巾，拉起兜帽。「我背包裡的肉大概可以讓我們撐個兩天，之後我再獵就行了。」

風雪靜止的大地給人一股意外的清冷。亞闍拖了一條長長的軌跡，把剩下的魚身甩到一面廣大的結凍湖泊的邊緣。

「為什麼要這麼做？」艾伊思塔邊戴回手套邊問。

「冰域地形改變時，最先迸裂的就是這種湖泊的表面。」亞闍說：「水上水下，都可能會有生物需要覓食。」

艾伊思塔看著他，有些訝異。亞闍調整好披風和雙劍，看了一眼雙子針，然後悠哉地站在棲靈板上，瞇著眼仔細端量冰湖的彼岸。
「我們先往西南走。」亞闍指向左側，準備動身。
「等……等等，西南邊？」艾伊思塔說：「方向不對吧？」
「前方會出現很多冰縫川，礙事。有妳在身邊還是花點時間繞行，保險一點。」
「你……」一股氣卡在艾伊思塔，她硬吞了下去。然而她盯著遠方許久，根本沒看見雪地有任何龜裂的跡象。「你怎麼曉得我們會遇上冰縫川？胡亂猜的吧？」
亞闍再次挺直身子，嘆了口氣。「你看仔細。」他指向湖泊的北面某處。「有段湖岸的顏色不同，看見了嗎？它的弧線比周圍都要低一些。」
艾伊思塔花了些時間才辨識出來。亞闍告訴她：「夜間的風造成的。深夜冰原的空氣比海面更加冷冽，為了釋放壓力會往海的方向吹拂。另外，湖表面的雪紋有結霜的痕跡，代表這一帶的風比之先前的濕暖一些，也代表往那方向行進，整個冰域的面積都在縮減，地勢會越來越不穩定。那麼，海岸線在前方，冰域在縮減，我們腳下又沒陸地，所以往那方向去——會有很多冰縫川。」
艾伊思塔直愣愣地盯著他。「你從一個湖能看出這麼多東西？」
「你要懂得觀察，雪地上許多東西都能幫你指引路徑。走吧。」
他們奔馳在無盡的白色大地，棲靈板在身後刮出兩條蜿蜒的雪波。
要追上亞闍的速度相當不容易。他的動作輕如疾風，身影切開飄落的雪。艾伊思塔感覺到亞閣有時會緩下速度，確保她能跟上，然而這對她的身體依然是嚴重的負荷。不出一陣子，她的雙腿漸漸麻痺，大腿肌肉緊繃，小腿腹異常疼痛。但艾伊思塔一聲不吭，她不想再讓亞閣有嘲笑自己的理由。

幾個小時後，他們在一個地勢相當高的雪脊上休息一會。從這裡得以俯瞰前方數百里。結凍的冰丘被白雪覆蓋，蔓延開來，像誇張起伏的波浪，夾雜著縱深無比的裂谷。亞閣告訴她，他們目前在澳大利亞大陸附近，再過幾天會抵達舊世界的新幾內亞一帶。

亞閣望著手中的雙子針，問艾伊思塔：「我們的目的地，是在亞細亞大陸的邊緣對吧？」

艾伊思塔點點頭，從衣服裡取出裝水的皮囊，立刻暢飲了一大口。她感到憤怒，那傢伙竟然滑了這麼長一段距離才讓她休息！

亞閣打量著女孩的身子。「妳滑行的動作還是帶有太多猶豫，果然缺乏訓練。」

艾伊思塔不可思議地望著他。他八成不曉得她一輩子都被長老們監禁。「那你自己去啊！我們各走各的！」她氣沖沖地說完，從背包中取出自己的雙子針，直盯著上頭的角度。她受夠了，自己旅行就不用受這麼多氣。

「這位可愛的淑女啊，妳是認真的？」亞閣說：「妳以為只要握著雙子針，就能找到妳想去的地方？學者們解讀出來的方舟位置，妳完全看得懂？」

「我當然知道！」一股怒火從她胸口升起。「方舟的度數是96.9度，在整排群山的最北端——」她忽然閉起嘴，才發現為時已晚。

之前只告訴亞閣方舟大概的方向，並未透露雙子針的角度。因為他一旦知道了，便不再需要她。

「原來如此。」亞閣的雙眸隱藏在陰影底下，突然露出陰險的笑容。他立刻起身，調整腳下的板子準備離去。

「等……等一下！」恐慌從艾伊思塔心底升起，她下意識拉住他的白色披風。「你……你走了我怎麼辦？」她緊抓亞閣，若是他想拋下她，艾伊思塔決心扯爛他的披風，至少讓他凍死在雪地裡一起陪葬！

亞閣忍不住再度笑出聲來。他轉過身說：「我是鬧著玩的。原來我走了妳還是會緊張？」

「我才……才沒有！」

亞閣望著艾伊思塔緋紅的臉頰一會兒後，慢慢收起笑意。「聽著，艾伊思塔，我們離瓦伊特蒙已經非常遠，現在只有彼此了，妳必須試著信任我。」他停頓了一下，輕聲說：「我必須知道那些資料究竟寫了些什麼，否則我們很可能會身陷險境。」

艾伊思塔沒有作聲，但清楚他所說的是事實。如果亞閣真有意思獨吞關於方舟的資訊，大可直接奪取，她根本無從抵抗。然而頑強的自尊心讓艾伊思塔拒絕成為亞閣的跟班；她手中握有的資訊，是唯一能使兩人在平等基礎上爭辯的籌碼。連這都給了亞閣，她就只能對他言聽計從了。於是艾伊思塔想到一個解決方法：「那麼換我帶路，你跟著我走。」

亞閣的雙眼睜得老大。「太好了！」他神情誇張地說：「果然妳已經被凍得精神錯亂了。我沒想到來得這麼快。」

「為什麼不行？我知道方舟的角度，也讀過文獻裡的地理描述！」

亞閻嘆了口氣。「我剛才不是說過了？光靠雙子針角度是到不了方舟的。就算妳對文獻倒背如流，也不一定找得到它的精確位置。你連基本的雪地觀測嘗試都沒有。」他揮了揮手。「96.9只是子幅線的度數，妳有可能沿著它找到方舟，但如果『方向』錯誤，也有可能一路跑到世界彼端的『地中海』去。」

艾伊思塔倔強地白了他一眼。亞閻緩下語調，靜靜向她解釋：「妳應該知道舊世界有許多魔法能精準找到所有的地理位置。他們世界的夜空不是一片黑暗，而是遍布著指引道路的光點。他們還擁有名為『日晷』、『分儀』的法寶，能以光影知道一切。舊世界甚至有種翱翔於天際的魔法之眼，時時刻刻捕捉大地的模樣。所以遠古的地圖才如此精確。」

艾伊思塔盯著他。這些應該是學者們才擁有的知識，亞閻卻能輕鬆道出。他究竟是誰？

亞閻的目光掃向覆蓋整個世界的白雪。「妳懂了嗎？所有對遠古地理的描述，都是在那些前提下撰寫出來的。但現在的世界面貌已完全不同。單照著古文獻去尋找地點是非常危險的。否則為什麼遠征隊在過去必須犧牲那麼多人，才得以發掘一座遺跡？」

艾伊思塔沉默。她這才意識到，或許自己把事情想得太簡單了。她一直以為單憑長期觀察學者們和奔靈者的交談，自己也能輕易做到……

亞閻摀住臉，不可置信地搖搖頭。「看，妳連這些都沒考慮進去。竊取到研究院的資料，竟然就自己一人想攻克亞細亞大陸。」他擠出無奈的笑容。「我打從心底佩服妳，真的。勇氣可嘉。」

艾伊思塔覺得自己的臉再度熱了起來。她趕緊轉口問：「如果雙子針的角度不足以當成指引，那我們該怎麼辦？」

「雙子針確實很關鍵，這無庸置疑。」亞閣掏出手掌大小的圓形羅盤，放在兩人視線中央。「這兩根指向『北方』與『白島』的針所形成的角度，得以讓學者們在地圖上做揣摩，串連起同角度的地點，畫出從白島向外放射三百六十度的『子幅線』。」

亞閣接著說：「但理論誰都會說，成功找到目標地的理由卻複雜得多。想去一個沒有任何人到過的地方，還需要配合其他的知識和觀摩，以及最重要的環節——也就是奔靈者長年在外頭闖蕩的經驗。」頭巾陰影下的灰色雙眸隱隱發亮，直視艾伊思塔。「雪域的地理環境多變且難以預料，遠征累積而來的直覺，往往才是成敗關鍵。」

艾伊思塔低下頭，望著男子腰間的兩柄劍鞘。許久後，她卸下背包，從裡頭取出一個鐵製的捲軸筒，伸手交了出去。儘管她的動作已屈從，那雙清澈的碧綠眼眸底下，依然燃燒著頑強的意志。

亞閣的目光停在捲軸筒上許久，卻沒接過手，只露出淺淺的笑容說：「妳先帶著，等到我們找到過夜的地方再讓我看吧。」他走向崖邊。「喏，看那下面。」

艾伊思塔來到他身旁。正下方是個寬廣的峽谷，至少有百米深，各種奇形怪狀的雪架交錯層疊其邊緣。更遠處才是平坦的低地，白雪整片鋪了開來。

亞閣指向遠方平原上一座非常渺小的冰丘。「看見了嗎？假設妳現在必須通過這峽谷，前往那座冰丘，妳會選擇哪條路徑？」

你在藐視我嗎？艾伊思塔心想。眼前的答案再明顯不過。左下方有道依附在雪壁上的冰脊，能讓她從側邊繞過峽谷往左走，直接通往平地。她說：「當然往左邊。從其他地方下去，絕對摔得死無全屍。」

「錯了，」亞閻道：「這就是妳的習慣模式，一成不變。妳的眼睛總是慣於捕捉那些明顯連貫的路徑，因此這對妳的敵人而言也同樣容易。在戰鬥的情況下，妳必須讓自己難以捉摸。尤其當背後有上百隻狩尾隨。」

艾伊思塔皺起眉頭。「你在說什麼？從這裡下去並沒有別的路啊！」

「跟上來。」亞閻丟下這句話，然後駕著棲靈板往後移動一段距離。艾伊思塔驚訝地看見他飛快地往懸崖的右邊衝去。

亞閻騰空時，劃開一條優雅的拋物線，落入看似無止盡的深谷。艾伊思塔倒吸一口氣，心想他死定了！男子的身影逐漸縮小，披風在身後飄揚。突然她看見一灘雪沫被激起，亞閻奇蹟似地停止在半空。

艾伊思塔簡直不敢相信自己的眼睛。看仔細後，她才發現亞閻竟落在一道冰架上，從艾伊思塔所站的位置望去有視覺的誤差。她根本沒想過那冰架會正巧與亞閻飛躍的軌跡交錯。現在，亞閻正朝著她揮手。

艾伊思塔驚愕地想著：不可能的，我不可能做得到！

此時卻有另一個聲音自心底深處響起——因為我仍被監禁。

艾伊思塔總認為自己擁有一顆冒險進取的心，告訴自己以此驕傲。即使長年被監禁在瓦伊特蒙，無人能阻止她想探索廣大地底網路的好奇心。她總認為自己與其他人不同，只有她有勇氣踏入瓦伊特蒙每個黑暗的角落，只有她敢摸索每一條蜿蜒的隧道，只有她肯探索隧道連接到三百多個洞穴中的哪一個。她自認為沒有任何人比她更有探索世界的慾望和勇氣——直到她遇上亞閻。

和他的境界比起來，自己就像個頑固的孩子。

「如果就在這裡止步，那我……永遠只是那個被瓦伊特蒙禁錮的小女孩。」艾伊思塔的心在掙扎。然而意識到自己的決定之前，她已聽見腳下的沙沙聲——棲靈板正刮著雪地，緩緩向後移動。艾伊思塔若有所思地看著手中珍貴的鐵製捲軸筒，片刻後，將它塞回背包裡。

她深吸一口氣，望著崖邊的白雪以及前方的鉛灰色天空。她的雙眼眨也沒眨。

然後往前奔去。

EPISODE 18《御風》

棲靈板飛躍於空中，風聲在耳邊不斷呼嘯，腳下的白色大地迅速撲來。

路凱從一道垂直的峭壁落下，著地時雪沫四濺，壓出深沉的聲響，他絲毫沒有停止，繼續向前滑行。更多身影劃過空中，落地後自後方尾隨，聚集在他身邊。

六名奔靈者已在數天前經過子幅線的「45度關口」——那看似無止盡的雪地，綿延數百里，卻是前往所羅門必經的地理樞紐。在那兒，路凱等人改變行進方向，轉往東北方繞行。只要繞過一整片海域，就能抵達所羅門。他們將海岸線保持在左側的視野內，確保無論地勢如何變化，他們的行進路線不會有太大的偏差。

在這趟荒涼的旅途中，他們看見冰架崩裂，聽見它落入海水的聲響撼動了整片寧靜大地。他們看見某種奇特的鳥類獨自拍打著細長的翅膀，翱翔在陰灰色的天空下。形狀奇特的冰山帶著淡藍色調，浮於陰暗海面上。

在這裡，風是靜止的。整個世界只有六名奔靈者渺小的身影，以及棲靈板不斷掀起雪浪的聲音。

沿著左側的海岸線朝東邊行進，雙子針的度數開始遞減。幾天下來，從44、43，降至42

度。

終於，崎嶇的西海岸開始有左彎的傾向，引導著他們前進。雙子針的角度也再度開始攀升。眾人知道他們的所在地是位於南太平洋海面的冰域，腳下的新雪鬆散，正午稀薄的海風帶著遠洋的濕氣逆向飄來。聯合部隊從未鬆懈，以極快的速度向前行。

駕馭棲靈板滑行的方式取決於兵器種類、個人習慣，偶爾也取決於雪靈。多數人習慣以左身朝向行進方向，左撇子的俊則以右身朝前，長槍拎在身後，三枚交錯的銀製別針緊繫於左胸，像個雪紋般的徽章別在披風交疊處。

另一個例外是癒師攸呂。他曾接受的訓練使他有雙向滑行的靈活性，雪靈形成巨蟒可由兩個方向釋放出去。而他身為癒師的能力尚未得到發揮，路凱卻為此感到慶幸。

這陣子以來，他們在路途中數次遇到狩群，六人的作戰默契越來越好，成功擊潰敵方。「破荒蠻子」戈刺圖的爆發力每每令人吃驚，戰鬥時毫不保留地釋放出雪靈的破壞力，卻仍頑強地跟上團隊的行進速度。要換成別人可能得休息好幾天才能恢復，代表他雪靈的「靈力復甦性」非常強健。而最令路凱感到詫異的是狙擊手埃歐朗，他對戰場的判斷力遠超乎所有人預期，迅速成為攻擊主力。埃歐朗總能挑出關鍵的擊殺目標，掩護夥伴的同時瓦解狩群的陣勢。俊和以往一樣承擔探路職責，在遇上敵襲時才退到路凱左後方，保護他作戰時的盲點。

團隊裡唯一的問題是，不知何時開始，俊和茄爾莫對路徑的判斷意見時常不一致，甚至有指出完全不同方向的情況。

有次當眾人在討論該做出什麼選擇，路凱留意到肩披狼皮的壯漢獨自站在一旁，眼神眺望遠方。似乎有什麼事困擾著他。「戈刺圖，怎麼了？」路凱詢問。

「幾年沒來這一帶，空氣的味道和地形的樣貌都和記憶中不同了……」壯漢說。

路凱點頭同意。環境中有些東西已改變，但他還說不出為什麼。「我會再盯緊雙子針的度數。」

夜裡，奔靈者聚在新挖鑿的雪窟裡。上方的風聲像是低沉的哀號，時而轉為厲聲咆哮。

路凱拿出一份地圖，攤開在虹光之中。這是一份副本，研究院依總隊長亞煌帶回來的地圖所重製，並根據幾世紀以來積累的知識寫滿了備註文字，畫上學者們推測出來的子幅線位置。

除了路凱和戈刺圖，其他人全是第一次來到這麼遠的地方。路凱對他們說：「我們已經進入遠古時期被稱為『美拉尼西亞』的地帶。所羅門群島就位於這兒的中心，估計再五天左右抵達。」

戈刺圖的嘴裡含著自己的銀製別針，目光掃過對遠征尚不熟悉的同伴們，以濃厚的口音說：「在這裡，冰層底下是腹中流有火燄的山脈。它們時不時會露出一部分在地面，能見度高時也能看見。我們多半把它們當成指標。」

路凱點了點頭，補充道：「遠征所要覆蓋的距離廣闊，戈刺圖和我的工作就是尋找這些大的地標，好確認方向無誤。」來自探尋者支部的俊和茄爾莫通常滑在前方探勘短期的地形風險，來自遠征隊的路凱和戈刺圖則穩定地待在部隊後方，得不斷做出遠程判斷。要是判斷錯誤，短則白費數小時路程，長則數天。

攸呂那雙異樣的眸子反射著光波，輕聲問：「但你們遠征隊是如何區分地標的？那些島嶼周圍的海水已結凍數百年，落雪更模糊了冰域和陸地的界線。」

「所以難度相當高。」路凱回答他：「但仍有方法分辨出來。記得我們前天行進的雪山帶，到處是暴露出來的岩壁對吧？那些暗色紋理，是我們稱作鎂鐵的礦物，這一帶只有那座島上有。」他指著地圖上的某座島嶼。「因此極有可能那兒是舊世界的『新喀里多尼亞島』，是前往所羅們的必經之地。」他又解釋說：「判斷路途所見和哪些已知地標的特質一致，就是遠征隊的工作。當然有些憑經驗，有些得靠研究院的理論。然後再與行進的天數、雙子針的角度進行比對，找到正確路徑的機率還是頗高的。」

攸呂、埃歐朗等人都有些吃驚。守護使和探尋者兩支部對自己的管轄地域已熟透了，或許難以想像遠征隊所面對的不確定性。

攸呂更是看著地圖許久而沉默不語。後來他說：「我由於眼疾的關係，這幾年沒有離開瓦伊特蒙太遠的距離。」

「沒事，」路凱說：「我們需要你的能力。而且經過這次任務，你也擁有遠征的經驗了。」

攸呂露出淺淺的一笑。

「呵呵……」茄爾莫在這時出了聲。浮動的光波把他臉上的疤痕照得格外詭異。「聽起來，你是個相當稱職的隊長嘛。」

茄爾莫的語氣似乎有某種言外之意，令路凱些許不舒服。但路凱仍對他微笑。

居住在瓦伊特蒙的人類，外貌上無論是灰薰裔或翡顏裔，血液中幾乎都混著這兩種血脈。陽光離去後的五百年是段相當長的時間，人群通婚已呈常態，不同的只是血統比例的多寡。甚至有學者認為，灰薰裔偶發的純白髮色，就是受到翡顏裔的血脈刺激後的突變現象。

但有少數人口，巧妙地以完全均衡的比例繼承了這兩種血統。這從外觀就能立即分辨出這些人——茄爾莫就是其一。毛髮是獨特的墨黑色。瞳孔深黑，外圍卻被一圈淡淡的綠光環繞。

但路凱在瓦伊特蒙生活這麼久，卻從不認識茄爾莫。他甚至不知道奔靈者裡頭有這號人物，直到桑柯夫長老派遣他入隊。

「路凱，你想過我們抵達所羅門時，要如何傳達來意？」俊說話打斷他的思緒。

回答的卻是戈刺圖。「對方應該會有奔靈者在居處外緣守備。」壯漢懶洋洋地靠著冰牆。

「到時候，讓他們幫咱們傳話給所羅門的六大族長吧。」

路凱點頭同意，但的語氣變得嚴肅：「重點是，無論發生什麼事，我們絕不能展現敵意，必須立刻讓他們知道我們是帶著善意而來。」他環視身邊的夥伴們，目光接觸每個人的眼睛。

只有一個人低著頭，似乎在沉思。

「茄爾莫。」路凱說完，兩人四目相接，茄爾莫才微微點頭。

戈刺圖似乎想起什麼，雙臂交抱胸前皺起眉頭。「我一直有個疑問。我們兩個文明數百年素不相識，卻都擁有奔靈能力，知道怎麼駕馭棲靈板……這怎麼說得通呢？」

人們交換視線，似乎沒想過這問題。此時一直沉默不語，在一旁擦拭著長弓的埃歐朗開口了：「我的堂弟在研究院，曾說學者之間流傳著一個假說……」

他們望向他。

「居住在遠方亞細亞大陸上的人們，數千年來在那片廣大的土地上對騎術有深刻研究。他們駕馭著各種遠古生物，奔走於大陸。」埃歐朗的聲音深沉而有力：「冰雪世紀降臨時，是他們率先發現雪靈的存在。」

「我也聽過類似的猜測。」俊也說：「束縛雪靈的知識源自某些灰薰裔的祖先。他們當中絕大部分就來自亞細亞大陸。」

埃歐朗擦拭著他那連睡眠都從不拿下的金屬手套，繼續說：「我堂弟說過很可能在當時，世界各地的文明逐一毀滅，迫使部分灰薰裔開始向南遷徙……數十年間，他們跨越了冰域和海洋，把與雪靈有關的知識散布給所經過的人類文明。」

「包括所羅門與瓦伊特蒙……」茄爾莫摸了摸下巴。

戈刺圖皺眉凝望著地圖，咀嚼口中的別針。「所以瓦伊特蒙很可能是咱們灰薰祖先遷移的終點。」

大夥兒又是一陣沉默。外頭的風聲忽強忽弱。

「我讀過一個故事，是陽光殿堂的牆上所陳述。」攸呂開口。那雙輕閉的眼瞼下，淡得透明的瞳孔被雪靈的光波染為淡彩。「最早與人類接觸的雪靈有五個，擁有遠古傳說中的『聖獸』形體。像是白虎、青龍、朱雀。」

路凱詫異原來攸呂真看得懂石牆上的遠古語言。他從未聽說過那些遠古生物。「什麼是『朱雀』？」

戈剌圖隨口插話說：「誰曉得？大概像遠古時代的『麻雀』一樣，是種早就滅絕的動物吧？」

攸呂神色凝重地瞥了他一眼。「朱雀是在數萬年前就已存在的生物，曾經一度支配整個生物界。」他靜靜地說：「他們比人類更具智慧，以天空的語言交談，張開羽翼就能揚起深紅火燄。他們是受到陽光庇祐的萬物之靈。」

眾人露出驚奇的神情，彷彿把攸呂當成了首席學者。只有戈剌圖的表情不以為意，漫不經心地咬著口中的別針。路凱知道戈剌圖對這些遠古歷史毫不關心。

「地球誕生時一片火紅……」攸呂指向地圖。「那時世界不是白的，也不是藍色，而是無盡的橘紅。一切都被永恆的烈火燃燒著。沒有落雪，沒有海洋，只有火燄和乾土。等到朱雀離去，世間開始降雨，海洋才得以出現。下一波生命開始，從海底的生物演進為人類。」

「然後呢？」茄爾莫的聲音輕得令人發毛。

「然後……在陽光庇佑下，遠古大陸裡各個文明興起。無論地球的哪個角落，人們依賴陽光而生存。」他們在雪窟裡圍成一圈而坐，全看著攸呂。癒師的面孔被虹光染成各種顏色，輕聲說：「陽光引導人們的腳步，告訴他們天宇輪轉的跡象，和時間流動的軌跡。陽光賦予植物魂魄，給動物帶來生命。而當生物死去，他們的靈魂總會回歸天際，再次被陽光帶走。」

攸呂說完，洞窟再次安靜。那是他們完全無法想像的世界，如此遙遠，完美得像不切實際的夢。奔靈者所熟悉的世界只有死寂蒼白的大地，天空永恆封閉，陽光不再歸來。

而殘存的生命，是被遺留在這個世界的孤兒。

路凱不由自主想起在瓦伊特蒙，陽光殿堂裡頭掛著數不盡的銀飾，代表所有戰死的同伴和前輩……當他們死後，靈魂有辦法突破雲層，回到陽光所在的地方嗎？還是依然像孤魂般，永遠被困在這裡？

眾人許久沒有說話。

「反正不管怎樣啦……」戈刺圖打破了寂靜：「很可惜，陽光已不存在。咱們只能靠自己了。」

隔天清晨，他們繼續讓西海岸線維持在左手邊，迅速推進。然而情況卻出現異變，所有人停下腳步。

「路凱，這不太對，」高大的戈刺圖滑到他身邊，拉起防風鏡。一整天下來風雪變得強烈，已無法區別雲層與大地的交界線，視野就是一層白幕。「我們應該會遇上瓦努厄圖群島才對。」

路凱喘著氣環視周圍，其他人也聚集過來。瓦努厄圖是數十座島嶼，當中有些以群山為脊幹從冰原突起，理當是明顯的地標。它們位於所羅門的東南方約四天距離，走這條路徑絕對會碰到，現在卻毫無蹤影。

路凱看著手裡的雙子針，夾角為46.3度，照理來說應該早已通過那尖錐般的地形。他設法壓下心中的擔憂，維持不變的表情。

「會不會……它們還在前方，我們只是還沒碰到？」癒師攸呂喘著氣湊身過來，將背包卸在地上。

「不太可能，」戈剌圖左右張望，困惑完全寫在臉上。「依行進日數算來，機率非常低……我猜兩年時間沒有派人來這一帶，可能西海岸線出現了大變動。這幾天我們一直沿著它走，說不定早就繞過瓦努厄圖群島卻不自知。」

埃歐朗盯著遠方，彷彿在嘗試以目光穿透雪幕。「我們所在的路徑位於幾個陸嶼棚和太平洋海盆之間，自古以來天候就難以捉摸。或許冰域的形態整個改變了。」他說：「研究院還有文獻記載，一千年前的人類首次發現所羅門群島，後來就整整兩百年再也找不到它，成了神話。就是因為這一帶的天候。」

「所羅門以東的冰域一直都有這樣的問題。」戈剌圖搖頭。「所以才必須先找到瓦努厄圖群島。有山的島嶼是不會改變的地標，是通往所羅門唯一可靠的指針。」

人們陷入了沉默。白雪迅速堆積在他們的防風鏡和肩頭。

這時，茄爾莫從後方出現，道出一個方法：「這再簡單不過，我們現在就直直朝西北方去。」他的聲音斬釘截鐵。「碰到子幅線 59.7 度時轉往『白島』的方向，一定會到達所羅門。」

路凱仍在思考，俊卻提出反對意見：「不太妥當。」雪花結在他修長的睫毛上。他沉靜的言詞有一份重量。「我建議先朝正北方走幾天，之後再做決定。等我們碰上緊鄰太平洋的東海岸線，那時才轉往西北也不遲。然後遇上 59.7 度線時再背離白島向回轉，這會保險很多。」

狙擊手埃歐朗點頭附和：「我也認為與其繼續沿著西海岸走，我們該轉向尋找東海岸……」

戈刺圖雙手抱胸，瞥了一眼茄爾莫。「你明白嗎？這一帶冰域出了極端的變化。丟失瓦努厄圖，我們再沒有能當指引的地標了。如果現在繼續朝西北走，我們可能會落在所羅門西邊數百里，但也可能落在它的東邊。那時候就真不知該往哪個方向去。」壯漢以渾厚的聲音說：「我贊同俊的說法，先筆直向北。」

路凱深知行進方向的決策是一切的關鍵。一旦犯下錯誤，很可能導致接下來整週都迷失，不斷徘徊在蒼茫的大地中，直到遇見下一個可依賴的罕見地標。許多遠征隊員正是在這種情況下喪命……因此，俊的提議是多花點時間，換取風險的大幅降低。

然而路凱猶豫了。

這是他所率領的第一個任務，他希望證明給長老們自己可以在最理想的時間內把任務完成。他更不能辜負亞煌大哥在眾人面前推崇自己的信任——如果聯合部隊超過一個月才歸返瓦伊特蒙，那代表自己不過是個平庸的領導者。

「我們繼續朝西北行吧。」路凱做出了決定。

俊和戈刺圖明顯感到驚訝。風聲呼嘯耳邊打破沉寂，茄爾莫此時揚起嘴角，諷刺地看向其他人說：「擔心什麼？你們不相信隊長判別路徑的能力？」

俊吸了口氣。「路凱，你確定？」

破荒蠻子戈刺圖眉頭凹陷，眼神有些不同了。「遠征隊的法則是不冒任何不必要的風險。這兒環境變化得太快。」

「這風險仍在可以接受的範圍內。」路凱靜靜告訴他的夥伴們：「綜合雙子針的角度和經過上一個地標的時間，現在朝西北走，有相當高的機率會抵達所羅門的西南面。」

雪片在四周吹拂，隊員們都望著他。埃歐朗拎著長弓站在後方。攸呂也沒說話。最後戈刺圖點了點頭，將防風鏡戴回去，目光卻沒從路凱身上挪開。

「俊，你先往前探路。」路凱吩咐好友。

白髮男子點頭，揚開黑色披風往前滑去。其他人重新將裝備帶好，拎起武器，一個個往前跟上。路凱似乎感到戈刺圖離開前拋來不祥的視線。他明白自己有點違反遠征隊的原則，令戈刺圖不悅。

最後當路凱準備動身，忽然感覺背脊傳來異樣。回頭時，他看見茄爾莫正望著自己。

「呵……你是個真正的領導者……」在那陰沉的臉孔上，傷疤取代了笑容，茄爾莫以虛浮的語氣說道：「別擔心呢，我們很快就會到了。然後——」他經過路凱身旁，風雪的呼嘯掩蓋了他的話。

路凱望著茄爾莫離去時刮起的一片白雪，無法理解他話中的含意。

EPISODE 19《拂羽》

「生命終結?」

雨寒的導師茉朗選了一片較結實的雪地，與她坐在棲靈板上休息。這裡的雪花有眼珠般大，靜靜落在她們眼前。

她們在瓦伊特蒙東邊偏南，距離一天左右路程的雪原。這陣子，茉朗積極教導她如何駕馭棲靈板的技術，以及判斷狩的蹤跡的基本技巧。兩人昨夜露宿在雪地，這還是雨寒的第一次經驗。

「沒錯。還記得我告訴過妳，判別雪靈能力的六大屬性是哪些?」

雨寒將自己的兵器擺在腿上。那是一柄樣貌奇特，把柄位於中央的弧形劍。她想了一下後回答:「代表力量程度的『基礎靈力』，代表棲靈板在雪地奔馳速度和跳躍力的『靈迅力』……」

茉朗點頭。「還有呢?」

「還有……『抗縛性』，可以影響雪靈脫離棲靈板的距離與時間。」雨寒又想了想。「還有『靈體分散性』會決定雪靈是否只有單一形體，或者可以多重分身。」

茱朗曾說，這兩種屬性具有優勢的奔靈者往往會被訓練成為狙擊手。茱朗認為，雖然雨寒雪靈的「抗縛性」深具潛力，再加上她的雪靈能同時分裂出數十隻鴿子的形態，這樣極端的「靈體分散性」非常罕見。茱朗斷定雨寒應該使用弓與箭。

雨寒盯著自己的板子，好一會兒之後才想起最後的兩種屬性為何。「啊，『靈力復甦性』會影響雪靈發揮時的持久度，還有恢復所需的時間。然後最後一項是『物理影響力』。」

茱朗摸了摸她的頭。「有一天黑允長老可能會讓妳成為遠征任務的隊長，所以這些妳都該緊記於心。」她更補充道：「不過事實上呢，雪靈的性質就跟它們的形體一樣，千變萬化，要有效做出分類幾乎不可能。奔靈者歸納這六種屬性只是為了方便任務隊員的搭配。剛才提到的『生命終結』，是指奔靈者解除自己與雪靈間的牽繫。」

「解除？」雨寒抬起頭來。「縛靈師說過奔靈者的靈魂一旦和雪靈相依，就永遠無法分離……」

「在一種情況下可以，」茱朗說：「就是奔靈者決定燃盡自己的生命，直到死亡。」

雨寒不可思議地望著導師。

「是的……在別無選擇的情況下，奔靈者可能會決定以生命為燃料，大幅增強雪靈的能力。」茱朗說：「雪靈的所有屬性都會在瞬間大幅提升。但隨著每個雪靈的本質不同，『生命終結』的形態也有差異。」

「可是那奔靈者和他的雪靈……都會因此而死去。」雨寒不自覺地顫抖。

「是的。所以沒人知道究竟自己施放『生命終結』時會是什麼樣子，除非那一天來臨。」

雨寒震驚得久久不能自已。她才剛剛當上奔靈者，從未聽說這件事。「那麼該……該怎麼樣才能施放『生命終結』？」

茉朗猶豫了一會，似乎掙扎該不該告訴雨寒。最後她選擇履行導師的義務：「把手放在棲靈板中央的雪紋封印上，傳達妳最終的意念。然後最後一次，說出雪靈的『真名』。」

雨寒低頭看著雙腿間的封印——隆起於木板表面，猶如細緻羽毛模樣的六道紋路。她輕聲問道：「茉朗，妳見過……『生命終結』嗎？」

導師露出哀傷的神情。「在戰場上，這是無可避免的……」她那綠色短髮底下的雙眸變得空洞，彷彿思緒沒入深淵，看見遙遠回憶。「與我和亞煌同期的奔靈者，許多人都在任務中喪生。有些戰友就是選擇以那方式燃燒自己的最後一刻……」她陷入了沉默。

雨寒尷尬的低下頭，不知該說些什麼。

「遠征隊現在的成就建立在許多人的生命上。」茉朗說：「夥伴們一次次帶回來的資訊，讓我們能更確鑿地摸清楚雪域的模樣。研究院也變得更有信心。從前，派十位遠征隊員出去，最後歸來的可能一兩人都不到。現在的情況好多了，小團隊就可以勝任遠行，陣亡率也大幅降低。」

這句話突然讓雨寒想起路凱的團隊。「茉朗……」她面向導師，桑柯夫長老與茄爾莫的對話不斷在腦中盤桓。

「嗯，怎麼了？」

雨寒猶豫著該不該說出口……無論事實為何，現在都已太晚。路凱他們離開了快兩個星期。而且依茉朗的個性，或許會立刻做出激烈反應，再度掀起長老們之間的不必要爭執，徹底毀掉母親和桑柯夫那早已惡化的關係。

「沒…沒什麼……」雨寒再次低下頭。她設法說服自己，不能因為聽到一兩句話就斷章取義。她甚至懷疑當初或許聽錯了。

「雨寒，認真聽我說，」茉朗的語氣變得嚴肅：「對我們奔靈者而言，使用什麼樣的鍍銀兵器，會決定雪靈的能力可以發揮到何種程度。我知道黑允長老希望妳使用這柄『弦月劍』，但真正適合妳的是弓箭。妳母親從來就不懂……」茉朗突然住了口。她發出一聲嘆息。

雨寒明白她想說什麼。黑允長老自己並不是奔靈者，對實戰方面根本不夠了解。弦月劍的模樣，據說是模仿遠古時期高掛於天際的「新月」。母親年輕時在書籍裡看到，深深被那彎曲的線條所吸引，於是讓鐵匠打造出這個裝飾意義高於實戰用途的半圓形兵器。母親曾希望自己當上奔靈者時使用它，然而腿傷令她永遠無法如願，便把遺憾寄存在弦月劍上，把期許寄望在女兒身上。

「雨寒，如果妳願意，我們可以去找桑柯夫長老。」茉朗建議：「探尋者支部很重視弓箭手。我們可以請求他給妳一柄最好的鍍銀弓。」

但母親不可能會答應。雨寒摘下皮手套，手指輕輕劃過冰涼的刀身。

「弦月劍對妳來說太重了，妳甚至需要用雙手才能拎起它。況且這只適合近距離搏鬥，與妳雪靈的本質完全不符——」

「茉朗！」雨寒挺直了背脊。

導師愣了一下。「雨寒，我認真在跟妳說話。」
「妳看見了嗎？」雨寒突然起身，目光遠眺。茉朗隨著她的視線往前望。但這時雨寒已經戴回手套，讓棲靈板動了起來。
她立刻往前滑出，奔向一道雪坡，不顧茉朗在身後叫喊。雨寒確定自己剛才看見了虹光——有另一個雪靈出現在雪地裡！
但這怎麼可能？縛靈師說過未受束縛的原生雪靈只在一種情況下會現身，就是嗅到了尚未成奔靈者的人類獨自在雪地遊蕩時。
她雙手吃力地提著幾乎比棲靈板還長弦月劍，加快速度前進，想知道怎麼回事。終於在前方，雨寒確定自己沒有看錯——像氣泡般的虹光盤旋在雪地某處，緩緩飄揚。
雨寒在整群光點前方煞住了棲靈板，極度吃驚。這些虹光點無聲飄浮在半空旋繞。很快地，茉朗也來到她身邊，以同樣震驚的神情望著眼前的靈體。
持續有光點從雪地裡浮出來。突然間，雨寒會意過來。這些不是原生靈體嗎？
「啊！在下面！」雨寒立刻跪了下來，用手挖開看似平坦的雪地。雪靈似乎也沒在懼怕她，不斷在她面前盤旋。茉朗了解了雨寒的意思，也蹲下身，一起徒手撥開白雪。
一陣子後，她們觸碰到某個東西，像是羊駝的軀體。「牠怎麼會在這兒？」雨寒不解地仰頭。
茉朗撫摸那深白色的毛皮。「這是披風。」她迅速挖開羊駝披風周邊的雪，虹光越來越強烈。

一個男子的軀體出現在眼前時，雨寒和茉朗都倒抽一口氣。壓在他下面的是柄雙刃巨劍，以及殘破不堪的棲靈板。點點虹光就是從那底下浮現，掃過他已凍結的身子往上飄。

雨寒將男子翻了過來，發現他的臉色慘白得像死屍，身上有多處傷痕。最嚴重的一道傷口位於左胸，劃開了衣服與肌膚。他底下的雪全是血跡，然而他還在呼吸，身軀依然溫暖。若非雪靈保護，想必早已凍死。

「茉朗，他是奔靈者！我們得快點帶他回瓦伊特蒙。」雨寒轉頭，卻看見導師神情緊繃，雙眼之間似乎散發著怒意。

「他是『叛逃者』凡爾薩……」茉朗的聲音低得近乎聽不見：「別管這個人。」

「不行啊，他會死在這裡！」雨寒感到著急，想自己抬起受傷的男子。

「他是背叛所有同伴的罪人，沒資格生活在瓦伊特蒙。」

雨寒想起來，好像聽過凡爾薩的名字，但她現在無法思考這麼多，只想著該如何救他。雨寒盯著男子的棲靈板，心想或許可以讓它承載他受傷的身子。「茉朗，妳知道他的雪靈『真名』嗎？」

茉朗搖頭。「要是讓我知道，我現在就會讓那雪靈帶他衝向斷崖。」

雨寒絕望地嘆息。若知道真名，就能對該雪靈下吩咐。因此奔靈者只會將雪靈真名告知自己最信任的人，為的就是自己嚴重負傷的情況下，能讓夥伴吩咐雪靈成為助力。但顯然沒人知道凡爾薩雪靈的真名。

「茉朗，拜託，我們必須救他！」雨寒急切懇求著自己的導師。

茉朗看著雨寒許久，終於嘆了口氣點頭了。然而當她們準備扛起男子，茉朗卻突然停下動作，投來不解的表情。雨寒見狀也往旁望去，這才看見又一抹虹光：彷如鴿子形體的小巧光波，正從她自己的棲靈板冒出來。雨寒並沒有以意念呼喚雪靈，為什麼雪靈會自己出現？

猶豫僅只一瞬間，她頓時睜大雙眼。「有敵人在附近!?」雨寒立刻轉身。

茉朗像道旋風轉身，已從背後取下長槍環視四周。三道拍著彩絲羽翼的光團在雨寒身旁旋轉。她們都意識到凡爾薩的傷口代表什麼——那是被狩攻擊過的痕跡！

兩人掃視周遭寧靜的大地。許久，除了飄落於身旁的白雪，雪地上全無動靜。

茉朗的神情極度困惑。雨寒身旁那三個鴿子形態的虹光，卻意想不到地在此時改變了色彩。從原本的混合色，轉為單一色調——那是縹緲不定的青綠色，且逐漸飽和。雨寒的表情和茉朗一樣吃驚，兩人就盯著青色鴿子般的雪靈緩緩飄下，落在凡爾薩身上，沉入他的體內。

不出幾秒，男子的身體出現了反應。傷口底下的組織被虹光掃過，皮膚表面的凍傷正在消失。他的臉頰紅潤了起來，呼吸的頻率也恢復。

雨寒不知道這代表什麼。

「沒想到妳的雪靈……擁有療癒能力。」茉朗盯著雨寒，極度詫異。

雨寒也地瞠目結舌，呆望著男子身上多處已改變色澤的傷口。它們不再像是新生的創傷。而凡爾薩看上去也不再身負重傷，反而更像在沉睡。

EPISODE 20《芬瀾》

艾伊思塔從未見過如此壯闊的山嶺。

高聳入天，頂峰完全被雲層覆蓋；鋪開大地的山脈占據視野所及，彷彿將世界分隔為兩半。她和亞閻穿越飄渺的薄霧，滑過一座座山脊。在他們身旁，白雪間暴露出岩壁的遠古紋理。

他們離開瓦伊特蒙已超過兩週了。亞閻拿著研究院的地圖，指向澳大利亞大陸北方的巨大島嶼「新幾內亞」，告訴艾伊思塔他們正沿著遠古時期的俾斯麥山脈向西行。這一帶的地勢非常崎嶇，有很長一段路是被強風雕塑而成的浪紋，彷彿他們得在一條巨型魚體上逆著鱗片的紋路而行。亞閻帶著她緊鄰陸地，會有較小的機率碰上難以跨越的冰縫川。

然而離山脈越近，地面高度遽升，雪地斷裂形成溝谷的頻率同樣遽升。再加上積年累月落雪成棚，看似一片平緩，足以欺瞞最具經驗的奔靈者。冷不防腳底的雪一崩解，就被深谷吞蝕。但亞閻毫不畏懼，要艾伊思塔放輕鬆跟緊他。

「全心相信妳的雪靈。」亞閻告訴她這樣一句話：「如此一來妳不會走偏。也只有這樣，棲靈板才會成為妳身體的一部分，妳才可能和雪靈真正合為一體。」

接下來數天，他們陸續翻山越嶺。

更令艾伊思塔吃驚的是，山嶽間幾乎全是林木。它們的底部被數百年來的積雪掩埋，上端也因白雪的覆蓋而顯得怪誕，但仍看得出來那高聳哨兵般的身影在古時曾是蔓延大地的雨林。兩人穿梭在雪霜成結的樹峰之間。

艾伊思塔心想，這裡一定存在許多「魂木」！她隱約記得小時候在所羅門一帶玩兒，也曾在雪地見過大量樹林。那是所羅門從不缺乏魂木的原因。

她駕著棲靈板，跟隨亞闍穿梭在陡峭的山陵間。他們越過雪地的溪流，跨越巨大的冰架，從斜坡俯衝而下。她學會避開岩石和尖銳的殘冰，防止板子磨損。他們看見如絲般的霧氣攀爬在山谷間，以及小巧的動物身影奔馳遠方。

棲靈板激烈地掀起白浪，兩人切過一道道山壁。旅程中，艾伊思塔感覺自己在駕馭棲靈板時，有了根本性的改變。

不靠思緒，也不單身體的反應，而是由靈魂驅動的直覺。

「相信雪靈」——亞闍這句話起初聽來荒謬，因為她沒聽過任何人說過類似的話。

「這些年來，遠征隊過度依賴研究院了。」亞闍前幾天告訴她：「他們依恃學者們的理論，死背數字，強記地標，卻忘記了身為奔靈者的本質是什麼——這片白色大地應該是我們身體的延伸。它才是雪靈的歸宿地。」

亞闍以行動證明了他那些奇怪的話。他從未教艾伊思塔關於滑行的技巧，但她跟著他，沒有時間思考地吃力地追隨在他身後，每天都明顯感覺有飛躍的進步。

而且，不知不覺間……她感覺與雪靈更靠近了。滑行時，有股與她意識同步的動力，使自己跳得更高，奔馳更快。即使從崖邊飛出，身處高空，望著下方的整片白雪，她也絲毫不再畏懼。

她在半空中翻轉自己的身子，讓強風吹拂碧綠長髮。冰冷的空氣像張無形的床，支撐著她下沉的重量。艾伊思塔閉起雙眼，感覺自己受到了保護。她讓那股力量接管自己的身體。

她的心裡時常波瀾激動，覺得雪靈正在與自己交談——不是透過字句，而是經由她身體的每個動作。她在半空中自然地迴旋，恣意地舞動，劃開一道又一道優雅的軌跡。動態正是雪靈的語言，就像那飄動的虹光。

她學會相信。

每當路徑到了終點，每當雪霧蒙蔽雙眼，每當面臨瞬間反應，每當大地急速撲來……一股「靈感」會由她的心底升起，引導著她的動作。那是一種力量，比本能更為迅速，穿透她的所有直覺。不需要思考她也知道該往哪兒跳躍，往哪兒落去，彷彿她熟悉這片雪白大地的每一處。

一天天過去，她才發現自己總期待著奔靈的每分每秒。以往在守護使監視下被剝奪的機會，彷彿幾週內一次償還了給她。她終於知道什麼是自由。她開始與亞閣平行滑行，而他總笑著打量她。致命的雪地，彷彿成了寬闊的無人樂園，只有他倆不斷揚起雪花急速奔馳。

「舊世界的『福爾摩沙』。」

他們兩人窩在一座白色森林的某處，被樹群環繞著，亞閣正專注看著手中的上百頁資料。微風吹拂他整叢灰色髮辮以及掛在耳緣的骨鍊，除此之外他完全靜默，似乎正在不停思考。過去這陣子，他每天都會抽空閱讀艾伊思塔從研究院挾持的文獻。

「和我想像的一樣，」亞閣說：「所謂『方舟』，就是指亞細亞大陸東南角的島嶼——福爾摩沙。」他重複翻了其中幾頁。「而子幅線 96.9 度，是那島嶼北方的一座城市遺跡。學者們認為『恆光之劍』就在那遺跡之中。」

艾伊思塔點點頭，心中忽然有個疑問，為何那遠古時期的島嶼會被稱之為「方舟」？

「就是這裡，」亞閣拉出一份草圖。上頭是學者們依循遠古資料手繪的地圖，標示出地勢的高低起伏。「『方舟』幾乎全是山脈。那遺跡座落在最北方，被群山和丘陵環繞……到時我們要想想怎樣才能進入那兒。」

然後他從資料中抽出另一份地圖的謄本。那是路凱和亞煌帶回來的世界地圖，清晰勾勒出當時結凍的冰域，現在已經被研究院當成是探索未知大地的基礎藍本。

有雪堆從樹上落下，讓艾伊思塔轉過頭。她看見幾株樹木的表面暴露出來，是赤裸裸的灰白色枯枝，已經完全沒了葉片。整片森林想必都是如此，從遠古時期開始，像空殼般站在雪地裡好幾個世紀……

想到自己正在前往亞細亞大陸，艾伊思塔除了惶恐，還有股無以言喻的興奮之情。那是沒有任何奔靈者去過的地方。她看著亞閣的側臉，那專注的神情與平時輕率的模樣差異甚大。她靜靜地望著他。

亞閻的出現，讓這趟本該充滿恐懼的旅程變得完全不同。當初純粹是為了逃離瓦伊特蒙對自己的枷鎖，卻意想不到在短短兩星期當中，自己對奔靈會有如此突破。休息時，她都期盼下一刻就能再度踩著棲靈板奔馳於山谷間、溪流旁。

亞閻盯著地圖沉思許久，然後再度開口：「好，到了子幅93度，我們就往東切，找到海岸線後再往北走。」

艾伊思塔想起亞閻曾說，海岸線的位置是最重要的地理參考指標。但她不解地問：「為什麼是93度？」

「如果太早轉向海岸線，誤差的概率過高。喏，冰域之間時常形成內海，容易混淆，而且沿海的碎冰帶很不穩定，風險太大，能晚點接觸最好。」亞閻說出他的判斷：「但如果太晚轉向海岸線，則有完全錯目標的可能。帆夢他們是靠著稀有的資料推測出『96.9』這個數字。不代表它就是精準的。」

「可是，研究院對子幅線的分析應該很有信心。」

「這我相信。但一個刻度的誤差，是上百公里的差距。」亞閻笑了笑。「那些學者自己從來沒踏進過雪地，坐在溫暖的燭光前就覺得他們摸透了整個世界。真正在雪地裡，妳覺得該完全相信他們，還是更相信自己？」

艾伊思塔嚥下一口唾沫。「我還有個問題，」她指著地圖上代表冰域的灰色地帶。「這些地方以前全是海洋。萬一現在整個『太平洋』……全結凍了呢？我們可能會花好幾個星期往東行，還見不到海岸線。」

「機率非常小。目前世界結凍為冰域的地方都離各個陸棚不遠，也就是海洋深度有限的地方。打個比方好了，」亞閻把地圖挪到艾伊思塔面前。「我們目前所在的新幾內亞島，幾千年前和澳大利亞是相連的。看這裡，它們之間的莎湖陸棚在遠古時期離海面不過數百公尺，現在已經成了永恆冰域。」

艾伊思塔愣了一下，對亞閻這個人的疑問又多了一個。他怎麼會曉得那麼多只有學者才知道的事？還能稀鬆平常地道出舊世界的地理名詞？

「艾伊思塔，妳說帆夢曾說過，這份地圖是遠古文明毀滅前，人類用最後的魔法所捕捉到的？」亞閻問她。

艾伊思塔點頭後，亞閻又沉思一陣。她突然很好奇他的腦中現在是什麼在打轉。

最後亞閻以肯定的口吻說：「那麼這幾百年之間，世界的樣貌並沒有改變多少。太平洋西南邊的這些冰域和我自己的經歷並未相差太多。反正我們並不趕時間，慢慢探索吧。」他再度翻了翻整疊的文獻謄本，突來一個讚許：「啊，帆夢他們解讀得真不錯。」

艾伊思塔歪著頭，給他一個多疑的眼神。「你不是挺瞧不起研究院的那套學問？」

亞閻揚起嘴角，瞧了她一眼。「啊，我從沒說過我『瞧不起』研究院吧？只是人們探索知識的目的，應該是為了尋獲更多問題，而不僅是歸納出答案。」亞閻將文獻整理好，謹慎地放進背包的底層。「研究院的習慣是一旦掌握了知識，就剔除掉其它可能性。但這世上有太多東西我們尚未理解，不該為任何理由而畫地自限吧？」

他們穿越一連串地勢較平緩的雪丘，來到被淺薄的溪水鋪蓋的凍原。兩人將棲靈板拿在手中，小心翼翼地跨步跋涉。

溪流遮蔽了腳下堅硬的冰，難以判斷每一步會踩在什麼地方，好幾次艾伊思塔都差點失去平衡。忽然前方的霧氣中，高山的輪廓再度浮現，好幾層深淺交疊的雪白之壁。艾伊思塔被那景色迷住了，一不留神滑了一大跤。溪水噴濺，她的臀部全濕了。

亞闍回過頭來，笑聲響徹山谷。

「你笑什麼！」艾伊思塔氣急敗壞地喊叫，想趕緊起身卻再次滑倒。亞闍揚起眉毛搖了搖頭，笑著伸出手。艾伊思塔拉住他，打從心底要出口咒罵。她覺得自己下半身冷得像被刀子銼磨。

亞闍沒再回過頭來，卻緊緊牽著她的手，踩著穩固的步伐往前走。

艾伊思塔忽然眨了眨眼，吃驚地望著他的背影。不知何時，虹光已從亞闍拿著棲靈板的手臂冒了出來，經過他的身子，流向兩人緊扣的雙手。彩光飄動，緩緩轉為溫暖的黃褐色，分散成數道輕柔的光波覆蓋住艾伊思塔，讓她的身體被籠罩在暖流之中。

兩個人走在壯闊的白色群山腳下，踏著溪水往前行。

新幾內亞島西半邊的山脈更高、更險惡。他們沿著山嶺的南側，持續朝西滑行。亞闍告訴她，他們位於子幅 72.3 度，正經過南太平洋一帶最高的山峰，在遠古時期有個奇特的名稱——「卡茲登茲金字塔」。

據說這名字的由來，就是那鋒利而駭人的峰巒。然而從他們的位置看不見被雲層遮掩的頂峰，到處都是如絲般的迷霧。

途中，亞闍時常抽出長劍，以傾斜的角度插入雪中往上撬，仔細檢視附著在刀刃上的細雪，探勘是否有疑似藍色冰晶的殘跡。他在許多地方反覆這些動作，並從幽藍冰屑的位置及深度，推斷狩群所經過的方向與時間。他們奇蹟似地走了這麼長的路，至今卻完全沒有遇到狩的襲擊。「所以不管怎麼樣，都該帶著某種兵刃在身邊。」亞闍拍掉劍上的雪屑說：「妳的鎖鏈在作戰時有一定優勢，但除此之外沒什麼作用，只是多餘的重量。」

艾伊思塔白了他一眼，逕自滑開。

兩人進入一道狹窄的峭壁之間，多道水流從天而降，落在兩側沖出聲響。他們沿著腳下的白色雪脊直線奔馳，身處兩片透明的簾幕之間。之後他們來到一個龐大的冰洞，弧形的天頂隱隱透出淡藍的光。

地面上是一潭潭幽暗、小巧的冰湖，他們踩著良好的節奏蛇行繞過。抵達洞口時，艾伊思塔做出了一件令她自己也感到意外的事。

她滑上一旁的弧形冰壁，甩身讓地心引力將自己下拉，再讓衝力帶著自己滑往另一側的冰壁。她就這樣左右奔馳，衝上、滑下，每次都貼近洞穴的頂端多一些。亞闍的視線跟著她，露出些許吃驚的神情。艾伊思塔給了他一個嘲弄般的笑容，接近出口時，藉著積累的作用力把自己向外拋——她翻騰空中，越過亞闍頭頂，落在一道非常高的雪脊上。

兩人平行往前滑，艾伊思塔對著底下的亞闍咋舌。

亞閣笑了幾聲後，拉緊頭巾，並往旁邊躍入一座崖谷，往一條極為險峻的路徑奔去。艾伊思塔也大膽跟進，但她不再滿足於緊跟著亞閣的步伐，而是勇於開創自己的道路，追趕他，挑釁他。兩人在純白色的雪地裡追逐，彼此超越，時近時遠，穿過無盡的山嶺和溪谷。

然而亞閣始終略勝一籌，多數時間總跑在她前方。艾伊思塔急了，往旁邊一抹看似平坦的低地而去，想抄捷徑繞過去。碧綠色長髮隨著她輕盈的體態飛揚而下。

「艾伊思塔！那裡是——」

她躍入那片雪地的一刻，碎裂聲迴盪。艾伊思塔還搞不清狀況，腳下冰層已告破裂，她驚叫一聲，瞥見湖水湧出，碎冰下陷，伴隨四散的雪花。情急之下她加速跳躍在破冰之間，轟隆的巨響卻越演越烈。湖面裂痕向外擴散，尾隨棲靈板而來。

「亞閣——」腳下整片冰層裂開，瞬間將她吞蝕。

她從頭到腳沒入冰冷，眨眼間像被火燄包圍。她閉住氣，胸口卻不自覺地緊縮，傳來陣陣疼痛。頭頂也彷如針刺，顱內像有隻手似地，使勁抓住她的腦子猛掐。艾伊思塔設法睜開雙眼，忍著眼球的刺痛。然後她抬頭，瞥見上方的碎冰和漂晃的水面，感覺離自己好遙遠。她不敢相信自己的手腳竟已不聽使喚，完全麻痺了。

艾伊思塔的意識逐漸渙散……在閉上眼之前，她看見亞閣的身影躍入水裡，單手抱著棲靈板朝她游來。

夜晚的世界一片漆黑，但亞閣在山谷的某處挖了雪窟，他們靠著牆的兩旁，坐在各自的棲靈板上，讓虹光輕撫濕淋淋的身子。

「還好妳已把文獻交給我，不然我們這趟旅程就此告終了。」當時亞闍拋下所有裝備，只帶著棲靈板下水。艾伊思塔依然沒好氣地瞪了他一眼。她自己的背包全濕了，包括裡頭所有衣物。

「我不是在開玩笑。妳還是將衣服全脫了吧，會舒服很多，而且雪靈也會比較好——」

「你閉嘴啦！」艾伊思塔喊完，縮著身子顫抖。雪靈的光波讓她舒服許多，但離身體要全乾還需要一段時間。

亞闍從背包裡找出一件寬鬆的絨衣和深色的鹿皮褲，遞給艾伊思塔。「換上吧。」

他們兩人背對背，面著牆壁，各自脫下濕透的衣裝。虹光在腳邊游動，照亮洞窟。

艾伊思塔空著上身，胸前的水晶項鍊擺晃。待她換上乾衣服與褲子，深吸口氣，感覺舒暢多了。「你這件衣服是白亞麻……」她回過頭，看見一個彎曲的身子與裸露的屁股。

「呀——！」艾伊思塔驚叫著轉過身。

「——嗯？」亞闍在她身後，傳來衣物磨蹭的聲音。

「你還沒穿好怎麼不說一聲!?」艾伊思塔對著牆壁尷尬地喊道。

「喔?我穿好啦，妳可以轉過來了。」亞闍已套上一件棕色的薄衣，就地坐在棲靈板上，然而他的下身僅蓋著羊駝毛披風。艾伊思塔不可思議地望著他時，亞闍聳了聳肩，朝著女孩的褲子點頭:「妳穿了我的備用褲。」

艾伊思塔低下頭，滿臉通紅。亞闍的臀出乎意料地結實，那影像烙印在腦中揮之不去，令她既驚愕又沮喪。

「啊？原來妳剛才在偷窺我？」亞閻笑出聲來。「那我們算扯平了。妳的背很漂亮。」

艾伊思塔雙眼睜大數倍，頭卻沉得像鐘乳石，直盯地面。他是什麼意思？他有刻意回頭望嗎？有看到……看到我的背？還有看到哪裡？艾伊思塔身子冰冷，雙頰卻熱得發燙。她噘嘴坐回棲靈板上，憤怒地抱起雙腿。她實在不知該怎麼跟這人打交道。

亞閻從背包拿出兩份以布巾包裹的魚肉，丟給女孩一包，並放了一個裝水的皮囊在他們中央。兩人在律動的虹光包圍下吃著晚餐。

艾伊思塔的長髮還滴著水，緊貼心形的臉蛋。她的雙唇發白，輕抿著魚肉。亞閻已經解開了所有髮辮，讓濕透的黑髮蓬亂地披在肩上。他上衣胸口處的繩結敞開著，露出泛著水漬的肌膚。

「我必須要說，妳確實很勇敢。」用完餐後，亞閻拿出絲線套在手指上，開始重新綁起髮辮。「我從來沒見過任何奔靈者有妳這樣的膽子。那種肆無忌憚的衝法，簡直不要命。」

艾伊思塔不確定他這句話是讚美還是嘲諷，但她認為肯定是後者，決定不予回應。她將濕潤的長髮撥向頸後，數串貝殼發出沉重的聲響。

「不過妳想單獨前往亞細亞大陸，這已經是勇氣的證明。」他綁好一根粗辮子，指間纏繞起另一綑髮束。「我有個朋友，一天到晚說要離開瓦伊特蒙，去找更合適的地方生活，卻沒有成功下定決心。」亞閻笑著甩了甩頭。「他真該找妳談談才對。」

「你在說誰？」艾伊思塔皺起眉頭。

亞閻望了她一眼。「凡爾薩。」

「那個『叛逃者』……？」艾伊思塔有點驚訝。惡名昭彰的凡爾薩是亞閻的朋友？

「嗯。他這個頭銜在瓦伊特蒙似乎十分響亮。」

「他背叛自己的戰友，害死了整個團隊的人。」艾伊思塔說：「這事情眾所周知。」

亞閻的嘴角依然掛著微笑，眼底卻彷彿浮現了另一種情緒。他望著女孩許久後說：「妳的語氣聽來就像個忠貞的奔靈者。看樣子妳好像對凡爾薩相當了解？」

「了解什麼？每個人都知道他是個不折不扣的懦夫。」

「啊……」亞閻會意地抬起頭，似乎在思考什麼。「我其實不需要說這些，」他瞇起眼，開口問：「妳知道凡爾薩的父親是誰嗎？」

艾伊思塔搖頭。

「他的父親，是位名叫加爾薩納的奔靈者。」

「加爾薩納？」艾伊思塔的口氣抱持著懷疑。「就是那位有『疾馳燄痕』美譽的加爾薩納？」

「對。」亞閻說：「在當時，凡爾薩的父親極為受人景仰。就是在他的教導下，許多奔靈者的潛能才得以激發。」他伸手觸碰身邊的兩柄長劍。「包括我，也是他親自訓練的。」

「但加爾薩納和三長老之間的關係非常差。」亞閻接著說：「他的意見永遠與瓦伊特蒙的統領階級相左，就連當時的總隊長，一個叫『虎牙』的老將，也常與加爾薩納出現口角。」

「為什麼？」

「加爾薩納認為近代的長老團已經失去了殘存人類領導者該擁有的魄力。」亞闍說：「加爾薩納頑固地認為，人類若想在冰雪世紀生存，必須要有強而有力的領導者引路。他認為三長老的職權分工演變至今有很大的缺陷，讓他們不斷為了私利而互扯後腿，時常犧牲了瓦伊特蒙的整體利益。」

「所以凡爾薩與他父親一樣反對長老的作風，想離開瓦伊特蒙？」

「不，正好相反。凡爾薩從當上奔靈者開始，一直是個稱職的戰士。他曾經全心全意支持長老們的所有決定，認為那才是對瓦伊特蒙最好的路。」

艾伊思塔點頭，開始領悟這中間的矛盾之處。

「對於那時候的凡爾薩，瓦伊特蒙就是他的一切，夥伴就是他心靈的寄託。不曉得你懂不懂，年輕人嘛，總會有段時間拚命追求歸屬感，想再在群體中塑造出最獨特的自我。」

「你怎麼講得自己像個老人似的？」

亞闍聳了聳肩。「總之，凡爾薩對三長老和歷任總隊長充滿敬意與信賴，也因為這樣，他與他的父親時常價值觀分歧而爭吵，還鬧到差點決裂的地步。」

艾伊思塔想了想。「所以他們父子都是奔靈者……還在各自的圈子裡有影響力？」

亞闍點頭。「公開場合、私下聚會，他們父子倆都爭吵不休。加爾薩納畢竟是實力超群的戰士，有時眾長老需要他配合協助的時候，還得派凡爾薩去向自己的父親施壓。」他停頓了一下。「啊，先不論誰的想法比較正確，這確實讓加爾薩納那老頑固更加憤世嫉俗。諷刺的是凡爾薩透過公然抨擊自己的父親，竟鞏固了自己在奔靈者當中的地位。他也成為唯一敢頂撞

『疾馳燄痕』的年輕晚輩。」

亞閻忽然停住話，神情異常嚴肅。他的長髮有一半結成好幾束辮子，另一半散落於肩。他的目光寧靜，凝視著某處。艾伊思塔不自覺地屏息。

「瓦伊特蒙和所羅門開始合作，進行各種遺跡探索任務。」亞閻的語氣讓艾伊思塔覺得他彷彿變了一個人。「我們雙方文明卻因為無法有效裁決寶物該如何歸屬，陷入極度緊張的關係。就在那時候，大約三年前吧……凡爾薩的父親被桑柯夫長老任命為隊長，率領一個重要的『合作任務』。」

「研究院說遠古的人類戰士曾在『斐濟島』設置重要據點。於是加爾薩納帶著一群所羅門的奔靈者，還有少數自己的部下前往那裡。」亞閻繼續說：「據我所知，加爾薩納的團隊找到許多極其稀有的文獻，但他們從未想過會遭大批魔物圍攻。加爾薩納只派遣幾個使者返回瓦伊特蒙尋求救兵，剩餘的人躲在島上死守，等待救援。」

亞閻停頓時，艾伊思塔已經有股不祥的預感。

「以當時冰域的情況，其實只需直行十天左右就可抵達瓦伊特蒙。然而援軍卻在三個月後才找到那些人。」亞閻淡淡地說：「他們發現的全是屍體，包括凡爾薩的父親在內。」

艾伊思塔深吸一口氣，再緩緩吐出。然而她設法不讓判斷力受到情緒影響，說出想法：「但我不懂，這跟後來凡爾薩背叛他的同伴有什麼關係？」雖然艾伊思塔從未是奔靈者的一份子，卻發現自己正在為他們辯護：「面對有競爭關係的敵人時，選擇逃跑就是罪惡。」

亞閻望了過來。「即使那些敵人來自所羅門？」

一陣酸楚緊掐著艾伊思塔胸口，亞閻似乎知道她的來歷。然而她不妥協，堅持自己的觀點說：「成為奔靈者的一刻，就該知道一旦踏入雪地隨時可能喪命。瓦伊特蒙失去了多少優秀的戰士，加爾薩納不是第一個，也不會是最後一個。難道因為自己父親的死，凡爾薩就有藉口拋下夥伴？」

亞閻投來的目光讓艾伊思塔打了個寒顫。他以冷漠的口吻繼續說他的故事：「眾所周知，瓦伊特蒙和所羅門開打了。很快就升級到全面戰爭。在他父親死去的一年後，凡爾薩與一群夥伴前往敵人所在之處進行偷襲。當時，他在途中獲知了真相。」

「什麼真相？」

「當初決定不派援軍去救加爾薩納的，正是三長老。」

艾伊思塔看著亞閻好幾秒，一時之間無法會意。「什……什麼意思？三長老怎麼可能那麼做？」

「提出這項決定的是黑允。桑柯夫身為原任務的發起人，原本打算立即派出支援，卻被黑允的說服了。恩格烈沙長老自然也沒有其它方法，最後三長老決定背棄加爾薩納的團伙。這決定完全是基於利益考量。」

亞閻繼續解釋：「『兩方文明的合作關係建立在一項重要的承諾上——哪方的奔靈者找到文物，當下就擁有它的『索取權』。前往斐濟島的團隊裡多半是所羅門的人，而長老們從歸來求援的奔靈者口中得知，遺跡裡的關鍵文物幾乎都是由對方人馬率先發現。」亞閻止住片刻，讓女孩的思緒跟上來。「當時雙方文明的關係正處於高度敏感時期。若派遣大批戰士去救援，最後還得白白將那些重要文獻奉送所羅門，長老們認為得不償失。若是強取豪奪，在戰爭尚未爆發的當時，也屬下策。」

亞閻望著雪窟的某一處。「因此三長老的決定，就是等待那兒的奔靈者全數死亡後，再派人去索取那些……『尚未發現』的文物。」

艾伊思塔的雙肩垮了下來，身子往後靠上冰牆，不經意壓碎了幾個髮上的貝殼。背部傳來一陣冰涼，但她毫無反應。三個月……那些人在冰天雪地裡被狩群包圍，等待了整整三個月……不管是所羅門還是瓦伊特蒙的戰士，只能眼睜睜看著身邊的夥伴一個個死去，直到自己的希望最終幻滅……

「所以……凡爾薩……他……」

「他崩潰了。」亞閻淡淡地說。「出任務時，有幾位知道真相的奔靈者告訴他實情。一聽到這件事後他立刻脫隊，離開了所有夥伴。我的猜想是，同伴遇襲與全軍覆沒，應該是在凡爾薩離開之後才發生的。不管他當時心境如何，凡爾薩並不是那種戰鬥就發生在眼前，還能無動於衷的人。」

艾伊思塔愣在原地，渾濁的雙眸反射著虹光。她並不熟悉凡爾薩這個人，但她也曾跟著所有人咒罵他。

凡爾薩的遭遇讓她想起自己。艾伊思塔一直以為自己擁有最不幸的人生。她甚至認為自己是兩方文明衝突裡最大的受害者……現在，艾伊思塔滿腦子混亂。

亞閻看了她最後一眼。「該睡了。明天我們會離開這片陸地，再次進入碎冰帶。」他用披風裹著身體，躺在棲靈板上。虹光跟著變動方向，纏繞住他。亞闍打了個呵欠，喃喃自語：

「『方舟』……不遠了。」

艾伊思塔就這樣靜靜坐著，不知在錯愕中過了多久。

她的目光挪向亞闍的臉，忽然意識到一件事。他是個實力卓越的戰士，卻同時擁有研究院才得以支配的知識。艾伊思塔甚至懷疑，亞闍對舊世界的了解可能比學者們知道的還多。

然而他似乎並不屬於奔靈者集團的一份子，不屬於任何支部，完全脫離瓦伊特蒙的掌控範圍。亞闍的態度時而輕率，時而成熟，有時還令人厭煩，但現在艾伊思塔看著他熟睡的模樣，就像個純真的孩子。她伸出手想觸碰他，卻在猶豫中縮了回來。她的手臂緊貼胸前，嘆了口氣。

「亞闍……你的故事又是什麼？」

EPISODE 21《御風》

「那是什麼?」攸呂站在海岸邊，指向遠方。

其他人紛紛煞住棲靈板，朝他所指的方向望去。視線盡頭的海面有個奇怪的東西。

路凱仔細端詳。它遠在海天交界處，形體像扭曲的尖塔，距離讓它成為一抹淺影，讓他無法判斷它究竟有多大。但那地標的感覺相當高，或許就和山脈一般高。在眾人面前，浪潮一波波鼓動，更遠處的海面不斷翻騰，連天空的灰雲也被氣流的風帶動。只有那座高塔獨自靜止於遠方，給人一種極度怪異的感覺。

「或許是座冰山!」戈刺圖拉開嗓門，喊聲壓過海浪的聲響。

聯合部隊的成員隔著防風鏡凝望那座塔狀的物體。看著它的樣貌，路凱知道絕不可能是冰山。但無論它是什麼，與當前的任務並無關係。

「該走了!我們得儘快通過這兒!」路凱瞥了一眼雙子針後，呼喊同伴再次動身。

他們正經過一段非常險惡的地帶。海浪激烈拍打著沿岸，朦朧的空氣鹹味瀰漫。六人聚集起來迅速推進，不再派人獨自勘察。巨浪就在他們身旁迸開，水霧四濺。

情況與他們當初所想的完全不同。路凱記得幾年前經過這一帶，周圍還是相對安全的雪原。但現在眼前的唯一路徑，是冒險穿越一條狹長的冰域，寬度不過數公里，而且嚴重龜裂。

海水持續怒吼，有規律地轟隆作響，每隔幾分鐘他們就聽見冰架崩解的低鳴。疾馳之中他們看見巨大的冰塊脫落，墜入海中，炸出大片水花的同時震盪大地。海浪像猛獸的利爪不斷從旁襲來，並從岸邊剝下一塊塊碎冰。六人撐著濕透的身子在漫天水霧中滑行。

數小時後，地形竟轉為更加艱鉅的挑戰，路凱至今從未見過這種景象。那是受風雪和海浪長期侵蝕，雕塑而出的駭人地勢——數百道彎曲的冰架繞過他們頭頂，像某種龐大魔物的手指在沿岸凍結。他們從底下穿過時，連平常古怪的茄爾莫也露出了惶恐的神色。

地面時常出現規模不小的裂縫，海水急速灌入激起巨浪。他們必須奔上那些扭曲的冰架，從它們之間跳躍前行。

有幾次，切開地面的冰縫川過於龐大，他們完全無法通過。埃歐朗來到眾人前方拉開長弓，同時架上兩支被虹光纏繞的箭矢。

他鬆開鋼鐵手套，箭身拉開兩道彩影，帶著匯集的靈力刺入對岸的冰壁。虹光成為兩道細長而閃爍不定的繩索，連接到埃歐朗的棲靈板兩端。他向同伴點頭示意，但他們還是抱持疑慮。於是路凱率先踏了上去，發現自己的棲靈板能在光橋上滑動。他將板子打橫，隨著無形的橋梁跨越冰縫川上方。埃歐朗的棲靈板發出了激烈光芒，彷彿使盡力量。待其他人全部抵達對岸，他才又拉出兩支箭，將彩光蘊釀於箭尖然後栓子般刺入一旁的地面。現在，整個彩虹橋由四支箭支撐。埃歐朗也動身越過冰縫川。

路凱第一次親眼見證埃歐朗的雪靈竟有如此強大的「物理影響力」，很是吃驚。它竟能長時間承載物體。

然而當埃歐朗來到身邊，路凱見他臉色蒼白，喘息不斷。攸呂問他是否該休息，埃歐朗回答：「我還能撐，趕緊走吧。希望別一直遇上這種情況。」

破碎的冰廊彷彿無限延伸，烏雲在上方翻騰，海浪包圍著他們湧動。數小時的驚險滑行，當路凱開始懼怕或許這條路將永無止盡，他們看見了——水霧彼端出現一片神祕的陰白。

那明顯是位於碎裂冰域中的陸地，輪廓與路凱的記憶吻合，他拿出雙子針確認角度無誤。

「我們到了！」他喘著氣向隊友說：「聖克里斯托普島，這是所羅門群島最東邊的島嶼。對方的大本營在西北方的另一座島上，距離這裡大約六小時。」

然而眾人並沒有馬上接近聖克里斯托普，因為一旦踏進它的周邊，很容易被所羅門發現他們的到來。埃歐朗需要休息，其他人也需要儲備體力，擬定下一步策略。

他們在附近選了一個地勢較穩定的冰域，沒有猛烈的怒浪與震動的大地，但地面呈塊狀起伏，凹凸不平。這裡正好是理想的屏障，容許他們藏匿一陣子。

「我去撒泡尿。」破荒蠻子戈刺圖放下他的棲靈板，朝著一座塊狀的雪墩後方爬去，在雪地留下清晰的足跡。其他人也各自坐下來歇息。

路凱坐在另一座雪塊，防風鏡掛在頸子上，他交叉的雙手撐著下巴，陷入沉思。雖然沒表現在臉上，但路凱心底的高興程度難以言喻；自己所率領的聯合部隊僅用不到兩星期時間就抵達所羅門，這比預料中要好太多了。所羅門是由五位族長共同統治，他必須說服他們再次與瓦伊特蒙建利和平。

他相信陽光賦予了每位奔靈者自己的天命。只要拚盡全力，祂會在冥冥之中指引你走向勝利。

路凱壓下雀躍的心，告訴自己他的抱負不僅於此。他開始考慮若這次的交涉結果順利……或許可以直接邀請所羅門的奔靈者團隊與他們一同返回瓦伊特蒙，正式和三長老——

「你們聽見了嗎？」埃歐朗突然站了起來。

他們迷惑地望向他。但埃歐朗隨即回首，神色緊繃地看著戈剌圖方才離去之處。棲靈板仍靜靜地躺在那兒。

接下來路凱也聽見了——是金屬攪動的聲音，來自雪墩的後方。

他立刻朝隊友們比了手勢。眾人迅速、安靜地行動，手拎各自的棲靈板，一聲不響地攀上雪墩。映入眼簾的景象讓眾人血色頓失。

戈剌圖跪在雪地裡，雙眼翻白，一條鐵鎖鏈纏住他的脖子。在他身後一段距離操控鎖鏈的，是個如鬼魅般的身影，穿著與雪地相融的白袍，連頭部也被遮掩，看不見面貌。

路凱剛站起身，俊已操起長槍往下奔馳。

戈剌圖的右手掌卡在鎖鏈與頸子之間，撐住那一絲容許呼吸的縫隙，然而他的臉卻如窒息般陰紫，身體不停顫動，胸前莫名地出現整灘血紅。對方似乎想要置他於死地，另一隻手猛然前拂，甩來又一條鎖鏈。

一支箭劃破空氣，襲向那名白袍使者。對方急於閃躲，鎖鏈亂了方寸，戈刺圖猝然被向後拉，整頭栽進雪地。俊此時已逼近敵方，長槍準備好疾殺。白袍使者鬆開戈刺圖頸上的鎖鏈，飛快往旁挪動。這時他們才看見對方的腳下也是棲靈板，但那板子與瓦伊特蒙有所不同，細長且稍有弧度，像柄彎刀。

「所羅門的奔靈者！」在後方的攸呂驚嘆。

「住手！」路凱朝那白袍身影吶喊：「我們沒有襲擊你的意圖！讓我們會見你們的領導者！」

白袍使者像鬼魅般挪身到某個聳立的雪塊後方，從眾人視線中消失。俊趕到時躊躇了半晌，驚愕地朝所有人大喊：「他不見了！」

他們四處張望，不確定究竟發生什麼事。一塊塊如屏障般的雪墩環繞著他們，整個地方一片寧靜，路凱甚至聽見了自己的心跳。不祥的氣息包圍所有人。

戈刺圖翻過身來，劇烈咳嗽的聲音響徹空中，似乎想說些什麼。「要⋯咳！要小心⋯⋯他的鎖鏈有⋯⋯」

「埃歐朗！」癒師攸呂大叫。

所有人轉過頭，看見一抹白影出現在弓箭手的正後方。兩條鐵鎖鏈甩來時，埃歐朗靠著瞬間的反應側首閃過，但腹部仍被其中一條捆捲，鮮血頓時從他的腰間湧現。路凱這才看清楚，對方的鎖鏈上滿是鋼刺。

然而埃歐朗並未屈服，他丟下長弓，金屬手套握住鎖鏈，使勁向下壓。路凱已朝白袍奔靈者滑去，腦中翻轉著該怎麼阻止這場紛爭。錯一步，人類文明的和平便告破滅。然而戈刺圖快了一瞬，他奔跑在雪地裡發出怒號，舉起長槍向前刺——

「戈刺圖！不能殺他！」路凱大叫。

戈刺圖愣了下，回首望向路凱。但沒人看見茄爾莫是從何處出現的，他像陣風從所羅門奔靈者身後亮出匕首，迅速往對方的頸子戳下——

鏘！他的匕首刮出刺耳的金屬聲響。

俊以連貫的動作伸出槍刃撥開茄爾莫的匕首，迴身又以槍柄重擊白袍者的胸口。對方往後傾倒時晃動手腕，收回纏繞埃歐朗的染血鐵鏈。弓箭手發出哀號，抱腹倒下。

戈刺圖大聲咒罵，沒有棲靈板的他踏步雪中，撲了上去。茄爾莫也再度加入攻勢。兩方以肉體互搏，然而白袍使者的身手出奇敏捷，躲開了茄爾莫、戈刺圖的一次次攻擊。突然他拉起鐵鏈往前揮動，左右纏住兩人的大腿。茄爾莫痛得叫出聲。一支箭飛過兩人中央的狹窄空間，埋入白袍使者的肩頭使他失衡。俊同時從側邊滑過，毫不留情以槍柄重擊對手的頭部。

原以為已控制住局勢，豈料對方忽然急速旋轉，捲起漫天雪幕。

路凱正要追上前，卻發現當雪沫落地時，所羅門的奔靈者已不見蹤影。

「你剛才那是什麼意思？」茄爾莫聲音低沉，但他大步走向俊時，神情流露出陰狠的怒意。白髮的奔靈者與他對望，眼眸中沒有一絲猶豫。「路凱沒下達指令前，我們不能殺他。」

「你看見他先襲擊我們了！」茄爾莫嘶吼道：「那種情況下你這蠢貨竟敢阻止自己人！」

雪霜般的睫毛底下，俊的目光直視茄爾莫。

「茄爾莫，」路凱的語氣十分嚴肅。「我們來這裡的目的不是為了殺人。」

癒師攸呂站在眾人中央，閉著雙眼，虹光從棲靈板緩緩浮現，化為一道道游動的光波。它們顏色變幻，逐漸飽和，彷彿是青綠色的蟒蛇，滑過雪地來到夥伴的腳邊。蛇形光波纏住埃歐朗的腿，爬上他鮮紅的腹部，消失其中。戈刺圖則歪著脖子，讓一條條光蛇游動到他的肩頭，鑽進頸部的傷口。

此時，天空慢慢飄下輕柔的白雪。

「我們下一步該怎麼做？」埃歐朗開口。他腹部的傷勢已止住，但臉色蒼白，雙唇微震。在攸呂的幫忙下，他綁了幾層布巾在傷口表面。

「所羅門已經知道我們來了，」路凱回答：「現在只能直截了當，從正面進入他們的領土，宣告我們的來意。」

「不，不對，不對——那樣做跟直接奉上自己的腦袋有什麼兩樣!?」茄爾莫搖頭，怒氣鬱積在喉間：「我們必須快點離開這裡，繞路從他們後方逼近。這樣一來才能視情況做出反應。先觀察他們的守備狀況，為瓦伊特蒙搜集些情報。」

「你認為所羅門只會派人看守東南面？」路凱的語氣也隨之轉變，止不住怒意地看著茄爾莫。「這裡是他們的土地，他們的地盤。我們的行蹤已然敗露，如果還偷偷摸摸行動，必定會被視為敵人——」

「他們已經視我們為敵人了！」茄爾莫突然嘶吼，引來所有人詫異的目光。他放聲斥責：

「你不該阻止我們，剛才如果直接收拾他，所羅門根本不會知道我們來了！」

方才被辱罵時不動聲色的俊，現在靠了過來。「茄爾莫，別忘了你在跟隊長說話。」他語帶威脅，把長槍橫在身後。

「所羅門的人一定以為我們還在這一帶！」茄爾莫毫不在意地說：「所以趁現在開溜，等他們派人過來時，我們已經繞行到他們後方！」說完他來回在雪地跺步，似乎喪失了理性。那拳頭緊握、極不耐煩的舉止，影響了所有人。

已沉默許久的破荒蠻子在這時開口，語氣不悅：「路凱，我必須說句實話。從現在起小心為上，繞道潛行才有更多的變通機會。」戈刺圖搓揉頸部的傷痕，神情凶狠，有股即將爆發的怒意從眼底升起。「就事實而言，那雜碎毫無預警襲擊咱們的一刻，戰爭就打響了。」

「那麼我們必須想辦法阻止誤會加深。我們必須傳達真正的來意。」路凱設法保持冷靜。

「我可不會讓成為待宰的靶子！」戈刺圖猛然拉下防風鏡，指向所羅門的方向咆哮道：「他們有膽殺來，這仇我是報定了！誰都別想攔我！」壯漢狂熱的目光朝路凱投來，像頭猛獸鎖定獵物。

俊只挪動一步，持著長槍來到路凱身旁，這舉動足以抑制對方的下一個動作。然而冰冷的雪片飄散四周，氣氛一觸即發。

路凱並未因茄爾莫、戈刺圖的舉動而吃驚。但當狙擊手埃歐朗開口時，他確實感到詫異。「情況並不樂觀……」埃歐朗緩緩道出：「路凱，你當初已經喊出我們的來意，對方卻完全沒有停止攻擊。這不像是誤會。」

路凱望向他。

「對方似乎急著至我們於死地。我覺得情況或許沒我們想像的單純。」埃歐朗說。

這句話讓路凱陷入沉思，但此時茄爾莫拋過來一眼眼神，陰冷地說：「告訴我們，隊長，據你所知，所羅門有多少奔靈者？」

路凱立刻明白茄爾莫的意圖，但他仍選擇對夥伴們坦誠：「幾年前我來的時候……有兩百人。」

眾人的神色全變了。所羅門的戰力在瓦伊特蒙算眾所周知，但真的面對他們的奔靈者時，沒想到落差竟如此之大。茄爾莫發出嗤笑：「哼……呵呵……他們一個奔靈者就讓我們應付不過來。」墨綠色的眼眸氾濫著恨意。「看！我們已經有三個人負傷，你要我們如何對付兩百個那樣的敵人!?」

路凱知道自己正被推向窘境。聯合部隊最初的原則是建立和平，除非對方先動手。然而，最糟的情況似乎已經發生了……埃歐朗的箭仍嵌在對方身上，那將是瓦伊特蒙帶著敵意而來的最大證據。極大的壓力落在路凱肩上，他必須思考他們的下一步……該冒生命危險從正面進入所羅門的陣地，還是採取茄爾莫所說的方法？

「隊長啊，」茄爾莫再度開口，往前走幾步。「我們都知道你想成為像總隊長亞煌那樣的領袖。你一直都很崇拜他，不是嗎？」路凱侷促不安地瞥了他一眼，茄爾莫再以逼迫的語調說道：「呵呵……很明顯他也想栽培你。亞煌卸任後會需要人來遞補總隊長的位子。」

「我不懂你想說什麼。」路凱首次不耐煩地回應。

茄爾莫臉上的傷疤像抹微笑，詭異至極。「你第一次帶領的任務，團隊成員全都在這兒。」他撒手掃過身後的每個人。「回到瓦伊特蒙以後，我們對你的觀點將會影響所有人對你的認知。『路凱在乎其他隊員的命嗎？』還是『路凱根本就缺乏經驗，不知變通』？」

俊望了過來，蒼白的眼神中泛著無法隱藏的擔憂。沉沉雪片加速飄落在六人周圍，他們正等待著隊長的抉擇。

路凱沉默不語，神情凝重地閉起雙眼。

心中某個聲音讓他忽然感覺，茄爾莫說了這麼多話，只是為了混亂他的思緒。茄爾莫甚至搬出亞煌大哥這種事，或許就是想攪和他的情緒，抨擊他的判斷力，逼他就範。

為了什麼？

他只花了半秒，便把這想法拋諸腦後。無論茄爾莫的動機是什麼，其實都不重要。事情總有它的本質，不該受旁人言語或情緒左右。包括路凱自己的情緒。

落雪席捲身旁，微風變得強勁。

以往面臨如此嚴酷的決策時，路凱總是將同伴的安危視為凌駕一切的信條，因為遠征隊的成員必須以性命相依才能在雪地生存。曾經，路凱想保護所有人。然而現在情況已不同，他是被授予任務的隊長，必須看得更遠、更廣。這不再只是六個人的戰場，而是兩個殘存人類文明的未來——瓦伊特蒙的利益與風險，必須凌駕於個人之上。

路凱睜開眼。「或許為時已晚。因為我們也攻擊了對方……」他靜靜說道：「但如果有一絲希望……可以說服所羅門我們是為了重建和平而來，」路凱看著身邊的夥伴。「那麼與他們正面接觸，是必須的。我們要像過往來自瓦伊特蒙的使節一樣。」

茄爾莫不可置信地怒視路凱，搖頭往旁跺步而去，嘴裡不斷咒罵。戈剌圖緊握兵器的手在顫抖，但他再瞥了俊一眼後，咬牙忍了下來。

路凱並沒理會他們。令他自己都感到奇特的是，在極端的壓力下——在失敗的代價如此之高的情況下，路凱反而更加堅信自己的原則並沒有錯。每個人都有自己的天命，而聯合部隊的天命……

「我知道這將使我們面臨極端的危險。但別忘了，如果我們無法挽救這段關係，整個瓦伊特蒙都會陷入危機。」他說出了心中的想法：「就算希望渺茫，我願意嘗試。大家得想想，等到我們返回瓦伊特蒙，會說自己達成了任務的最高目標，還是告訴所有人我們只因遭受一次襲擊，就忘了這次遠行的使命？」

這句話讓高大的破荒蠻子嚥了口唾沫。所有人聆聽著。

「我知道這是生與死的賭注，我們每個人都有可能付出生命。但無論在前方等待的是什麼，我們會一起面對。」路凱輪流看著每個夥伴的眼睛，說出了關鍵決定：「我只要求你們遵從一個原則。從這一刻起，沒有我的命令，不許拿起武器。」停頓數秒後，路凱知道賭注的時間已到。「要是有人覺得自己無法服從……那麼，你不需要跟我進入所羅門。我們可以選定一個集合地點，等到交涉有了結果後再會面，一起踏上歸途。」

「當然，」路凱的視線落在茄爾莫身上，補上一句：「如果我們全數陣亡，留下來的人可以將消息帶回長老那裡，讓瓦伊特蒙有所準備。」

他們全露出震驚的表情，似乎連俊也沒料到路凱會這麼說。茄爾莫更是停下腳步，神情中懷疑與詫異各半。

從來沒有任務的領袖說過這種話，竟會給予隊員選擇留下的自由。冰天雪地，生死交關，團隊減少任何一人，都將大幅提升陣亡的威脅。但路凱知道當他面對所羅門時，站在身邊的夥伴必須與他擁有共同的信念。

路凱望向俊時，白髮奔靈者的語氣沒有任何猶豫：「我會在你身後。」

路凱點頭，然後望向埃歐朗。對方開口說：「身為狙擊者，本能告訴我應該潛行在暗處觀察……」埃歐朗深吸口氣。「但我會追隨你的決定。若非你挑選我們之中的每個人，我們可能一輩子不會有這種殊榮，成為聯合部隊的一份子。」

路凱點頭肯定，再轉向下一個人——破荒蠻子。披著狼皮於肩的戈剌圖猶豫了一陣，左右觀望其他同伴，最後才噴出鼻息說：「那……就先照你的意思吧。」他摸了摸自己的脖子。「但別以為咱們會忘記這筆帳，日後有機會再找那傢伙算清楚！」

攸呂這時轉向壯漢。「他們的奔靈者包著一身白袍，你怎能認出是誰攻擊你？」

戈剌圖被點醒，恍然大悟地發出咒罵。路凱問：「攸呂，你呢？」

癒師的眼眸半閉著，輕聲嘆氣。「當然是跟著你們。但你最好開始向陽光祈禱，別在我們開口前對方就殺了過來。真的開打，我們的運氣不會像這次一樣好。」攸呂指著戈剌圖說：「尤其是你，該慶幸對方鐵鏈的鋼刺沒有傷及頸動脈，否則你現在已像你肩上的那頭狼一樣，張嘴躺平。」

路凱微笑。最後，他轉向茄爾莫。

茄爾莫摸了摸下巴，滿臉緊繃的皺紋，許久沒有作聲。然後他仰頭，齒間吐了口長氣後。他忽然笑了出來，那笑聲陰鬱、稀薄，卻不知為何有種鬆了口氣的感覺。他瞇著眼對路凱說：「那就走吧。」

路凱將雙刃長槍掛回背上，拉起防風鏡。「事不宜遲，所羅門的人正在等待我們的出現。」他們一個個踏上棲靈板準備動身時，路凱以堅定的口吻說：「要記得我們的最終目標是什麼。千萬別忘記，在這裡，」他逐一環視所有同伴。「——我們六個人，就是瓦伊特蒙。」

EPISODE 22《離焱》

「你還年輕……凡爾薩……但有一天你會明白——」加爾薩納的聲音沉悶、空洞，像是扭曲的風聲，朦朧的音量逐漸轉為駭人的哀號。「你心底很清楚，總有一天你必須承認——」

「你錯了！」凡爾薩聽見自己的吶喊。他的意識瘋狂地想要停止，開口時卻發出更激烈的嘶吼：「你是錯的！我和我的夥伴會拯救——」

「夥伴？你的夥伴在哪裡？」

「他們就在——」凡爾薩一回頭，表情凍結了。背後的雪堆裡盡是屍體。他們皮膚發紫，雙眼回瞪著他。凡爾薩驚愕地望著，腦中一片恍惚。他認出那些半身埋在雪裡的猙獰臉孔，有自己的同伴，以及父親。

「長老救不了瓦伊特蒙……」加爾薩納的聲音再度出現在凡爾薩腦中，像是拉長的混沌之音塞滿耳裡。「總有一天你會醒來，頓悟我所說的話。你將會永遠後悔——」

「閉嘴！你給我閉嘴！」凡爾薩十指抓頭跪了下來，膝蓋撞擊地面的同時身旁整片冰層碎裂，成群的屍體向上浮起，散布浮冰之間，然後立即又被白雪、水流給吞蝕。凡爾薩沉入了水底，父親的聲音被沖刷開來，在腦中被拉長，拉得稀薄，逐漸消逝。

他閉著眼，發現自己不再呼吸。

……憤怒，悔恨，內疚，悲慟？——他不知道自己該怎麼感受了。

父親蔑視三長老，蔑視奔靈者的現狀。凡爾薩痛恨他。父親的價值觀早已扭曲，無法順應瓦伊特蒙的改變，應該要被時代淘汰。凡爾薩不打算步上父親的後塵，他能證明自己的選擇才是對的，他已建立起自己在瓦伊特蒙的地位——

但父親成了冰凍的屍體。在三長老的命令下因「瓦伊特蒙的利益」而死去。

每一天，每一刻，數百種情緒像漩渦般攪動著凡爾薩的腦海，攪亂他的所有思緒，逐漸磨滅他生存的意義……難道自始至終，父親都是對的？……不……不。如果是這樣，自己活到現在又代表什麼!?

信念徹底崩毀，剩下的僅是失魂的空殼。他不想——不，他根本無法面對那些事。凡爾薩在水中摀住自己的臉，發現冰水麻痺了所有神經。他已無法判斷自己與父親究竟誰對誰錯，而父親的死更永遠剝奪了他獲取答案的所有可能性。

徹底將自己封閉吧。

他嘗試睜開眼，從指縫間看見屍體朝他漂來。當心底的一切化為灰燼，剩下的僅是那股深層的驅力，那股複雜而糾葛的恨意。凡爾薩憎恨三長老——那些偽善的領導者！他憎恨奔靈者和居民——就是他們賦予長老們權力，讓黑允那種連雪靈也未接觸過的人對他們發號施令！而他那些隊友……已經知道長老們對加爾薩納所做的事，卻無動於衷。知道他們因遇襲而陣亡，凡爾薩不知該怎麼感受，該怎麼反應，該怎麼行動。

他僵硬地告訴自己，或許那些人死有餘辜。而父親……他更痛恨父親——加爾薩納從未支持過凡爾薩所選擇的路。他憎恨所有人，尤其他最贈恨的——

他最憎恨的……是自己……

間接弒父的，不正是自己嗎？

凡爾薩的雙眼流出血來。數不清的屍體朝他聚集，在水中僵硬地漂動，只有目光挪移，全部盯著他。凡爾薩的身體卻動彈不了，無論他怎麼掙扎。他開口吶喊，冰水灌入肺裡。突然那些屍體起了變化——他們的胸腔一個個裂開，肋骨向外岔出，綻放冰藍色的光芒——

凡爾薩猛然睜眼。唯一讓他沒大叫出聲的原因，是口中殘留了灌滿水的錯覺。他試圖喘氣，看見一名女子的輪廓。

是夢……凡爾薩痛苦地眨了眨眼。夢裡看見了不願回顧的過去，使他好一陣子才回過神來。那名女子正盯著自己。

她擁有淡綠色的短髮和青色眼眸。那表情與夢中屍體帶著責難的神情如出一轍。凡爾薩想起了她的名字：茉朗。她算是他的前輩。

他試著起身，胸口卻傳來劇痛。他詫異地發現胸前、手臂都已做過包紮處理。於是他瞥了茉朗一眼，尷尬地不知該說些什麼。他們正在一間窟室內，幾盞螢光燈點亮各角落。

「我們在雪地裡找到你。」茉朗語氣裡不帶一絲感情。「有多少奔靈者在那種情況下死去？你實在不配擁有那樣的運氣。」

凡爾薩登時感到一股怒意竄入腦門。這時另一個身影走進來，捧著一盆冒煙的熱水。

「啊，你醒了！」黑髮女孩快步走來，將水盆放床邊。

凡爾薩盯著她，認出這個無時無刻跟在黑允身邊的女孩，正是長老的女兒雨寒。

「你的傷口復原得很快，但還不能起身……」女孩的雙眼底下有圈黑眼袋，看上去似乎有些無神。

復仇的本能像瞬間遭到解放的旋風，灌注力量到凡爾薩體內。彷彿要衝破夢境裡被禁錮的自己，他突然抬起手，伸向雨寒那纖細的脖子——只要一個動作，就能扭斷她的脊骨。然而這舉動帶來筋肉斷裂的痛楚，全身肌肉彷彿痙攣，令凡爾薩哀號出聲。他倒回床上，感覺喘息都有困難。

「糟糕——」雨寒看著凡爾薩的手臂繃帶再次滲出血來。她的神情著急，雙手卻輕柔地觸碰他的手臂，緩緩幫他解開繃帶。疼痛讓凡爾薩無法動彈，只能懷著不可置信的神情，看著雨寒將稠密的藥塗在他的傷口上。

女孩幫他綁上乾淨的厚絲布。

「他的身體已經廢了。」茉朗厲聲說：「我真的不懂妳為什麼要救這種人？該放他在雪地裡腐爛。」女奔靈者朝著門口走去。「雨寒，妳自己看著辦吧。我去看看陀文莎回來了沒有。」

雨寒轉向茉朗。「縛靈師……她已經失蹤好一陣子了……」

茉朗拋來不安的眼神。「如果能讓陀文莎再次感應妳的雪靈是最好的，說不定可以說服她把妳從遠征隊調過來。我們守護使總是缺少癒師。」

「母親也正在找她。沒有她的指示不能再派新人出去找雪靈，束靈儀式全停擺了……」

凡爾薩的胸口傳來陣陣疼痛。雪靈……遠征隊……他想起什麼似地睜大雙眼。「棲靈板……我的棲靈板！」

雨寒輕觸他的手，神情焦急。「在那兒，我們幫你帶回來了。」她趕緊指向一旁，某個被螢光灑亮的角落。凡爾薩這才看見自己的棲靈板倚著石牆，靠在雙刃巨劍上。

他鬆了口氣，卻以手掌壓住額頭，覺得腦殼快要炸裂。他突然想起自己受傷的原因。「等等，守……」

「你說什麼？」茉朗不耐煩地轉過身來。

凡爾薩喘著氣，沉默抵抗著身體和腦中的疼痛。片刻後，某個連自己也不清楚的原因卻讓他開口：「『狩』……牠們來了，正朝瓦伊特蒙過來。」

和雨寒互望一眼後，茉朗問他：「你在哪裡遇上的？有多少？」

「東邊。」

與路凱等人起衝突之後，凡爾薩原本想離開所有人類文明，前往東面的山脈找尋新的居處。然而他在越過幾座山谷後，卻看見令人震驚的景象。「有上千隻……集結成好幾群，各種形體都有。」

「這……這怎麼可能？」雨寒吃驚地說。

「你八成眼花了。」茉朗明顯感到懷疑。「我們所遇見過的群聚，上百隻已算很稀有的狀況。狩不是慣於大規模行動的生物。」

「那就派你們的人自己去看！」凡爾薩怒斥。疼痛讓他咬緊牙根，極度後悔告訴她們這些事。整個瓦伊特蒙大概只有帆夢和亞闍兩人會願意聽他說話，其他人就像茉朗一樣，第一反應都是質疑。凡爾薩為自己落入這兩個女人的手中感到不值。

「哼，就算真的有那麼一大群魔物，牠們也無法進入沒有雪地的瓦伊特蒙。」茉朗瞪了凡爾薩最後一眼。「會選擇救你，只因為你是人類，這是身為人類的本質。你管好自己就夠了，這裡的安危是守護使支部的責任，與你無關！」她旋即離開了房間。

雨寒的視線一直尷尬地來回在茉朗和凡爾薩之間。等到窟室裡剩下他們兩人，雨寒羞澀地說：「茉朗……她說話很直……你別介意。其實她人很好的。」

凡爾薩閉起眼平躺在床上。傷勢暫時壓制住了怒氣。

「這裡是茉朗的房間……」雨寒說：「她知道你需要地方休息，特地讓出來的。」

凡爾薩微微睜開眼。他感覺到腦後是個麻質枕墊，鋪著柔軟的絲巾。雨寒起身走向另一個角落時，凡爾薩再度望著她的背影。深黑色波浪長髮，依奔靈者的傳統在頭頂盤上幾道髮辮。

女孩將她自己的棲靈板拿了過來，雙手觸摸表面。大量的虹光浮現，驅逐了牆角的螢光。凡爾薩瞇起眼，發現女孩雪靈的縹緲形體，正散落著羽毛般的光點。然後那雪靈的形體擴散，流往他身體各處的傷口。

凡爾薩緊張地想扭身，卻發現身體登時舒暢不少。

「你先睡一會兒，傷勢會復原得比較快。」雨寒輕聲說。

厭煩從心底升起，凡爾薩恨不得這一刻就能起身離開。他不知該怎麼面對黑允長老的女兒，心裡無比焦躁。然而一股力量推動著他，像暖流般包圍上來，讓他呼吸逐漸平順，彷若結凍已久的血管再度開始流動。

凡爾薩的呼吸變得平緩。

慢慢地，他不再抵抗，不再去對抗那股禁錮所有行動的力量，放鬆身體讓睡意接管自己的意識。

忽然他的腦海裡又出現了駭人的景象。但這次不是死屍，而是大批的魔物。在黑夜中，牠們是數不盡的冰藍光點，填滿了好幾座山谷，綿延至遠方。凡爾薩當時匍匐於山坡上，聽著狂風的呼嘯，以及牠們移動時撼動大地的聲響。

然而當時他從沒料到，當世界逐漸轉亮，映入眼簾的畫面會如此毛骨悚然——因為他看清了那些魔物的模樣。

EPISODE 23《芬瀾》

「你在幹什麼？」艾伊思塔瞪大眼睛，不敢相信亞闍竟會幹出這種事。

他以匕首割開雪地裡獵到的雪狐狸後腿，把肉片在點燃的蠟蠋上方晃啊晃，給火舌舔弄。

「你真是瘋了！」艾伊思塔摀住鼻子，無法忍受那股強烈的異味。蠟蠋是喬安在臨行前給她的，非常珍貴。她不曉得亞闍到底想幹麼。

「哎呀，妳怎不早說自己竟然帶著這種禁物在身上，」亞闍不懷好意地笑道。「不然我們可以更早享用烤過的肉。」他待肉片的顏色產生變化，拎在她面前又晃了晃。「先嘗一點看看。」

艾伊思塔驚訝地猛搖頭，亞闍卻說：「嘗試不同食物才是真正的冒險。妳害怕了？」

艾伊思塔在心底咒罵，滿臉狐疑地將肉片拿過來，輕咬一小口。結實的肉質，這是她從未有過的口感。嚼了幾口後她卻差點吐了出來。一陣反胃感往喉間衝，讓她無法克制地發出嘔吐聲。

「啊……看來還要多試幾次才會習慣。」亞闍聳聳肩，塞了另一塊微焦的肉片到嘴裡。

「嗯，真香啊。」

艾伊思塔抹著眼角的淚水，氣憤地將杯狀的蠟燭抓過來。

亞闍趕忙揮手。「等等！我們還有整隻雪狐沒有——」
她瞪了亞闍一眼，將火燄吹熄。
「呃……聽著，這其實沒有妳想像的恐怖。人類的祖先早在幾百萬年前就——」
「閉嘴啦！」艾伊思塔拿出水袋，灌了一大口到嘴裡。在瓦伊特蒙，主食多半是完全不經處理的海洋生物，或是酒釀的深谷蜥蜴和雪鵝等肉類。火燄本是用來驅逐黑暗的聖物，亞闍竟會拿來燒肉！
她後悔自己聽信了他的話。

艾伊思塔難以形容自己對亞闍的感覺。她不清楚為何會如此在意他的一舉一動。旅途到現在已過了數週，兩人在冰雪大地相依為命，卻又能為瑣事陷入爭論。亞闍時而對她溫柔，時而異常刻薄。艾伊思塔感到迷惘，複雜而難以言喻的情緒，隨著共處的時光與日俱增……卻也逐漸清晰。
「86.1度。」亞闍聚精會神地盯著雙子針。風吹拂著他的髮辮與耳鏈，頭巾底下的眼神正在打量什麼。
艾伊思塔偷偷望著亞闍的側臉，忽覺心頭一陣亂。她從沒預料到這趟旅程會變成這樣。
亞闍突然望過來。「妳很興奮吧？」
「什……我……我哪有！」艾伊思塔大吼。
「妳不覺得興奮嗎？再過幾天，我們就會踏上『福爾摩沙』的陸地，說不定真能找到『恆光之劍』喔。」亞閻給出了微笑。

「啊？」艾伊思塔眨了眨眼。「你是說……嗯……嗯，對，當然啊。」

無盡的白色世界只有兩人的身影，以流暢的節奏滑行在數不盡的弧形雪丘之間。然而亞閻並沒有沿著雪脊的頂端走；正好相反，他朝著弧形雪丘兩端的尖角所指處，帶著他們艾伊思塔不斷滑上坡面，躍落另一端，再滑上又一個雪坡。

「這些新月丘會指引我們方向。」

「新月？」艾伊思塔問：「舊世界天頂能看見的光勾？」她感覺這麼命名這些雪丘確實有道理。這一帶有千百個雪丘都長那模樣，彼此緊鄰，朝同個方向排列而去。

「是的。這一帶的凍原藏有許多大小不一的島嶼和山脈，風況和雪況非常紊亂。新月丘的出現代表在混亂中，這一整段路會相對穩定，就像一條千古不變的路徑。」

「因為經過這段路的風，流向是恆定的？」

「是的。」亞閻點頭肯定她。

數個小時後，地形又改變了。他們的右側敞開一片海水，艾伊思塔瞥見某個被白雪覆蓋的狹長島嶼。就在他們經過時，那島嶼忽然動了起來，緩緩激起浪花，噴出強烈的水柱後下沉，消失在海面下。

「啊，是鯨魚。」亞閻說：「看，即使整個世界的表面結凍，海底下的生物依然過著不變的生活。失去『陽光』對牠們來說似乎沒太大的影響。」

艾伊思塔呆望著海面。

她曾讀過關於遠古海洋中各種生物的書，但從未想過有朝一日會親眼看見。她恍惚地看見海面又出現波瀾，突然那頭巨鯨再度浮現。原本背上的白雪已不見，牠露出光滑的灰色皮膚，就這樣浮在海面上，緩緩移動。

艾伊思塔不自覺露出燦爛笑容，心中有說不出的悸動。然後她驅使棲靈板往岸邊更貼近些。亞閻也靠了過來，兩人與巨鯨並行，繼續朝前方而去。

不久後，艾伊思塔坐在雪地裡歇息，看著遠方冰崖崩塌時的漫天雪塵。後方一道急來的聲響逼近，她才剛回首，就見亞閻煞住棲靈板，潑了她滿臉雪。艾伊思塔擦拭著臉咆哮：「你幹什麼！」

亞閻開懷地笑著，像個孩子一樣。

艾伊思塔怒得甩開鎖鏈，想鞭打他但亞閻已滑走。

亞閻總是一副放蕩不羈的模樣，難以預料他下一步會做什麼。就像某一天的夜晚，他竟說不用找地方過夜。

「妳必須知道，雪靈對於地勢的感應能力比我們人類強太多了。把夜間行程完全交給雪靈，一覺醒來我們就已跨越數百里。」艾伊思塔聽了非常震驚，亞閻似乎有辦法不停地揭露各種祕密。亞閻繼續說：「但即使是最優秀的奔靈者，也寧可相信自己的腦袋比相信雪靈多一些。」他對她眨了眨眼。「當然，他們是錯的。」

亞閻把自己的防風鏡交給艾伊思塔。「這給妳戴吧。」他則以圍巾裹臉，披風包緊全身，彎著膝蓋鎮定地躺在棲靈板上。彩光從板子裡冒了出來，纏住他的靴子和捧在懷中的兩柄劍。亞閻對雪靈一陣唸唸有詞後，轉向艾伊思塔。「妳必須呼喚雪靈的真名，說出期望的事，否則一旦睡去，腦中的感應就會中斷。」他最後說：「現在告訴妳的雪靈，緊跟著我。」

他們成為兩抹虹光，在無盡的黑暗中挪動。艾伊思塔簡直不敢相信這方式竟然會奏效！然而地勢時而變得顛簸，航行中大量雪沫不斷撲擊她的臉孔和身子，非常難受。

儘管如此，睏倦感逐漸占據她的意識。艾伊思塔有種錯覺，似乎當意識變得矇矓，雪靈的力量卻逐漸變強，支配了棲靈板的走向。

或許過了數分鐘，也或許過了數小時，某種詭異的聲響把她給吵醒。

那劈啪聲有點類似長老大會的火把，但相較之下卻覆蓋了整個黑夜，而且——是由空中傳來。

她轉頭看見亞閻仍在身邊，鬆了口氣。他似乎正在沉睡。虹光包覆著他，與刮起的雪浪交織、飄動。艾伊思塔正慢慢闔上眼，頭頂的某個景象卻把她嚇得瞪大了眼。

一道光拉開鋸齒狀的線條，橫向掃過整片天空。

「亞閻！」艾伊思塔嚇得坐起身，急忙呼喊：「快起來！亞閻——」又一束光點亮了左方地平線，疾速劃開雲層，消失於右方天際。數秒後，巨響隨之而來。艾伊思塔心頭一震，倉惶地環視夜空。

亞閣拉下圍巾，露出惺忪的雙眼。「別緊張，那只是『雷電』，一種自然現象。」

艾伊思塔卻停住板子，趕緊站起。亞閣見狀也讓棲靈板停下。天空再度出現電光，點亮厚重的雲層內部。艾伊思塔仰頭時神色惶恐，目不轉睛看著電光穿梭天際。「為什麼……為什麼它們都朝同一個方向去？」

亞閣仰著頭，頭一次無法回答她的問題。

「我們必須找地方……」艾伊思塔顫抖地喃喃自語：「必須挖雪窟……我們必須挖雪窟過夜……」

「呃，艾伊思塔，這沒什麼——」亞閣觸碰她的肩膀。

「現在就在這裡落腳！」艾伊思塔甩開他。昏眩的虹光點亮碧綠雙眸，眼底深處滿是恐慌。

盯著晃動的燭火，艾伊思塔心終於穩定下來。

臨時挖鑿的洞窟狹小粗糙，只容得下肩並肩的兩人。風帶著雪花吹了進來，飄落身上。他們將棲靈板鋪在洞穴底部，亞閣已躺臥下來，裹著披風沉沉睡去。

艾伊思塔則抱著雙腿，手心捧著小巧的蠟燭。她不確定為何夜空中的電光會令她恐慌成這樣，彷彿身體所有神經都不由自主地顫動。這應該是她第一次見到「雷電」……

不對，在記憶中某個消失的角落，某種熟悉的恐懼被喚醒。她記不起來，只凝望著燭火，這令她想念起喬安……那蓬鬆的虬髯底下總是體貼的臉龐。還有藍恩大媽，菜園的貝琪……

她突然非常、非常想念瓦伊特蒙。

艾伊思塔挪動身子，垂吊於手腕的鐵鎖鏈發出了聲響。她一直將那裡視為監獄。然而，就算奔靈者對她一直懷有敵意，居民們卻對她非常好，大家都像一家人……

突來的懊悔讓她有點兒想哭。為什麼非得真的離開了，她才明白……或許瓦伊特蒙，確實是自己的歸屬？

她瞄了一眼亞閻沉睡的模樣，心底的孤單加劇。在這趟旅程中，亞閻以自己獨特的方式照顧著她。然而……她的心裡卻像缺了個口，比以前更空虛了。

艾伊思塔的思緒一片混亂，她甚至不明白自己為何如此浮躁，時常對亞閻發脾氣。他總露出那煩人的笑容，但當艾伊思塔覺得寂寞，他卻睡得跟什麼一樣！她想叫醒他，對他咆哮，賞他重重一巴掌。她再次瞪了亞閻一眼，想告訴他根本不曉得自己——

亞閻那雙淡灰色眼眸，正回望著她。

艾伊思塔僵直了背，立刻沉下頭盯著掌中的火燄。她聽見亞閻慢慢起身。

他湊過來取走她手中蠟燭時，艾伊思塔並沒有反抗。亞閻挺直身子貼近她，距離如此之近，胸膛就在她眼前。她幾乎可以聞到他身上的氣味。

艾伊思塔的心臟怦怦跳。亞閻輕輕吹熄蠟火，將它擺在一旁。這時微弱的虹光點從兩人下方浮現，將狹窄的雪窟染上一層昏暗的彩光。數秒過去，亞閻仍維持不變的動作，似乎在等待什麼。艾伊思塔試探性地目光上移，尷尬地發現亞閻也正看著她。他的神情充滿溫柔，甚至懷著一絲憐惜。

艾伊思塔的雙手搗在胸前，不知該往哪兒擺。聽見鐵鍊晃動的聲響，她才發現自己正緊張地顫抖。她抿起嘴唇，看見氣泡般的光點在周圍上浮，忽然她無法確定那是誰的雪靈。

亞閻將臉湊過來時，她本能地閉上眼睛。心跳不斷衝擊腦門，她聽見亞閻的呼吸聲，越來越近……

濕潤的嘴唇，比她想像中還要溫暖。

恍惚的意識邊緣，艾伊思塔知道亞閻正在解開她的披風。然而她無法思考，只能跟著他的動作，擺脫靴子與皮褲，露出白皙的雙腿。

突然亞閻一個俐落的動作，將她的兩層布衣一起向上掀。衣服蓋住臉的那瞬間，她才驚慌意識到自己的上身已暴露在他眼前。

待衣服褪去，艾伊思塔一陣慌亂，本能地拉起鎖鏈，橫阻對方意圖。

「我長得那麼像狩嗎？」亞閻露出邪惡的迷人笑容，輕輕壓住艾伊思塔的雙手。如此溫柔……幾乎像是強迫。冰冷的鐵鏈被壓回胸前，埋入她雪白的肌膚，交叉擠壓著艾伊思塔柔嫩而熾熱的身軀。在鎖鏈的禁錮下，她的乳房聳了起來。亞閻的目光如此強烈，令艾伊思塔的臉頰滾燙，不敢直視，卻也無法挪開視線。她感覺自己要窒息了。

兩人就這樣雙頰相依，聽著對方的呼吸，感受彼此的氣息。時間彷彿靜止，直到亞閻的手觸碰她的腰際，艾伊思塔本能地弓起身子，讓他環抱住自己。亞閻更加激烈的親吻她，艾伊思塔也有所回應。他們緊緊相擁，壓抑許久的悸動終於宣洩。

「啊…嗯……」長髮凌亂掩蓋著艾伊思塔的臉，她的呼吸紊亂，只能緊緊摟住亞閻。雪花飄落在兩人身上，立即溶化開來與汗水交融。艾伊思塔吻著他的頸子，摟得更緊。迷幻的虹光盤繞著兩人，像是無數道旋轉的彩影——雪靈就像在相互嬉戲，隨著他們的律動而游移，緩緩交織為一體，然後顏色逐漸轉深，直到成為狂熱的艷紅——

亞閻突然停下了動作。「……這是什麼？」

艾伊思塔急喘著氣，神情恍惚地睜開眼。「什麼……什麼是什麼？」

亞閻撩起她的翠綠色長髮，從髮絲間捧起艾伊思塔的項鍊。那是個小巧的水晶珠子，裡頭卻閃現著一道道光波，如旋風般轉動。

「妳怎麼會有這墜子？」亞閻以罕見的驚訝口吻說。

兩人身體依然緊密相貼，全是汗水。艾伊思塔急於喘息，皮膚底下的敏感神經都已開啟，完全會意不過來亞閻在說什麼。「你在說……哪個墜子……？」

「這個！」亞閻將它挪到艾伊思塔眼前。「這是誰給妳的？」

艾伊思塔眨了眨眼，瞥見珠子內的光芒正不停變換色彩與方向。她拿開亞閻的手，想摟住他的腰。「抱我……」但亞閻卻將那圓珠握緊，微微挺直了身子。「告訴我，妳怎麼會有這條項鍊？」

艾伊思塔這時才稍微清醒。她以手掌摀著臉，覺得喉間一陣乾澀，必須花點力氣才拾回腦中破碎的理智。「這是我……我從小就一直戴在身上的。」

「是所羅門的人給妳的？」亞閻近乎迫切地問。艾伊思塔感到不對勁，她從未見過亞閻這副模樣。

「我不知道……」艾伊思塔說了實話。「從懂事的時候，這項鍊就在我身上。」填滿洞窟的雪靈此時減緩了動作，由全然的深紅變回一片混雜色彩，再分開為兩道虹光。

亞閻嚴肅地盯著水晶珠子，裡頭的光芒逐漸淡去。

艾伊思塔別過頭，完全不敢相信剛才發生的事。那不過是條舊項鍊，亞閻竟然會因為它在這種時候停下來！——他甚至到現在都還壓在她身上，卻完全忽視她的存在。怒意使艾伊思塔噘起嘴，打算一把推開亞閻。

「這是『靈凜石』。」亞閻將水晶墜子擺回她的鎖骨之間，泛著汗珠的胸前。

艾伊思塔不想聽。她在心裡吶喊：你瘋了嗎？你以為我在乎這石子叫什麼？

「它會和雪靈起共鳴，捕捉一部分的精髓。有人舉出過假設，透過某種方法，可以用靈凜石召喚成群的雪靈。」亞閻不經意挪動身子時，艾伊思塔禁不住地緊閉雙眼，差點發出聲音。

「但我也只聽過傳聞，沒有人知道是真是假。關於靈凜石的文獻完全不存在……」

他再繼續說下去，艾伊思塔打算這一刻就用鐵鏈勒死他。

「從來沒有人想過，原來所羅門能製造靈凜石……」亞閻陷入自己的思緒中，喃喃自語：「這是相當恐怖的發現。所羅門的奔靈者文明，竟然已經發展到這種地步……」

「你夠了！」艾伊思塔推開他，一把抓來自己的衣服。

亞閻卻捉住她的手臂。「啊，」他再度微笑，佯裝吃驚的口吻說：「原來妳還挺纖細的。我還以為總是掛著鐵鏈的女孩，胳臂會跟狩一般粗。」

她再次推了他一把，想掙脫開。

但亞閻將她整個人摟了過來。「這位可愛的淑女，妳真的很急躁。」他親吻她的耳朵，輕聲說：「我們並不趕時間，對吧？想要窩在這洞裡整個星期也行……」

艾伊思塔深深喘息，閉上眼睛。亞閻環抱她的腰，輕易將她的身子翻轉過來。

「嗯……」艾伊思塔發出了嬌喘，感受亞閻的胸膛緊貼上她的背，渾身傳來陣陣體溫。艾伊思塔用雙手扶住冰牆，嫵媚地回眸，綠寶石般的瞳仁中散發著渴望。

兩人赤裸灼熱的身軀依偎在白雪雕塑的洞窟裡。

雪靈再度升起，交互纏繞，像是各種糾結的情感——喜悅、興奮、憂慮、關懷、慾念、激憤，一次全盤釋放，然後融合為一輪輪光環，飄動著紅色的柔絲再次籠罩整個洞穴，成為漫漫長夜裡不滅的光。

EPISODE 24《御風》

聯合部隊踏上安格拉島的那一刻，所有人都感到一股不祥的氣息。

那是個面積不大的島嶼，位於所羅門群島的中央地帶，不出一個小時就能從頭跨越到尾。現在這島嶼的海岸線異常明顯，因為周圍被整圈浮冰環繞，與路凱兩年前的印象完全不同。他們耗費許多精力才踏上深雪覆蓋的陸地。

六人留意著四周，準備面對隨時可能出現的襲擊。等了好一陣子，卻不見任何奔靈者的蹤影，只看見綿延四方凹凸不平的雪地。無數叢灰色的樹尖露了出來。遠古時期，他們的腳下曾是片亞熱帶雨林。

路凱憑著記憶，領著聯合部隊前行。

他們刻意收起了武器，緩慢行動。路凱和俊在隊伍最前方，接著是癒師攸呂、弓箭手埃歐朗，最後才是戈刺圖與茄爾莫。

滑了好一段路，雪地裡卻一點兒動靜也沒有。「看樣子，」戈刺圖隔著防風鏡掃視周圍的樹叢。「他們大概認為瓦伊特蒙帶著復仇之意而來，全嚇跑了。」

「集中精神，別鬆懈。」路凱說。

約莫半小時後，他們繞過一片低地，埃歐朗朝前眺望。「有東西在前面。」

接近時，眾人看見緊鄰岸緣的是一艘埋藏在雪堆裡的巨型遠古船隻。不同於穿梭在瓦伊特蒙河道間的木船，它似乎是由堅硬的金屬所打造，表面已結滿黑褐色的鐵鏽。這艘船比他們這輩子見過的都要大上無數倍，目測可能和瓦伊特蒙的中央廣場一樣大，超過八十公尺長。它以歪斜的角度傾躺在雪地裡。

「它是舊世界的遺物。」路凱說：「往這裡走。」藉由船的位置，他憶起所羅門要塞的方向。他們回首看見船身側邊殘留著些文字，似乎是音輪語的前身。攸呂告訴他們：「上面寫著『世界的發現者』。」

許久以前所羅門奔靈者曾告訴過路凱，這艘船是在一個非常遙遠的地方所建，一個名為「歐洲大陸」的地方。

五百年前，當時地表再無謎團，世界各處的人類可以簡單找到彼此。然而所羅門的祖先陷入內戰，而這艘「世界的發現者」前來時則因不詳的原因擱淺，遺留此地。無論地貌如何改變，看見這艘遠古船鑑，路凱就可以找到所羅門要塞的入口。

前行一陣子後，所有人都察覺到異樣。整個島上寧靜得不太尋常。路凱甚至認為，若不是撞見剛才那艘舊世界的船，自己也會懷疑是否走錯了島嶼。

「太安靜了……」俊不安地說。

埃歐朗觸摸掛在肩上的弓弦，神情緊繃。攸呂更是頻頻深呼吸。只有茄爾莫仍一派輕鬆。

他們經過幾個較為繁密的樹林，感覺地勢正在向下。每繞過一個彎、經過一道丘嶺，眾人都屏住呼吸，預期對方奔靈者的出現。但那從未發生。空氣像股沉重下沉的力，靜得讓人懷疑是否聾了。路凱察覺自己的呼吸變了調，緊張的氣息滲透指尖每一處。他剛往前踏出一步，後面驟然傳來聲響——

所有人立刻轉身，差點動起兵刃。但那只是攸呂絆了一跤，摔得渾身是雪。「抱……抱歉。」他在戈刺圖的攙扶下起身。

從每個人的眼神當中，路凱知道他們已無法忽視這不尋常的現象。他凝望周圍，考慮是否應該大聲呼喊，宣布他們的到來。然而，直覺告訴他先別這麼做……眾人滑行的步調越來越緩慢，心理的抵抗正反應在每個動作上。才不久前，神祕的所羅門奔靈者在襲擊眾人之後消失不見，他必然已經告知了他的同伴。

那麼，他們人在哪裡？

「這一帶有許多島嶼，」俊若有所思地說：「會不會所羅門他們已遷居到別座島上？」

路凱不得不考慮這可能性。就在他這麼想的同時，眾人離開樹林邊緣，來到一片窪地。這裡曾是破碎的陸嶼和混亂的洋流交會處，冷風刮過濕地產生低懸的霧氣。他們滑上一道長坡，看見薄霧間有瑣屑般的綠。仔細瞧才發現那是散布在雪地裡的冰，但它們的顏色特異，路凱也只在所羅門見過。

「這方向沒錯，很近了。」路凱想起他第一次看見這些盈亮的綠冰時很是詫異。顯然其他同伴也是，他們環顧四周，暫且忘記先前的不安。

所羅門的人曾向路凱解釋過：如果長年沉積的冰會因為把多餘的空氣擠壓出來，因密度升高而變藍，那麼綠冰的成因就是由於吸收了生命的能量。遠古時期在所羅門各島嶼周圍，藻類和微生植物充溢，後來冰雪降臨，環太平洋地貌遽變，這些曾經與海共生的藻類被冰封，更在冰層慢慢結晶後散放出青碧的色彩。

他們緩緩移動在覆雪的綠冰之間不久，更驚人的景象出現在面前。散去的霧氣揭露出一座高聳而彎曲的丘陵，但當他們看清楚，立刻明白那根本不是丘陵……

路凱深吸口氣。「就是那兒。我們到了。」

「等等……那該不會是……」滑行在最前方的戈刺圖嘆息。

看似彎曲的丘陵實際上是片狀的凍冰，分好幾層螺旋交疊——彷彿巨大的海底漩渦被時間凍結，又因地震被翻掀了起來，以傾斜的角度高掛於天。更驚異的是在那冰之漩渦裡頭是成群的遠古建築。舊世界人類用金屬和鋼骨建造的居處，被大自然的力量輕易扭曲。

攸呂震驚地問：「那座舊世界的遺跡，是這幾百年間被慢慢捲上去然後冰封？還是本來就凍結在漩渦裡，地勢變化才讓它浮出海面？」

沒人知道答案，或許連所羅門都不明白祖先的城市如何成為今天的模樣。「別分心，接下來才是挑戰。」路凱說完，戰戰兢兢領著聯合遠征部隊邁向終點。

他們依循一道蜿蜒的雪坡，通過垂直的巨型漩渦——經過一層層破碎的螺旋冰紋，經過以詭異角度俯瞰他們的遠古建築，最後來到彼端一面高聳的岩壁。一身黑披風的聯合部隊成員站在岩壁中央的切口處。此時路凱靜靜開口：「所羅門的大本營，就在這狹道的彼端。」

在他們眼前是條極度狹窄的天然通道，從當前的位置完全看不出裡頭究竟有多深。路凱依稀記得所羅門文明把要塞建立在前方的山麓裡頭。

戈刺圖拉起防風鏡，注視蜿蜒的縱谷，然後目光上移，掃視高聳的峭壁。「不太妙……這裡是天然的埋伏之地。」

路凱凝視著那道入口許久。「我們必須通過這裡。」

「一踏進去，說不定就再也出不來了。」茄爾莫沉沉地說。

眾人剛準備滑進狹道，路凱卻又停下。「等等，」他彎身舉起棲靈板，夾在左臂下面。「不能讓所羅門覺得我們有硬闖的意圖，我們步行進去。而且記住，絕不能亮出兵器。」

其他人不安地交換了眼神，但也照著拎起棲靈板。六個奔靈者踩著雪，步入峽谷之中。

「所羅門那票人的祖先還真聰明，把居處選在這兒，易於防守。」戈刺圖四下張望。

「嗯，如果我所記的沒錯，這條路的盡頭會通往一個開放的環形廣場，」路凱輕聲道：「要塞的入口就在那裡。」當他們持續往前走，道路兩旁的山壁變得越來越狹窄。除了眾人的腳步聲，四周一點兒聲音也沒有。

空氣瀰漫著一股不祥的氣味，冰冷、窒悶，聞起來像是恐懼。眼前的寧靜狹道像一幅被時間冰凍的畫，只有他們六人遊走在中央。每踏一步，腳下雪地鬆動，聲響模糊，路凱感覺自己的步伐逐漸輕飄，猶如走入夢境。或許那只是自己的腦子在作祟，神經過度緊繃的緣故。他聽見自己急速的心跳，手套因汗水而濕潤，但他想要設法冷靜下來——

埃歐朗突來的動作驚動了所有人。戈刺圖立刻不顧一切握住身後的長槍。

他們隨埃歐朗的目光仰首望向峭壁的頂端……卻只看見厚重的雲層淤積上方，像股無形的壓力籠罩所有人視線。

「你看見什麼？」路凱緊迫地問。

埃歐朗的神情充滿迷惘。「我以為……」他緊皺著眉頭。「我以為上面有動靜。」他們注視了許久，卻什麼也沒發現。「……或許只是風雪。」

這裡並沒有風……路凱心想。

眾人繼續前行，路已窄得只夠兩個人並肩走過。戈刺圖和俊在前方，路凱則殿後。他們戰戰兢兢地跨步，不斷留意著上頭。終於前方的路到了盡頭，狹窄的出口外，似乎就是一片寬廣之地。

「該死的！這狹道令人窒息！終於到頭了！」戈刺圖三步併作兩步往前跑——

他們陸續步出。深深吸氣。手持板子。環顧四周。披風飄擺。埃歐朗喘息。俊蹲了下來。

路凱卻沒看見任何奔靈者的蹤影。他正感到迷惑，俊忽然開口：「這是什麼？」他的聲音扯動大家的注意力。他們聚集過來，看見俊從雪地裡拿起一根東西。

慢慢地，當他們意識到那是什麼，人人表情僵硬。癒師攸呂開口說：「那是……人的腿骨。」

俊將棲靈板筆直插入雪中，再猛然撬起，更多碎裂的骨骸向上噴濺出來。當中還包括兩顆頭骨，空洞的眼窩塞滿白雪。眾人極度震驚地盯著這些白骨。

「這是……是所羅門的奔靈者？」攸呂的聲音顫抖。

「呵……哪可能是他們自己人？」茄爾莫的語氣懷著惡意，窺視環狀的山谷。「這些應該是……前來所羅門的人。」

路凱立刻轉頭，看見對面山壁一道明顯的銅門。他快步向前走去。「所羅門！」他拉開嗓子喊：「我們是代表瓦伊特蒙的使者，帶著和平的意圖而來！請讓我們見族長！」然後他才看見銅門表面結著厚實的冰——而且半敞開著。

其他人也迅速來到門前。所有人都詫異地看著幾乎被扯下來的巨大銅門，上頭冰絲纏繞。路凱心想，有事情非常不對勁。

六個人剛踏入門裡的長廊，就看見更多屍體。紫色的皮肉黏著血衣。俊跟前的一具屍體胸腔凹陷一個大洞，斷裂的肋骨清晰可見。他蹲下，扯下一片骨頭擺在眾人面前：它的表面嵌著一條條已然暗淡的冰屑。

茄爾莫果斷地抽出兩柄匕首，詭異的目光直視黑暗的廊道。「路凱，現在不管你說什麼，都無法阻止我拿武器。」

路凱嚴肅地點頭，示意所有人抽出兵器。他們釋放虹光，照亮陰暗通道。

六人急促地穿過一道道破裂的閘門，沿途看見越來越多屍首，全部支離破碎，表面結著雪霜。眾人踩過結了一層薄雪的死屍，來到長廊的盡頭。

這兒的溫度異常冰冷。牆上爬滿了觸角般的冰痕。

他們又穿過幾道迴廊，驚訝地發現起碼經過了數百具屍體，其中不乏穿著白衣、佩掛鐵鎖鏈的戰士。道路旁的地底河川已全部凍結。最後，路凱踹開某扇門，進入一個拱形房間。

裡頭的景象使眾人啞口無言。

「陽光啊，請庇佑我們……」攸呂虛弱地說。

數不清的死屍遍布地面，以各種姿式交疊，蓋滿了房間的路面與台階。那些人的臉呈紫黑，猙獰的雙眼映著死前的恐懼。有些人腹部被挖空，腸子流在對方身上。也有些人少了半邊臉，或者肩膀被硬生生折開。眼前一切都鋪上一層薄霜，讓暴露的臟腑、腦漿反射著晶瑩的微光。

「這裡應該是他們的最後防線……」埃歐朗看向一旁。

眾人分散開來，勘查這片墓地各角落。路凱檢視屍體的傷口，發現體內全是冰屑。但那些冰屑已失去光芒許久，無法判定究竟是何時遭受攻擊。

「路凱，過來看看這個。」俊和戈刺圖站在房間底端的高台上。當路凱踩著死屍踏上階梯，破荒蠻子沉重地說：「看來我們的任務已經有結果了。」

整堆軀體的中央，躺著五具變形的死屍。他們都身披寬袍、頭戴金屬冠冕——是所羅門的五位族長。

路凱深吸一口氣，難以相信眼前所見。「奔靈者不會拋下他們的族長不顧。這代表所羅門……已經毀滅了。」

EPISODE 25《拂羽》

「妳太多慮了。」黑允長老投來輕蔑的眼光。「不管有多少『狩』，牠們都無法闖入瓦伊特蒙。那些魔物只能在雪地裡生存。」

「但是……以那樣的規模往瓦伊特蒙來，很不尋常，一定會出什麼事……」雨寒惶恐地回答母親。窟室中，黑允長老和七八位奔靈者圍繞著圓桌，似乎在討論遠征的事宜。

一位獨眼的奔靈者開口：「孩子，妳不該輕易聽信那種人的話，」他是遠征隊的老將「冰眼」額爾巴，也是黑允的親信之一。「『叛逃者』可以為了任何目的而撒謊。」

「我的團隊剛從雪地歸來，連一隻狩也沒撞見。」另一位奔靈者，綽號「紅狐」的費奇努茲，口吻也滿是鄙夷。他肩上戴著染成陰紅的雪狐披肩。

雨寒急忙說：「那是因為狩群是從東邊——」

「雨寒。」黑允長老語氣中的冰冷讓她立刻住嘴。「如果真是離我們不出幾天的距離，那是守護使和探尋者的責任，讓他們自己操心去吧。別忘了，妳現在是遠征隊的一員。」

雨寒抿住脣低下頭來。她差點忘記居民大會以後，三長老陷入冷戰，關係比之前更加惡劣，幾乎不再交談。這直接影響到三支部的奔靈者。雨寒擔心如果瓦伊特蒙即將面對危險，人們無法再團結一致，這該怎麼辦……

「好了，去做妳該做的事。我們在開重要會議。」母親揮了揮手，不容雨寒再提此事。

「是……長老……」她囁聲回應。

雨寒在小木艇的尾端縮著身子，心頭一陣徬徨。船伕輕輕拍打水面，載她經過幽暗的河道。

他們抵達黑底斯洞，周圍許多小船悠閒地漂蕩。水面微光閃爍，反射岩頂的數百萬顆螢火。雨寒跨出木艇，向船伕道謝後，踏上熟悉的道路。她心裡沉重，感到無能為力。瓦伊特蒙依然持續著一天的活動，人們在岩道間你來我往。

格格的笑聲從右方傳來，雨寒轉頭看見一群年紀很小的孩子在鐘乳石間相互追逐。他們父母親的笑容，即使在幽暗的鐘乳石底下也顯而易見。

搬運石頭的工匠推著車鏗啷作響，從上方的天然回廊經過。

雨寒繼續往前走，身旁岩壁的凹槽內有許多人影窩在一起。有個眉毛與鬍子一樣長的男人盤腿而坐，正在講述故事。一整群孩子圍著他，興奮聆聽，頻頻發問。

「所以，瓦伊特蒙就在眾聖獸的保護下，安然度過冰雪世紀直到現在……」男人的手中捧了個盆子，裝著許多螢火蟲。有些蟲子爬到他身上，把他的衣服染上點點微光。

雨寒輕聲嘆息。一切看來如此安詳……沒有居民意識到即將來臨的危機，認為只要待在瓦伊特蒙的庇護下，永遠都是安全的……

或許，是自己想太多了？可能事情並沒這麼嚴重……

茉朗的呼喊讓雨寒轉過身來。「茉朗！」她急著問：「有消息嗎？」

她的導師搖了搖頭，來到她身邊。「我找了幾個守護使同伴巡視周邊雪域，沒發現任何狩的蹤跡。」

「是嗎……？」

「話只要是從凡爾薩口中出來的，大家都不免懷疑。」茉朗說：「畢竟他……有十分糟糕的前科。恩格烈沙長老破例調動許多人員的任務，萬一最後一切都是謊言，他們鐵定會找凡爾薩算帳。」

「凡爾薩他沒有騙人，我都明白！」雨寒說。

「雨寒……」茉朗躊躇了一陣後說：「或許妳該清醒點了。到現在我們也還沒弄清楚凡爾薩離開瓦伊特蒙那麼遠的距離，究竟是為了什麼？問了他也從不回答，不是嗎？我並不認為他有對我們說實話。」

雨寒別過頭去，沒再說話。

她或許握有旁人都不知道的事實，卻無法用言語說清楚，讓別人也相信。

「妳確定嗎？若屬實，這事非同小可。」恩格烈沙長老說。他和雨寒兩人在鏡之洞的西邊通道交談。

「茉朗說她不想驚動您……她有在附近勘查，但沒找到任何跡象。」雨寒低著頭。

「那麼妳為什麼會相信凡爾薩說的話？」

雨寒躊躇許久，口中的話吞吞吐吐。「他身上的傷是真的。我用雪靈之力幫他療癒時……我……」

「有可能他只被一兩隻攻擊，面子掛不住，扯謊呢？」

雨寒的雙肩夾得更緊了，眼中盡是絕望。然而恩格烈沙長老打量她許久，又說：「我在東靈儀式見證過妳那特別的雪靈。或許妳在治癒他時，感知到了什麼難以形容的事。」雨寒聞言倏地抬頭，驚訝長老的話一語中的。恩格烈沙似乎讀懂了雨寒的反應，於是說：「我會調派守護使支部，讓更多人在外巡邏。」

「謝……謝謝！」雨寒彎身致謝。

她繼續前往下一站。守護使支部畢竟管轄範圍只有瓦伊特蒙的周邊。要往更遠處勘查，需要探尋者支部。必須由桑柯夫長老派遣他們。

她感到深深的罪惡。她無視母親的警告，私自去找其他兩長老幫忙。但也只有這方法，才能一圈圈撬動三個支部的奔靈者往外去確認凡爾薩所看到的景象。遠征隊的人力最多，他們卻都待在瓦伊特蒙裡歇息，這是不對的——

「妳上哪兒去？」

尖銳的聲音讓雨寒停下腳步。黑允長老手持權杖，肩披雪羚，傲然地凝望她。在黑底斯洞的邊緣，人群熙熙攘攘，她倆的身影則在鐘乳石的陰影裡。

「我……」雨寒猶豫了一下。母親遲早會知道的。「我要去找桑柯夫長老……」

「所以妳打算串通我的政敵，再次令我難堪？」黑允朝雨寒貼近，居高臨下地盯著她。開始有些往來的居民留意到對峙的母女倆。

黑允的凝視麻痺了雨寒渾身的神經。過往的恐懼，天然的擔憂，還有背叛母親的內疚感，形成一股壓倒性的力量。雨寒縮緊了脖子，卻沒有退後。她有好多，好多的話想告訴母親，卻從未開口說過。

「如果你們想要競爭……」她的聲音文弱。「那就為了瓦伊特蒙這麼做。派遠征隊員去找狩群的行蹤。」

黑允的神情被點燃，突來地抓住雨寒的下巴。「妳瘋了嗎妳？」黑色指甲掐入臉頰。黑允憤怒地說：「妳是不是忘記了自己是誰？」

淚水從雨寒的眼角擠壓出來，因為疼，還有因為悲傷。她的心臟急遽跳動，響徹腦海像是難受的鐘聲。

黑允瞪大了眼。「妳可是我的女兒！妳在我統領的遠征隊裡！」

雨寒扯開母親的手，向後退了一步。黑允不可思議地回望她。紅潤的雙頰滿是淚痕，雨寒輕聲說：「我是奔靈者。」她揉著眼，覺得雙眼無比刺疼。「媽媽，對不起……」丟下這句話，雨寒朝黑底斯洞底下跑開。

或許她會被母親從遠征隊踢出，也或許她再無資格待在任何支部，但那些都不重要了。

當初，她無法明確地向任何人解釋……但當她的雪靈沉入凡爾薩體內，曾探知一股無法言喻的感受。她不知道凡爾薩在雪地裡究竟看見了什麼，但因而殘留下來的恐懼卻像深刻的

烙印

同時……他的心底浮現真誠的關切，無法否定的擔憂。雖然有股強大的意志加諸於表面，企圖把它壓抑在意識最深處，卻從未成功抹滅。

雨寒知道他並沒有說謊。瓦伊特蒙即將面臨生死存亡。

她相信凡爾薩。

EPISODE 26《芬瀾》

福爾摩沙是無盡的蒼茫大地上，一片純淨的白色山脈。

「這就是『方舟』……」艾伊思塔感到莫名的震撼。群山就像深雪堆積而成的波浪，層層鋪開於地平線。

經歷了數週的旅行，她和亞閻終於來到世界另一端，這個無人涉足過的地方。她的心裡仍覺得不可思議。迷霧低懸於山谷間，加深了這片土地的神祕與深邃。亞閻站在她身旁，頭巾半遮著眼，難以解讀他正在想些什麼。

「『方舟』應該是指傳說中為了避開洪水而建的巨船。」艾伊思塔問：「為什麼這島嶼會有那種名稱？文獻上有說明嗎？」

「妳聽過『原生種子』嗎？」

艾伊思塔搖頭。「那是什麼？」

「舊世界的人類曾經運用各種魔法，擅自改變天地物種的本質，其中也包括他們所吃的糧食。」亞閻說：「但是天災來臨時，那些魔法的產物無一倖免。只有在地球歷經數千萬年進化產生的最純粹的物種——也就是『原生種子』，才有能力對抗大自然的威脅。」

「在一次遍及人類世界的戰爭發生後，福爾摩沙開始積累各類原生種子，貯存於島上一個名為『霧社』的地方。」亞閻淡淡地說：「那祕密『種子庫』的每一代執掌者都致力於它的擴展，到最後，它擁有上千個糧食的物種，上萬份原生種子。就連我們灰薰裔的祖先在亞細亞大陸一帶最依賴的食物『水稻』，那種子庫也收藏了整個遠古世界最多的種類。所以從某個方面想，這島嶼確實像是『方舟』般的存在。」

艾伊思塔吃驚地望著他。「你剛才說的這些，都寫在那疊資料裡頭嗎？」

亞閻只露出淺淺的微笑。

艾伊思塔也沉默了一陣，然後說道：「如果真是那樣，或許這正是舊世界的人類會選擇在此埋放『恆光之劍』的理由。」她嘆了口氣，環視白雪堆積的山嶺。「只是『方舟』的文明……到最後還是沒有熬過冰雪世紀的降臨。」

他們沿著山脈向北方推進。霧氣模糊了視野，但他們設法將群山維持在右手邊可見之處，以防路徑偏離。

身旁丘嶺的雪壁之間暴露出岩灰色的紋理。隨風飄渺的迷霧間，還出現某個舊世界遺址，看似崩解的長橋，從雪地延伸出來並消失在前方的濃霧裡。亞閻立刻跳到上頭，艾伊思塔收起驚訝的表情，也跟上。

他們滑行在筆直的白色軌道上，看見一群群疏落的殘骸分散在底下兩旁。

亞閻逆著風喊：「帆夢的解讀裡提到，妳要找的『恆光之劍』就在群山北方終止之處，『藏在城市遺跡的最高點』。」

艾伊思塔瞇起眼促狹地回他：「來到這裡，連你這缺乏信仰的人也開始對恆光之劍感興趣了？」視野中的天然雪坡時而朝更下方沉落，露出了支撐橋身的一排排基座。

亞閣笑著說：「信仰不過是反映現實的結果。給那些明明過得很好，卻依舊感到不安的人們的奢侈享受。」

「是嗎？」艾伊思塔斜睨著他，與亞閣平行前進，她有預感他們又將開始爭辯。但這樣也好，只有在爭論時，她才可以暫時擺脫那一夜溫存後的尷尬。

「難道不是如此？若一個人向來全靠自己生存，哪兒來的奢侈時間去探討信仰？人生的殘酷並不會因此改變。」亞閣難得嚴肅地說。橋身沒入前方一片雪丘裡，他們則沿著斜坡往上滑。

然而艾伊思塔不認同他的想法。「你錯了，正是在沒有任何東西可依靠之際，人們才會需要信仰！」他們越過雪丘頂端再俯衝到另一端橋面上。艾伊思塔調整姿勢，義正嚴辭地反駁：「信仰會因人們相信而存在，因為它代表希望。」

亞閣瞥向她，意外地點頭。「該相信什麼，是每個人都必須面對的選擇。」然而他又問艾伊思塔：「可是妳也挺矛盾的。如果打從心底相信『陽光』，為什麼還要千方百計去證明祂的存在？如果妳從未懷疑，為什麼必須跑這麼遠找尋祂的蹤跡？」

艾伊思塔被問倒了，沒有作聲。

「能被證實的東西，是否還能稱之為『信仰』？要是人們真可以親眼見到『陽光』，祂在他們心裡的地位會不會改變？」亞閣提醒她：「我們抵達目的地之前，妳最好慎重考慮清楚。到時候無論是真的找到陽光，或者發現根本就不存在……對妳說不定都會是種打擊。」

艾伊思塔愣了片刻。她必須承認自己從未考慮到這些。但她更感到詫異，亞閣為何能如此理性地說出這些話？難道真的必須完全拋開對信仰的執念，才能像他這樣針針見血地道出事實？

「我要找到『恆光之劍』。」她聽見自己固執地說。

亞閣回望過來，盯著她水漾般碧綠的雙眼，還有眼底不變的倔強。他突然笑出聲，無奈地搖頭。「也好。我就喜歡這樣的妳。」他把頭巾拉低。「我會協助妳找到它。」

長橋於前方中斷，崩裂的石塊堆積雪中。他們從橋身躍下，繼續在雪地裡行進。

經過好一段時間，天空略轉暗。雙子針顯示已超過97.0度，艾伊思塔開始懷疑怎過了這麼久仍未抵達。

無數的灰色枝幹岔出雪地，他們迅速擺動身子划出蛇形軌跡閃避。路徑的地勢越來越高，身旁的群山卻明顯矮了許多。雲層在風中捲動，他們感受到愈漸強勁的風勢，兩人同時拉起圍巾護臉。當他們越過一面遮掩視線的雪簷，逐漸進入眼簾的景象令艾伊思塔啞然。

依偎在環繞的丘嶺之間，是座遠古世界的城市遺跡。

她不自覺地屏息，煞住棲靈板。這是她第一次親見這種規模的遺跡。數千……不，或許數萬座建築物橫亙地面，表面覆蓋著雪白的硬殼。更令她驚訝的是，一股莫名的強風不停吹拂，在建築物之間揚起帶狀飄雪，彷彿整座城市遭到永恆的白色洋流所洗劫。

她拉下兜帽，綠髮被風帶開。亞閻來到身旁，兩人凝望著那座白城。

「目前奔靈者探索過的主要遺跡，上頭都吹著這樣不尋常的風。」亞閻告訴她。或許正因為那股永無止息的風勢帶走積雪，使遺跡得以保存五百多年前的大體模樣，未被完全淹沒。而他們要找的「城市遺跡最高點」顯而易見——那是幢巨大的建築物，擁有節狀的軀幹，高過其它所有樓房。它清晰矗立在遺跡中央，冰雪讓它看來像座白色高塔。

「它看上去就像柄劍。」艾伊思塔突發奇想地說。

「走吧，天就快要暗了。」亞閻朝底下動身。

他們逆風奔馳在結凍的遠古建築之間。艾伊思塔必須使盡所有意念才得以阻止想停下腳步欣賞遺跡的衝動。她終於意識到被長老們監禁在瓦伊特蒙是多麼大的損失，這兒每個角落都比瓦伊特蒙更加壯麗。

「舊世界的人們怎麼有辦法創造出這樣子的地方……」艾伊思塔覺得自己的每次呼吸，都是吃驚的嘆息。

亞閻微笑，很難得地什麼都沒說。

兩人逐漸深入遺跡，彷彿進入一個龐大的迷陣。這裡即使看似最小幢的建築物，也比黑底斯洞裡的鐘乳石柱大上數倍。一旦迷失方向，他們只需設法登上任何樓房的頂端，便能再次看見目的地——那座高聳的巨塔在鉛灰色天空下靜靜等待。更遠處的群山被迷濛的煙雲磨去了邊界。

他們穿梭在錯綜複雜的巷道裡，白雪覆蓋的建物間。艾伊思塔抬頭，看見寒冰固定了懸掛在各樓房之間的殘破鋼架。某些建築物的雪衣脫落，露出褪了色的表面，讓她看見各種難以辨識的遠古符文。

她設想五百多年前這裡會是什麼樣子，卻發現自己的想像力無法與眼前的景象契合，感到一陣茫然。「在舊世界……生活在這裡的那些人……你覺得他們都是什麼樣子？」

「難說。」亞閻回答：「不過我猜大概和瓦伊特蒙的居民差不了多少……會因為外頭未知的世界而害怕，卻仍得努力熬過每一刻，試著去理解他們必須生存的那個世界。」

艾伊思塔沉默了。她心想擁有陽光的世界，不可能差到哪兒去。

「你知道嗎，亞閻……」她突然開口：「我從沒想過自己會有機會來到這裡……」

「是啊，直到妳偷了研究院的東西。」

艾伊思塔白了他一眼。亞閻舉起雙手做投降狀，示意她繼續說下去。「你有過那種感覺嗎？彷彿……彷彿你必須踏上這趟旅途。」她停頓了一下，輕聲問道：「成為奔靈者後，你曾聽過自己的雪靈在呼喚你嗎？」

亞閻想了想。「沒有吧。『呼喚』這字眼兒太強烈。但在駕著棲靈板時，經常感覺意志被另一股力量所掌控，做出一些連自己都難以相信的動作。」

「嗯，但那不是我的意思，而是……該怎麼說……」艾伊思塔躊躇了一會。「當時在瓦伊特蒙，我捧著蠟燭正要去研究院。經過家裡時，卻好像聽見了雪靈的呼喚。」她的聲音幾乎被風雪蓋過。「不知道這麼說對不對……但有個聲音一直停留在我腦海裡徘徊。又有一次，我原本可以在研究院放下蠟燭就走人，但不知為什麼當時卻選擇留下。現在想想，或許正是被那聲音給驅使了。由於那次機會，我無意間聽到首席和路凱的談話，說他們找到了『恆光之劍』的文獻。」

亞闍思考了一下。「雪靈是不會對我們說話的，就算在意識深處也一樣。」

「所以我不太確定……或許並非聲音，而是某種感應吧……」

亞闍默默點頭。

「啊，還有一次，就是居民大會的時候，黑允長老想把我送去所羅門。當時湧現的情緒，應該說是憤怒吧……但腦中又出現了相同的聲音，推動我的腳步往研究院走去。這很難解釋……」兩人跨越一條空洞的渠道，很可能是遠古時期的河川。兩側頻繁出現斷裂的橋梁，凍結於雪地。

風吹得更加凜冽了。亞闍開口問：「妳經過家裡聽見雪靈的呼喚時，身體並沒接觸到棲靈板？」

艾伊思塔搖搖頭。「我把棲靈板收放在床下好幾年了。」

亞闍若有所思地說：「我從沒聽過任何人能夠如此，在不觸碰板子的情況下與雪靈產生強烈的相互感應。這很有可能是妳雪靈的特殊能力，但也有可能……是受『靈凜石』的影響。」

艾伊思塔一驚，不自覺握住胸前的衣襟。兩條重疊的橋梁出現在前方，他們從中央的狹道奔入，筆直滑行一陣後又看見幾道類似的石橋闖入眼簾，橫向崩塌在前方路徑上。他們放低身子，從龐大而破碎的結構物間穿梭而過。不知何時，兩人已凌駕在多數建築物的高度之上，可以清楚看見整座遺跡的中心。

「好美……」艾伊思塔禁不住開口。橋梁開始轉彎，循著一道弧形的軌跡傾斜。

身旁的建築快速飛過，更遠處的景象則緩慢移動，但背景那座雪白巨塔幾乎毫無動靜。棲靈板不停奔馳，給了艾伊思塔一種錯覺，彷彿那座巨塔正處於圓心的位置，而整座遺跡像個圓盤，隨它緩緩轉動。

「啊，我就知道沒這麼簡單。」亞閻折了折手指關節。

艾伊思塔正想問他什麼意思，眼角已探見敵人的蹤影——牠們像扭曲的生物，從各建築物後方出現，醜陋的形體與壯闊的遺跡極不相配，卻又有種怪異的協調。

「我最後再問妳一次。要回頭嗎？」亞閻瞥了她一眼。

說不害怕是騙人的。密密麻麻的暗白建物表面不斷出現凸起，像迅速沸騰的水面，一潭潭化作無數魔物。她知道自己將要滑入死亡之口，本能地想要退縮。

瓦伊特蒙幽暗、溫暖的景象閃現腦中。她離開它，選擇來到炯白冰冷的世界。

當初想尋找恆光之劍只是藉口，為的只是逃離瓦伊特蒙。然而現在她不同了，艾伊思塔真切地想找到恆光之劍，帶回給所有居民，那些在陰暗地底奮力生存的人們。打從許久前，就是他們給予她的力量。

「……因為我歸屬的地方，是瓦伊特蒙。」艾伊思塔低語。

「什麼？」亞閻似乎聽不清她的話。

艾伊思塔沒再回答，橫了心加速往前，雙臂上的鎖鏈已然鬆開備戰。

有兩隻狩不知何時出現在後方，追擊而來。亞閻在一聲清脆的聲響中抽出雙刀，綻出虹光。突然他急煞住樓靈板，猛然刺向後方，刀刃釘住魔物的雙腳。往前衝的作用力扯斷了牠們各自一條腿，亞閻迴旋砍死一隻，灑出無數碎冰，又以雙劍破開風聲，垂直切開另一隻。魔物立刻被飄盪在遺跡的雪浪給帶走。

「牠們全聚過來了！」艾伊思塔喊道。越來越多狩從四面八方湧現。

「真是場盛大的歡迎會啊。」亞閻旋轉手中的雙刀。「朝巨塔去吧！」

兩人闖入細密的街道裡，滑行在傾斜的牆道間，不斷轉向避開狩群。當魔物幾乎塞滿眼前每條道路，他們躍上崩塌的殘骸與鋼架，然後加速衝力，跳躍在整排建物的頂端。

「看前面的廣場，逃不了了。」亞閻緊握刀柄，以齒咬住手套拉緊。

「沒必要逃！」艾伊思塔率先往前騰空，朝廣場落下。十幾隻狩正在那兒等待她。但艾伊思塔大膽地在半空旋轉，運用板子的重量旋腰，化為一陣旋風，落入狩群中央的一刻釋放力量——鎖鏈拉出兩道致命的虹光，切開尚未反應過來的魔物身軀。她藉著衝力在旋轉中前進，突破包圍，闖入另一條被深雪覆蓋的巷道內。她聽見身後傳來一波魔物的嘶吼及雪地的沙沙聲，知道亞閻也已趕來。

樓房時而密集時而分散。艾伊思塔仰頭，發現不知何時亞閻已在建物形成的窄縫間找到一條高懸的路徑，飄雪模糊了他的身影。

「跟上來，別落後了！」亞閻對她喊道。道路兩旁有許多被雪覆蓋的隆起物，艾伊思塔選擇那條路，騰躍在它們之間，聽見腳下鋼鐵凹陷的吱嘎聲。

某個形狀特異的結構體出現在前方，夾於幾幢崩塌的建物中央。她滑上一道台階與亞閻會合，亞閻率先揮劍劈開淤積前方的雪塊，然後硬衝上階梯狀的路徑，來到一個平台上。頭頂的鉛灰天空給人強大的壓迫感。

「啊——走這裡！」亞閻再度奔躍，登上一條筆直而狹窄的軌道。

那軌道懸於半空，被兩排樓層緊緊包夾，就這樣筆直貫穿城市中央。底下雪地已充斥著魔物，牠們不甘願地咆哮著。兩人擺動棲靈板飛快推進，看著建物從旁呼嘯而過。

「亞閻，右邊！」艾伊思塔指向一條看似無人的巷道。他們從軌道邊躍下，墜入整片白雪之中，拐了個彎鑽了進去。不出一陣子，兩人闖入一片空曠之地；從周圍建築的形體看來，似乎是個圓環形的廣場，雪裡同樣停著許多鐵箱般的東西。「等等——」艾伊思塔喘著氣，扶住某個鐵箱歇息。

亞閻突然睜大雙眼。「艾伊思塔！快離開那邊——」

她轉頭看見身後的魔物緩緩挺起，在驚嚇中反應不過來。魔物胸前的寒光綻放，整圈獠牙從她的頭頂罩下。

亞閻已然趕到——他撞開艾伊思塔，雙刀霍然朝上。有那麼一瞬間，她看見亞閻半個身體沒入狩的口中，令她驚叫出聲。但魔物卻隨即炸開。

「亞閻！」艾伊思塔趕緊爬起身。

「——可愛的淑女，下次別這麼大意啊。」亞閻露出笑容。

「你……不……你受傷了……」她慌張地說。亞閻肩上插著數道冰藍色碎片，血液開始染紅衣服。他的額頭也埋了一根細小的冰屑，鮮血讓他緊閉右眼。艾伊思塔知道那冰屑的硬度可比擬鋼鐵。

「小意思。」他拔下頭上的細冰屑，鮮血噴濺在手上。「我們不能在這兒久留，狩隨時會追上來。」

「這是……」

從白塔的正下方往上看，彷彿它的高度受到壓縮，艾伊思塔卻能感受到它的無比龐大。逐漸轉暗的天空，雲層靜靜挪動。遺跡四處傳來狩的嘶鳴，穿透風聲。「我們必須在天黑前爬到塔頂，否則可能要和那些狩睡一起了。」亞閻說。

「可是……我們該怎麼上去？」艾伊思塔感到一股絕望。

「從那裡，」他以刀刃指向塔底另一側的彎曲鐵架。

他們沿著鐵架滑向一座與巨塔底層相連的建築物。亞閻先往前，和艾伊思塔的距離拉開，然後轉身，背貼著雪牆示意她行動。

艾伊思塔相當懷疑這點子的可行性，但仍往前奔，孤注一擲地將鎖鏈甩向亞閻。鐵鏈的前端纏繞住他的兩柄劍，擦出金屬聲響。亞閻立即把雙刀交叉為十字，鎖住鐵鏈。艾伊思塔全速奔馳，感覺雪靈與她的心跳同步；亞閻定住身子成為支點，讓艾伊思塔憑藉拉力劃開一道軌跡，從一旁衝上雪牆。

她幾乎是垂直地向上滑行。

亞闍將雙劍打直時，鎖鏈遭到釋放，艾伊思塔飛躍於半空中，落在上方一座險峻的雪架上。她鬆了口氣。

之後亞闍拉著她的鎖鏈滑上來。接近塔身時，他以長劍劈砍，發現它表面盡是一格格中空的方洞，通往塔的內部。

塔內的景象相當陰森。他們放出雪靈的虹光，看見結凍的雪塊扭曲了裡頭的一切，彷彿被融化的鐘乳石叢。艾伊思塔無法判斷這裡原來究竟是什麼模樣，只懷著緊張的氣息，想看看有沒有舊世界人類所使用的物品。

「別東張西望，我們沒時間了。」亞闍催促她，並在另一端找到又一個入口，有道通往上頭的階梯。

接下來的過程緊迫而駭人。一旦兩人發現通路受阻，則必須劈開硬雪，由塔外向上攀爬。艾伊思塔很慶幸在這個高度風勢不強，但她仍驚恐地回望。她的長髮像一抹綠影飄動在白色巨塔的邊緣。女孩看著展開於下方的遺跡，與急速變暗的天空。

他們輪流成為彼此的支點，一人緊緊拉著鐵鏈，另一人則讓棲靈板放出彩光，憑著雪靈短暫的附著力，像鐘擺一樣在塔面滑出一道弧形軌跡，甩至更高的樓層，並以刀刃刺入冰雪撐住身子。

他們失敗多次，險些跌落至底下呼嘯的風雪中，亞闍的肩傷更讓他幾次差點鬆手。然而兩人之間似乎有某種難以言喻的默契。

他們就這樣時而穿越塔內的階梯，時而擺盪於冰雪外牆，一層層向上推進。

最後幾層的攀登完全是在黑暗中進行。虹光貧弱，兩人急喘著氣，知道雪靈的力量已瀕臨極限。當他們抵達塔頂，雪靈從艾伊思塔的感應中完全消失了。

他們站在一個窄小的盆狀平台上。「妳在這裡等我。」亞閣說完，把散放著虛弱虹光的板子背在身後，伸手抓住冰凍的鋼管梯子，攀上最後一段路——位於巨塔尖端的柱子。

艾伊思塔在黑暗中等候。感受不到芬瀾的脈動令她有點兒心慌。

時間不知過了多久。每當心生擔憂，她向上望去總會看見一抹微光；亞閣仍在攀爬。她深吸一口氣，想讓心情沉澱卻控制不了激烈的心跳。五個世紀後，她與亞閣很可能是率先找回傳說的「恆光之劍」的人。

會不會……他們真會是首次親眼見證「陽光」的人類……

但亞閣若空手而回呢？萬一他們找錯了位置？艾伊思塔猛搖頭，甩開這些念頭。亞閣說他已熟讀文獻，知道那柄蘊藏陽光的劍就在這裡。沒錯，他們長程旅行來到這裡，一定能找到——

腳步聲在鐵梯上迴響，逐漸清晰。當她看見亞閣手中只有棲靈板，雙肩倏地垮下。

最後幾階亞閣躍了下來，在女孩開口前，從板子後方拿出某個物品。

艾伊思塔趕緊湊了過去。「與文獻中的圖一模一樣！真的是『恆光之劍』！」她感覺心臟要從口裡跳出來。

三條比匕首還長的玻璃管，並列插在一個奇特的底座上。管子裡隱約可見裡頭纏繞著某種絲線，底座則刻著精細的紋路。翻過來，底盤下更是錯綜複雜的鋼絲，彷彿遠古工匠之手精巧編織的金屬繡帷。在它的一側有個錐形旋鈕，另一側則有個玻璃蓋罩住的環狀孔，打開時剛好可以伸進一根手指。

亞閻的雪靈已黯淡，殘餘的虹光微微照亮兩人的臉龐。艾伊思塔許久無法收拾起震驚的神情。

這時，亞閻從袋子裡取出了文獻，翻到關於恆光之劍構造的那幾頁。他們的目光迅速掃描上頭複雜的註釋與手繪的草圖，頁邊寫滿了潦草的音輪語。而在頁角某處，有個以工整符文寫出的幾個字：「生息的原力」。

亞閻又翻過一頁，檢視一陣，終於找到了關鍵字。「是這一段，上面說要扭轉一個『開關』……是這個沒錯。」他指著旋鈕。

「你……你來吧。」艾伊思塔緊張得口乾舌燥。她無法想像再過幾秒之後，自己將看到「陽光」的真面目。

亞閻卻忽然望向她。「妳確定要這麼做嗎？」

艾伊思塔沉默了。許久後，她堅定地點頭。

「那麼，」亞閻笑道：「是妳的勇氣帶著我們找到它，該由妳動手。」

艾伊思塔的眼神這才出現不確定，游移在恆光之劍與亞閻之間。她躊躇好幾秒，定下決心，終於將指尖擺了上去。

旋轉時，錐形按鈕發出喀噠聲。他們盯著那三個玻璃管，卻什麼事也沒發生。艾伊思塔皺眉，又轉了幾次。

依然毫無變化。

「怎麼會——」艾伊思塔心急地將恆光之劍拿來，反覆檢視。她敲敲管子，手指伸入另一邊的孔中摸索。到最後連亞闍也拿過去嘗試。他的雪靈已逐漸消散，兩人在餘光下最後一次翻找文獻，確認是否遺漏了什麼。

「啊，過了五個世紀……想必已經損毀了。」亞闍下了結論。現在他們倆獨處在深手不見五指的黑暗中，周圍的空氣稀薄而寒冷。他們靠著背後的柱子而坐，雙腳垂懸於半空。

「我們把它帶回瓦伊特蒙，研究院應該可以修好它！」艾伊思塔仍不死心。

亞闍沉寂許久，突然話鋒一轉：「放著吧。我們就把它留在這兒。」

「你在說什麼!?它和文獻畫得一模一樣！我們找到恆光之劍了！我們可以——」

「這是舊世界的產物。這裡是它的歸屬地。」亞闍說完，艾伊思塔止住了口。

她拚命忍住眼角的淚，在黑暗中憋住啜泣的衝動。

亞闍摟住她，聲音淡然到近乎溫柔：「居民裡有許多孩子聽著『恆光之劍』的故事長大。」

艾伊思塔的身子因哽噎而顫抖。她以最後的力量擠出幾個字：「我明白了。」在她手中是個陳舊的毀壞之物，他們沒有必要把它帶回去……剝奪人們心中僅存的希望。

EPISODE 27《御風》

聯合部隊離開已遭殲滅的所羅門大本營，才剛走出銅門，猛烈的攻勢隨即落在一行人頭上。

數道冰鑽射來，炸開於岩壁和門旁。俊和茄爾莫兩人分別被擊中，在哀號中跪下。攸呂急忙轉向洞穴喊著所有人退回來。

「不行！」路凱阻止他們，聲音壓過在周圍碎裂的冰鑽聲響。「這樣正中牠們下懷，到裡頭就是死路一條！」他把目光投向前方峭壁間的龜裂狹道，知道只能從原路硬闖回去。

然而他們必須穿過的環形空地已充斥狩的身影。上方懸崖更冒出幾頭龐大的魔物，手臂比一般的狩更長，肌理全是冰藍結塊。它們張開雙臂就像個巨大的鉗子，藍光裂痕從胸口沿著手臂撕裂到掌尖。

牠們將雙手向後伸展——

「衝吧！」路凱大喝一聲，眾人駕上棲靈板同步動身。崖上的魔物甩動身軀，射出數排冰鑽，雪花在他們疾奔的身旁不時爆開。

當戰士們與狩群開始了混戰，埃歐朗拉開長弓向上瞄準。

「俊，掩護他！」路凱自己揮動長槍撲向成群的魔物。俊像道沉靜的微風，滑動在狙擊手身旁擋下狩群的攻勢。埃歐朗的第一支箭撞上襲來的冰鑽，完全偏離目標。有一頭魔物從旁撲向他，但俊又急轉滑來，一道俐落的斬擊誅殺牠後，守住狙擊手背後。埃歐朗的第二支光箭刺入一頭崖上魔物的胸口，數道彩光綻開。牠化為粉塵。

「啊啊啊——！」破荒蠻子戈刺圖英勇地衝向一頭魔物，以長槍突刺擊殺。

路凱劃出斬擊，擊潰敵人為隊友們開路。懸崖間的通道口越來越近，然而上方卻仍有兩頭不斷射出冰鑽的狩。路凱以長槍指向頂上。「埃歐朗！我們得在進入狹道口之前解決牠們！」

狙擊手已專注地揚起弓，絲毫沒留意周圍的混亂。他把自己的安危交給夥伴，俊也不負信賴，擋住湧現的敵軍，白霜般的眸子殺意流竄。

路凱與戈刺圖會合後首先殺出敵陣來到通道口。埃歐朗邊滑行邊放箭，擊殺了第二個目標。崖邊有些許雪塊崩落。攸呂在茄爾莫的保護下也跟著進入通道。

路凱一轉頭，赫然發現戈刺圖的背上多出數道爪痕，披風幾乎全被扯掉；茄爾莫的手臂也全是血，沿著掌中的匕首滴落。然後路凱仰頭，再度捏了把冷汗。他看見崖上最後一頭魔物與狙擊手彼此互擊。若埃歐朗失敗了，進入狹道後將喪失殺死牠的可能性，他們將處於極度不利的位置——

一道冰鑽擊中埃歐朗的長弓，爆開的殘冰削過他右掌，切開整片金屬手套。埃歐朗忍痛沒叫出聲，但他的臉色慘白，滿手是血。路凱看見他的手指呈異樣的角度，恐怕已經斷了。

但埃歐朗沒有挪開目光，鎖死敵人，滑進狹道的前一瞬硬是放出一箭。箭的軌道過低，只擊中懸崖邊緣的雪堆，虹光卻如觸手般傾洩而出，刺穿狩的全身。牠發出低吼掙扎片刻，隨即炸開。

「動身吧，我們必須突破這裡！」路凱立刻帶著眾人脫逃。俊在隊伍最後方殿後。

通道的前方也擠滿魔物，牠們有些甚至能垂直站在雪壁上，堵死所有空間，紛紛張開利爪。

虹光逐漸凝聚在路凱的棲靈板，愈趨強烈。他屏息一瞬，猛然轉身。一道光波脫離了板子，像頭怒吼的獅子朝前飛躍——帶狀虹光飄擺，有如刺眼閃爍的雄獅鬃毛，吞沒了整個狹道裡的魔物。路凱感受到雪靈之力劇減，但他知道不能停下腳步。

眾人順利闖出斷崖，通過先前的巨型漩渦，看著螺旋冰層和遠古建築從身旁飛逝。他們回到綠冰充斥的雪坡，在低懸的薄霧之中尋找路徑。路凱本以為這兒會和海域接壤，卻發現他們切入一片密林當中。

危機尾隨而來——結滿白雪的枯萎枝幹間，有騷動開始蔓延。那是極度駭人的畫面，路凱彷彿看見白色魔物從樹幹分離出來。景物不斷從眼角飛逝，他卻無法區別哪些身影是樹，哪些是魔物，彷彿整個森林都動了起來，朝著奔靈者迫近。

「這整座島全被『狩』占領了！」破荒蠻子大吼。眾人的鍍銀武器揮灑虹光，對抗密集的冰藍攻勢。

「該往哪兒去？」攸呂也緊張地呼喊。

「海岸線！狩無法跨越碎冰帶！」路凱急著找尋海岸的方向，卻發現已迷失在樹叢間。一片混亂中他連取出雙子針的空閒也沒有，拚命舉槍劈砍、橫掃，再劈砍——時間濃縮在這一刻的渾沌之中。

鮮血隨著奔靈板的軌跡染紅雪地，奔靈者逐一負傷。攸呂得隨時調動自己的位置，保持在團隊中央，不斷釋放出游蛇狀的光波到同伴身上，止住他們的傷勢，喚回他們的體力。然而無論攸呂的療癒能力多強，依然比不上敵方排山倒海而來的攻勢。

突然在晃動的樹影間，路凱看見了——海岸就在左前方！他本想轉頭呼喚同伴，卻愣住片刻。在森林最右側，飛逝而過的雪丘之間，他瞥見某個熟悉的身影。本能在瞬間驅使決定——他倏然拐彎，甩開其他人往前直奔，穿透樹林。

隊友與魔物持續交戰的聲音逐漸遠離，前方卻倏然傳來金屬聲響。鐵鏈朝路凱的臉上甩來，但他舉槍纏住它，扭動手臂纏捲，不顧鋼刺埋入肌理。

路凱撞上那名白袍奔靈者，單手架住對方的頸子，並壓向雪堆裡。

「放開我——」對方喉間發出緊縮的聲音，是名女子。

伸手摘掉她的面罩時，路凱不禁一愣。深褐色肌膚，薄薄的嘴唇，雙眸炯炯有神，卻看來像個十來歲的孩子。她以濃厚且不標準的符文語喊：「你們……惡魔！」

她白袍上的箭傷讓路凱確定是之前襲擊他們的奔靈者。「妳的同伴在哪裡？帶我去見他們！」

「全死了……他們全死了！只有我活下來！」她幾乎含淚咆哮：「都被瓦伊特蒙殺了！你們

派惡魔來！」

「別傻了！」路凱對著她大吼：「看清楚，那些『狩』正在攻擊我們！」他指向後方，廝殺聲逐漸逼近。

「那我們無處可去。故鄉已經毀滅，瓦伊特蒙很快也會！」女孩懷著悲憤的神情，淚水懸於眼角。「惡魔已經突破火燄，人類都要滅亡！」

路凱睜大眼望著她。「那是什麼意思？」

「滾！」女孩說：「我……自己回地堡，牠們不會進來！」

夥伴們的交戰聲越來越近。路凱忽然意識到女孩的話代表了什麼：她知道另一個藏匿之處，是狩無法進入的地方。「帶我們一起去。」路凱的聲音急切。本能告訴他經過這麼長的旅途來此，他不打算就這樣回去，或許女孩躲藏的地方仍有未發現的重要線索。

當女孩抿嘴不語，路凱逼自己靜下。如此急切的情況，他依然看著她的眼睛緩慢地說：

「告訴我，妳是怎麼躲過狩群的？」

「路凱！」其他隊友陸續聚集到他身旁。「牠們馬上會追來，現在該怎麼——」看見身穿白袍手持鐵鏈的女孩，他們全愣住了。尤其是戈刺圖，眼神猙獰地望著她。

女孩的目光掃過這群人，最後回到路凱臉上。路凱點頭對她說：「我們都是人類，是來幫所羅門的。妳靠著自己活了下來，但現在我們必須團結。帶我們去妳所說的地方。」

女孩站起身。「跟我來。」她駕著那彎刀狀的棲靈板，朝雪丘另一側滑去。沒人有時間質問，身旁的樹幹一波波爆開。更多長臂魔物出現在林中，朝他們射來冰鑽。

身穿黑衣的六名奔靈者跟隨白袍女孩滑過幾個坡道，進入另一片丘嶺底下的凹穴。那兒有扇鐵門。

女孩扭動表面龐大的轉盤，吃力地將它推開，他們才詫異地發現那鐵門的厚度竟有整個手掌寬。待所有人到了裡頭，女孩立即扭轉內部的轉盤，拴上幾道粗重的門閂。

裡頭的地面無雪，緩和了他們心頭的壓力。眾人仍喘著氣，手中棲靈板陸續發光。此時，路凱看見這陳舊空間出乎意料地全由鋼鐵製成，應該是某種舊世界遺跡。房間的一側堆滿了各種書籍和文獻，雜亂不堪。

「攸呂——！」有人喊叫，路凱回過頭。

癒師攸呂被戈刺圖扶著，倒了下來。一塊手掌大小的冰鑽插在他胸口正中央。噁心的藍光使溢出的血液更加明亮。

路凱跑過來蹲在他身邊。攸呂的衣服已全染紅，口中不斷湧血。那雙彷若失明的眸子恍惚地顫動。無人知道該如何處理；癒師的雪靈無法拯救自己。

「攸呂，試著深呼吸……」路凱聽見自己的聲音在顫抖。他強迫自己以堅定的眼神看著他。然而當攸呂想吸氣，胸口的血液卻如泉湧。他劇烈咳嗽，口中噴發冒著泡沫的鮮血。路凱壓住他的肩，自己卻害怕得不敢呼吸。抬頭望向其他同伴時，所有人都面無血色，沒人知道該怎麼辦。

所羅門的女孩站在門邊，透過一個玻璃孔朝外頭瞧。「你們帶來惡魔……而今牠們全來了，」她以毫無感情，淡然的語氣說：「我們永遠困在這裡。」

攸呂抓住路凱，雙手頻顫。「我不想……被困在這世界……」痛苦扭曲了他的神情，一向稚嫩而平靜的臉孔，如今浮現前所未有的恐懼。

路凱緊握他的手。「別說話，我們會想辦法——」

「我……我死後……」攸呂滿臉的血，開口時嘴裡發出液體攪動的聲響，淚水從眼角湧現。「你認為……靈魂會……會回到……有陽光的地方嗎？」

路凱短促地吸了口氣，喉頭哽咽，說不出話。

「你的信仰非常虔誠，攸呂。」破荒蠻子靠了過來，輕柔地對他說：「放心吧，你走後，陽光會來迎接你的靈魂。」

攸呂微微挪動頸子，望著壯漢許久。「都是謊言……」他緩緩閉上眼睛，聲音轉弱：「天空早已封閉……我們全被遺棄了……」

他的雪靈從板中飄出，但動作顯得輕緩無力。光絲帶著哀愁漸漸黯淡，最終完全消逝。

EPISODE 28《芬瀾》

清晨，世界在一片迷濛中甦醒。

艾伊思塔微睜開眼，發現自己躺在亞閻腿上。他以白色披風裹住兩人的身子，淡淡的虹光從底下散發，保護他們度過寒夜。她起身揉了揉眼睛，想起他們仍在巨塔的頂端。

濃霧像一片綿柔的斗篷蓋住整座遺跡，唯獨這座高塔聳立於上。天色依舊陰灰。艾伊思塔望向一旁，周圍群山像是白色的船帆，航行在低垂的雲層與飄動的霧氣之間。

既然旅程已然告終，兩人只想靜靜坐在塔頂，望著空無一人的城市遺跡。天空開始下起薄薄的雪。接下來該去哪裡？回去瓦伊特蒙？疑慮再次升起，她心想人們會不會原諒她？

還是下一站該前往她的出生之地，所羅門……

「能親眼看到方舟的模樣……也不錯。」亞閻的聲音打斷她的思緒。「這趟旅行算值得了。」

然而艾伊思塔倚在他肩上，仍心有不甘。

接近正午時，遺跡四處再度捲起強風，吹走昨夜的積雪。這時底下的魔物身影才顯露出來。牠們充斥著巨塔周圍，塞滿街道，徘徊在一縷縷的飄雪間。

「我聽過一個關於這兒的故事……」亞閻告訴她：「當方舟失陷，魔物橫掃所有城市，剩餘的人類始終頑強抵抗。他們聚集在恆光之劍下，一直作戰到最後一刻。」他露出淡淡的笑容。「『狩』的軀體不斷再生，而舊世界的武器對牠們全然無效……」亞闍那神情專注的模樣，猶如自己曾親身經歷五百年前的最終戰役。「那些人逐一死去時……『恆光之劍』依舊在他們身後閃耀。」

亞闍的眼底浮現某種難以辨識的思緒。艾伊思塔只好低下頭，手中翻轉著那具被稱為「恆光之劍」，實則已毀壞不堪的儀器。

肚子咕嚕叫了幾聲。許久沒有食物下肚，飢餓感襲擊艾伊思塔。她想起亞闍用燭火薰燒的肉，忽然很想再嘗看看。然而底下的魔物那麼多，他們根本離開不了這座塔。「燭火需要喬安的蠟才能燃燒……製蠟需要魂木成炭……」艾伊思塔若有所思地說：「魂木又需要什麼？」

亞闍看向她。

「等等……」艾伊思塔盯著儀器的管子。「會不會……需要某種燃料，它才能起作用？」「確實有可能。」亞闍依然心不在焉。「在遠古時期被稱為『電』的魔法能源，舊世界的一切都依靠它。但到了冰雪世紀，人類已無法再重新製造出那種能源。」

艾伊思塔突然瞪大眼，腦中閃過某件事。「亞闍，把文獻給我！」

亞闍露出疑惑的表情，從背包中拿出鐵製的捲軸筒。艾伊思塔取出裡頭整疊資料，迅速翻找，停在關於劍的構造的那一頁。她掀開角落的折頁。「這裡，這應該是帆夢的字跡，『Aqua——生息的原力』。」

「『水』？」亞閻皺了下眉頭。

艾伊思塔從身邊抓來滿手白雪，塞入捲軸筒。緊接著她取出蠟燭，點燃火燄在下方烘烤。不出一陣子，筒裡的雪溶化了。她凝望亞閻一眼，然後彈開儀器底座的玻璃蓋，將水從小孔倒入。

亞閻會意般地什麼也沒說。

艾伊思塔小心翼翼地把它放置在雪堆上，然後伸手轉動錐形旋鈕。她的心跳加速。過了一陣子，恆光之劍依然靜靜躺在雪裡——沒有任何動靜。

天空卻出現了變化。

艾伊思塔驚訝地抬頭。亞閻遲疑地用拇指勾起頭巾，也向上望。巨塔正上方，淤積的雲層中間，出現一個微小的漩渦，在盤旋中捲動了更多鉛灰色的雲。艾伊思塔目不轉睛地盯著，那漩渦逐漸擴張的動作如此柔和，彷彿像天空在呼吸。

然後……一道澄淨的光芒降臨。

在迷霧和群山之間，數萬幢永恆沉寂的建築前，那道光緩緩落下。周圍的雲層不再昏暗，陰鬱的遺跡也明亮了些。光朝下延伸，筆直穿過飄雪，最後落在儀器的三根玻璃管的中央。風也淡去，彷彿世界輕輕嘆息，光束成了一柄貫穿天地的劍。

艾伊思塔失了魂似地，一股莫名的情緒湧動胸口。這就是……陽光？

無數個世代，無數雙眼睛，都在尋找祂……人類在雪地悲憤死去，世間的生物相繼滅亡……天空封閉、海水結冰，孩子們被教導要懷抱信仰的心……

看著這道澄澈的光，艾伊思塔的眼角滲出淚水。她意識到自己與亞闇不管怎麼爭辯，都離事實太遠了……陽光悄然無息地回到世間，只要瞥見祂一眼，所有理性的分析都再無意義。那是股最純粹的力量。輕輕的一道光，足以溫暖整個世間。艾伊思塔甚至無法說清楚陽光究竟是什麼顏色，只知道當祂降臨，周遭一切都變得不再一樣。

亞闇站在光束的另一頭，緊繃著嚴肅的神情。或許是她自己的淚水模糊了視線，艾伊思塔似乎看見亞闇的眼角也反射出淚光。他起身，往平台的另一端走去。

艾伊思塔把視線上挪，望向深灰色的天空。「所以『恆光』指的……不是能儲存在任何容器裡的東西……」她想像自己的目光穿透封閉世界的灰牆，窺視它後方的景象。「而是在那片雲層後面……永恆的存在？」

漸漸地，雲層再度合上，陽光消失了。遺跡暗沉下來，回到過往的冰冷。世界再度歸為一片蒼白死寂。

「艾伊思塔，」亞闇的聲音傳來。

她抹了抹臉頰，走向亞闇。他凝重地說：「看那下面。」

交錯的街道之間，先前為數眾多的狩群似乎已撤離，彷彿想遠離巨塔。似乎只剩幾頭走散的魔物漫遊在雪地裡。然而現在，遺跡所呈現的景象卻令艾伊思塔的心跳停了一拍。

底下狂風驅逐了飛雪，地面卻露出某種陰暗的紋理——它們看似破碎、乾枯，但放眼望去，像是埋藏在地表的一片巨網，覆蓋了整座遺跡。

PART III

EPISODE 29《拂羽》

這陣子，瓦伊特蒙的氣氛一直相當詭異。

從雨寒在雪地裡發現昏迷的凡爾薩算起，已經過了一個月。各支部被告知凡爾薩親眼看見大規模狩群的出現，均在長老的囑咐下暫緩各自的任務，讓奔靈者留守瓦伊特蒙。然而守護使在外全盤調查，歸來後總說周邊雪域沒有異狀，因此所有人都認為被凡爾薩耍了。「哼，聽說那傢伙還被路凱用拳頭狠狠教訓過，」奔靈者之間流傳著憤怒的言論：「看來那遠遠不夠，應該打到他永遠不敢對任何人開口！」

不斷有守護使想找凡爾薩的碴；若非茉朗阻止他們，雨寒不敢想像會發生什麼事。然而茉朗自己也很生氣，把雨寒訓了一頓。「妳把事情搞得不可收拾，但現在呢？凡爾薩看見狩群的山嶺離瓦伊特蒙不過兩三天的距離，」茉朗當時責難道：「如果他所說屬實，敵人早就踩遍我們頭上的每吋雪地。但現在已經過了一個月，魔物在哪裡？」

雨寒無法回答。

「妳已經救了他一命，雨寒。我知道妳認為自己有責任瞭解凡爾薩的情況。」茉朗嘆了口氣，溫柔地觸碰她的臉頰。「但他根本是胡言亂語！就連恩格烈沙長老也憤怒了。別再和他往來。」語畢，茉朗離去，回到她在東南邊的守備崗位。

三長老之間早已形同陌路，相互猜忌，而現在連最後一絲信任也蕩然無存。本來所有人把怒意指向了凡爾薩，支部間劍拔弩張的情況稍有緩和；但當狩軍的到來被證明是謊言，各支部的奔靈者卻更加決裂，因為他們先前踩遍了彼此的領域，相互越權，情況一團糟。而總隊長亞煌由於身體需要休養，無法積極參與調解。

雨寒感到無比的愧疚。或許再沒有解決的辦法。她想起總隊長把一切全壓在路凱身上，或許聯合部隊是最後的希望。若他們可以順利達成任務歸來，三個支部間冰凍的關係還有修復的契機。否則裂痕只會持續加深。

可惜的是，早在數星期前就該歸來的聯合部隊……現在卻杳無音訊。

事情開始出現異變，是在幾天前。

暴風雪席捲了瓦伊特蒙周邊。有許多探尋者尚未返回，而就近巡邏的守護使也消失了蹤影。起初這些跡象讓人們起了警覺，開始留意雪地裡是否真有狩的行蹤。令人感到費解的是，安然回到居處的奔靈者依舊沒報告有魔物，人們只好將問題歸咎於肆虐數日的風暴。

他們認為這次與以往一樣，走失的奔靈者遲早會回到瓦伊特蒙。

然而情況並未好轉。暴風雪日復一日越發凶猛，令守護使再無法駐守在外頭的雪地。他們回到北環大道，將閘門緊緊關上。

所有計劃中的遠征任務遭取消，探尋者也不再出巡了。偶有奔靈者從遠方歸來，在迷濛的雪幔裡找到瓦伊特蒙的入口。但這正是令雨寒不解的地方，那些平安歸來的人完全沒見到魔物的蹤影，而失蹤的奔靈者人數卻不斷攀升。這是怎麼回事？

現在，她獨自坐在房裡，雙脣緊抿，難以言喻的不祥預感盤繞於心。

人們不再相信凡爾薩的話，自己卻又無能為力，這使雨寒非常沮喪。她沒有任何證據可指出或許真有那麼一群魔物，正以瓦伊特蒙為目標而來。三長老的分裂讓一切合作成為泡影，打從居民大會，他們就——

居民大會。

一個突來的想法飄過腦中，雨寒坐直了身子。

對，或許是有方法找出證據……假使數量如此龐大的狩仍在附近徘徊，那麼雪地裡的一切都會受到威脅。或許有辦法探知牠們的位置……

她知道全瓦伊特蒙，只有一個人有那樣的感應能力。

EPISODE 30《離燚》

「我告訴過妳別再來找我！」凡爾薩的語氣極不友善。

雨寒站在「深淵」入口處縮著肩膀，一臉無辜樣。凡爾薩無法克制怒氣地瞄了一眼她身後的河岸；一艘停泊的小船裡有位船伕坐著等待。

由於自己的意外受傷而被雨寒和茉朗在雪地裡搭救，已令凡爾薩難堪。現在好了，他再次回到全瓦伊特蒙的視野裡，再次成為眾人唾棄的對象。這全都是雨寒的搞出來的，而她竟還有膽來找他！

「凡爾薩，我覺得有個方法，或許可以改變人們的想法——」

「妳聽好，我不在乎他們想什麼，」凡爾薩朝她貼近大聲吼道，他受夠這一切了。「我不在乎瓦伊特蒙發生什麼事，也別以為我欠你什麼！」他不欠長老的女兒任何東西。如果瓦伊特蒙那些人不相信他，一旦出事，是他們罪有應得。「妳快滾吧，別再過來！」

雨寒似乎被嚇著了，話卡在嘴裡，但她並未把目光挪開凡爾薩。

這一刻，凡爾薩不確定自己為何如此憤怒。或許光是看著黑允長老的女兒站在眼前，就足以挑起經年累月的恨意。但也或許……他的心中有一絲疑慮，一整個月過去，魔物並未出現。會不會牠們的目標不是瓦伊特蒙？還是……他所看到的畫面只是夢境？

「我知道……你是真的擔心瓦伊特蒙的安危……」雨寒小聲地說。

凡爾薩的怒意蘊蓄眉間，惡狠狠地盯著她。他恨因自己多事再次成為眾矢之的，想逃避所有人群，痛恨自己為何總是如此愚蠢。

「我知道你說的是真的，那麼多狩聚集在一起……」雨寒的聲音越來越小，眼神卻流露某種凡爾薩無法捉摸的固執。「這一定不是巧合。一定不是。」

他不知該驚訝還是尷尬，雨寒的話像是一根細針，挑弄他殘破不堪的自尊心。

幾秒後，凡爾薩搖頭。「不，妳根本不了解。你們什麼都不了解。」

「有個人可以……」雨寒小心翼翼地說出口：「陀文莎。」

縛靈師的名字讓凡爾薩皺起眉頭。確定他沒有反駁，雨寒才接著說：「陀文莎能探知所有雪靈的活動，不管是那些已被人類縛靈的，或是隱藏在雪地裡的原生靈。」她道出自己的推斷：「已經好久沒有那麼大規模的狩出現在瓦伊特蒙周圍。牠們如果還在附近，雪地的靈氣會被攪亂……陀文莎一定知道些什麼。」

當這可能性在腦中變得明朗，凡爾薩猶豫了。這女孩……

「但是陀文莎失蹤了好一陣子。」雨寒的聲音變得急切：「……我們必須設法找到她。」

凡爾薩的嘴角如嘲諷似地勾起。「說不定她也對瓦伊特蒙感到厭倦，早就離開了。」他感覺得到自己舌尖的酸意。

然而雨寒卻認真回他：「不可能的，縛靈師無法擁有自己的雪靈，她不可能獨自前往雪地。」

是啊，有多少人想走，卻走不得，凡爾薩諷刺地想著。「妳最後一次看到縛靈師是什麼時候？」

雨寒縮著頸子，想了想。「是在我的束靈儀式上……後來，居民大會的時候，陀文莎就已不見了。到現在已經快兩個月，所有儀式都被迫停擺。」

「居民大會？」凡爾薩瞇起眼，開始感到有哪兒不對勁。「那是縛靈師絕對會出席的場合。」

「所以我當時也覺得很奇怪……」雨寒神色擔憂。「我很確定她那次不在會場。」

凡爾薩盯著幽暗的岩地，半晌都沒作聲。然後他抬起頭來。「會不會是有人希望縛靈師缺席？」

「……什麼意思？」

他盯著女孩，感到不耐。「妳一天到晚跟在黑允長老屁股後頭跑，難道不清楚？召開居民大會的結果，會影響全瓦伊特蒙。牽扯的利益程度匪淺。」他吸了口長氣，換個方法問雨寒：「縛靈師若是缺席，對誰有利？」

雨寒懷著不確定的表情，邊思考邊說：「居民大會是為了有爭議的遠征任務而招開。它的起因是這幾年陀文莎一直對遠征隊的擴充完全傾斜，家母才有人力斷派人前往各大遺跡……所以桑柯夫長老總抱怨陀文莎對新人的分配不公平……」她似乎慢慢領悟了什麼。「啊！他一直認為探尋者支部的權力都被另外兩支部給剝奪，長老們的權力結構完全失衡……」雨寒抬起頭，目光焦慮。「會不會是桑柯夫長老其實很害怕，陀文莎也會支持讓遠征隊和所羅門重建關係？縛靈師的話有時比三長老加起來都更有份量。假使她出席了居民大會，家母的立場就能毫不動搖。」

凡爾薩點頭。他對長老之間的明爭暗鬥毫無興趣，但他開始嚴肅地思考這件事。

「但這能代表什麼？」雨寒問：「難道有人……刻意監禁縛靈師？」

「不無可能。」凡爾薩說。

雨寒以不可思議的神情回望著他。「縛靈師一向受所有奔靈者敬重，這是瓦伊特蒙不變的傳統。」她猛搖頭。「不可能的，桑柯夫是個長老，更不可能會做出這種事……」

凡爾薩幾乎想當她的面放聲大笑。他露出充滿嘲諷的眼神。「我還以為長老之女對這種事早該司空見慣，看來妳還太嫩了。」

「這不合理……已經兩個月了，完全沒有人看過縛靈師啊。茉朗有時被派駐巡邏東邊的監獄，也從沒看到過她……」

凡爾薩的目光飄向雨寒身後那艘小船。「或許我知道她在哪兒。」

雨寒命令船伕幫忙凡爾薩一起把小船抬過一片岩地，然後來到另一端的河道。他們乘船行進在無人的幽暗水面，船頭僅吊著一盞螢光燈。木槳撥起水波，發出輕柔聲響。

這裡是「深淵」的某處，曾是瓦伊特蒙囚禁重刑犯之地，必須經由船隻才能通過，連凡爾薩也許久沒來。河道兩旁的岩壁全是廢棄的牢籠，一個個凹穴都嵌著生銹的鐵架。

「妳感覺到了嗎？」凡爾薩的臉瞥向一旁。

雨寒回過頭來。「什麼？」

「微風，在瓦伊特蒙。」

小船來到河的底端，岸上一個空洞的隧道通往黑暗中。凡爾薩看見另一艘停泊的船，確信自己的猜測沒錯。他單手捧起棲靈板，走下船。「在這裡等我們。」凡爾薩聽見雨寒對船伕說。她拎起螢光燈，蹣跚地跟上。

兩人走在陰冷的空氣裡，以微光照亮粗糙的的岩壁。一旁的雨寒腳步躊躇，彷彿害怕前方的黑暗會跳出什麼東西。她東張西望，似乎不自覺地伸手拉住凡爾薩的袖子一角。

「別碰我！」凡爾薩咆哮，往旁邊踏出一大步。

「啊……對不起……」雨寒瑟縮著身子，卻再度微微靠了過來，不敢離凡爾薩太遠。「這裡什麼人也沒有，我們是不是應該回頭——」

「誰在那邊？」前方聲音傳來，迴盪在黑暗裡。雨寒的身子僵住，凡爾薩卻絲毫沒動搖地向前走去。

一道生銹的鐵門前站著三個人，從他們手中的雙刃長槍看來，全是奔靈者。其中一個人舉起螢光燈，朝著他們吼道：「站住！這裡禁止通行！」其他兩位奔靈者也踏了上來，長槍架在肩上。凡爾薩仔細打量他們每個人，後悔自己竟沒帶上巨劍。他將棲靈板握得更緊。

雨寒來到眾人面前時，他們的神情轉變，認出她是長老的女兒。而她似乎也認識領頭的奔靈者，吸了口氣說：「蒙勒，是黑允長老派我們來的，請讓我們通過。」雨寒的聲音相當鎮靜，即使那是刻意佯裝的。

看似柔弱的女孩能面不改色地說謊，這讓凡爾薩些許詫異。但他旋即提醒自己別被她的外表和善意欺騙了。無論如何，她都是黑允的女兒。

三名奔靈者互望了一眼。名為蒙勒的男人拎著螢光燈，豐厚的嘴唇掛著數圈暗黃色骨環。凡爾薩認出他，正是之前與戈刺圖一起向自己挑釁的奔靈者之一。「很抱歉，桑科夫長老有令，禁止任何人過去。」蒙勒的唇環發出堅硬的聲響，神情一貫的蔑視，伸手指向他倆。「尤其是黑允長老的人。」

凡爾薩斜眼瞄向雨寒。如果在那一刻她感到恐慌，那麼她隱藏得相當好。「瓦伊特蒙境內全屬『守護使』管轄，你們無權阻止任何人去任何地方。」雨寒似乎想讓自己聽來義正詞嚴，卻不經意透露出緊張的語氣。

蒙勒目光近乎猙獰地盯著雨寒。「那麼就更不關遠征隊的事了，請回吧——」

凡爾薩手一甩，將對方的螢光燈往上拍。蒙勒反射性上看的一瞬，凡爾薩的拳頭已埋入他的腹部。他倒下呻吟，螢光燈砸碎一地，光點爬滿玻璃碎片之間。

另一人揮來長槍，被棲靈板撥開，凡爾薩順勢轉身，手肘重擊對方胸口。那人睜著眼，一股氣卡在胸腔，凡爾薩卻毫不猶豫單手掐住他的喉嚨，腳拐過他雙腿，狠狠將他往地面壓。那人的後腦撞擊岩地，昏了過去。

「凡爾薩，小心！」雨寒呼喊。

凡爾薩瞥見第三人的長槍從背後刺來——虹光從棲靈板的後端釋放，撲倒敵人。絢麗的彩光呈現出獵犬的形體，整排獠牙閃現在飄晃的光絲裡。那人放掉手中的長槍屈服了。

凡爾薩緩緩站起身。他手中的棲靈板發出了光帶，連向他跟前的兩頭虹光獵犬。彩光像沸騰的怒意，從獵犬的空洞眼珠裡釋放出威脅，遏止那兩名仍有意識的奔靈者做出任何動作。而凡爾薩已從昏死的那人頸上摘下一串鑰匙，交給雨寒。

雨寒趕緊打開鐵門，正要跨過去，卻似乎想起什麼似地回過頭，跑向那些奔靈者身邊。「這個……你們帶著。」她將自己的螢光燈給了他們。「快走吧，如果桑柯夫長老做了傻事，你們不需要與他一起承擔。」

他們穿過鐵門後，凡爾薩轉向雨寒。「妳是腦子有問題嗎？為什麼把最後那盞燈給他們？」

「因為你有棲靈板……」她望向依然以虹光點亮他們腳步的板子。

凡爾薩感到青筋浮上額頭，那並非他的意思。「萬一他們趕去找救兵呢？」

雨寒以手觸碰下脣，彷彿恍然大悟般嘴張得老大。

「嘖……」凡爾薩的心中一股不悅，不再理會雨寒逕自往前走去。他感到難以置信。他才剛因女孩縝密的心思與膽量而詫異，卻沒想到她對這麼簡單的事缺乏謹慎。

他們在隧道最深處的牢籠，找到了縛靈師。

她仍穿著一身半透明的長袍，體態明顯消瘦很多。灰色長髮已失去原有的光澤，肩膀、手臂的肌膚骯髒不堪。即使如此，陀文莎的臉龐依然不失典雅。她盤坐於地，那姿態一點也不像個俘虜。

雨寒設法打開鐵門，鑰匙發出鏗鏘聲響。看得出來有人定期打理殘留的食物，但裡頭依然瀰漫著某種腥臭味。雨寒開鎖後，凡爾薩拉開鐵門，刮出尖銳的金屬聲。

「牠們來了。」他們尚未踏進去，縛靈師已開口。

小船急迫地掠過水面，朝著黑底斯洞而去。縛靈師坐在雨寒和凡爾薩中間，被他們保護著。船伕在船尾積極地划動木槳，告訴他們：「我們很快就會到達暝河。」

「請再快一點。」雨寒焦急地吩咐完，朝凡爾薩望過來。「接下來你打算怎麼辦？」

凡爾薩把棲靈板橫擺在腿上，彩光籠罩著小船兩側。「見機行事。」縛靈師已告訴他們，桑柯夫威脅自己去說服其他長老，要改變支部間的分配與職權。當她斷然拒絕，桑柯夫索性扣押她到現在。凡爾薩只希望在抵達目的地之前，別再碰上桑柯夫的人。

雨寒吸了口氣。「陀文莎，瓦伊特蒙……已經完全被狩包圍了？」

骯髒的髮絲垂在縛靈師的臉頰邊。她靜靜回應：「是的。」

「但是狩只能在上頭的雪地活動，無法進入地底。」雨寒挪動著身子。凡爾薩則盯著她。

「東南方的守備，已遭突破。」

此時雨寒不知為何瞪大了眼。她似乎想說什麼，嘴唇卻不住顫抖。小船切入暝河，頭頂數萬顆光點照亮黑底斯洞的輪廓。凡爾薩收回雪靈，前方出現較寬敞的河道，許多船隻正悠然地漂動四方。

「在這裡放我下來！」雨寒突然喊。船還未靠岸她就跨出邊緣，以拙劣的動作躍下船。「請載他們到任何要去的地方！」對船伕說完後，她頭也不回地跑開。

凡爾薩遲疑了一下，本想叫住她。最後他還是忍住沒作聲，因為無論情況多麼緊急，自己還有最後該做的事。

「現在要往哪裡去？」船伕問道。

「前面。」凡爾薩聽見自己嚥下一口唾沫的聲音。「居民大會的廣場。」

EPISODE 31《拂羽》

東南邊——那是茉朗鎮守的地方！

雨寒上氣不接下氣奔跑在鐘乳石間。一股不安的預感襲來。穿過幾個隧道，雨寒撞上死角後又繞回了原路。她雙肩下垮，沮喪地看著交叉蜿蜒的通道。這一刻，她多痛恨自己從未花時間了解整個地底洞穴系統。

雨寒提著向人借來的螢光燈，到處詢問居民有沒有看見奔靈者的身影，但他們的回答只讓她來回多繞了許多路，依然沒找到茉朗。

她跑過東邊的每條隧道。或者該說她認為自己找過了每一條，卻沒任何收獲。正當雨寒瀕臨放棄，眼睛卻注意到某個之前沒發現的東西：層疊的木架子，擋住了某個通道口。

她立刻意識到那是什麼——守護使在幾個月前封鎖的通道！

雨寒從一旁的縫隙鑽入，快步奔馳。不出多久，她已經感覺背上的汗毛直豎。前方陣陣寒氣飄來，她只穿著寬鬆的露肩衫，渾身不自在。燈內的螢火蟲歇斯底里般閃爍著，彷彿牠們也因溫度遽降的空氣而慌。

她開始緩下腳步，猶豫著該不該回頭。我是長老的女兒……要勇敢……她在心裡默念，逼自己往前走。

腳下突來的異樣觸感令雨寒停下動作，背脊發抖。她忽然意識到自己並非踩在岩地上。雨寒將光源往下挪。

地面結冰了。

她懷著不可思議的神情，提起螢光燈，緩緩晃過自己頭上。微光不停閃爍，但她仍看清楚那駭人的景象。整個洞穴結凍了。不規則的冰痕爬滿岩壁，上頭結著水珠。雨寒覺得呼吸困難，像是有東西壓在胸口，不安的預感氾濫。她逼迫自己吸了口冰冷的空氣，小心翼翼地走在滑溜的冰上。

一步步前行，心中的恐懼卻越來越嚴重，因為腳底下的地面已不僅是冰……竟開始出現雪屑。雨寒拐了個彎，差點昏眩過去，因為洞穴彼端已全然被白雪覆蓋。有東西散布在雪裡。

她再往前跨了幾步想看清楚，卻險些尖叫出聲。眼前是半片破碎的棲靈板——上頭依然連著一條人腿。

那條腿的皮膚與雪一般白，肌理卻被爪子劃開，暴露出一片殷紅。

她的目光跟隨血跡，看見數具屍體。板子和武器散布隧道，應該全是奔靈者。然而令她感到神經麻痺的景象，是躺在通道一角的某人。

雨寒踏過血跡斑斑的雪地，接近牆邊的身影。當她看見那淡綠色的短髮時，一陣暈眩令她再也站不穩。

茉朗埋在雪裡，少了右腿，腰部以下是鮮紅的血肉。雨寒無法挪開目光，呆滯地盯著自己導師的傷勢。血肉模糊的肌理間，斷裂的腿骨刺了出來，末端浸泡在鮮紅的雪泥中。而茉朗胸口被巨大爪子給劃過，衣服殘破不堪，一向白淨柔軟的身軀嵌了無數道細碎的青藍冰片。

「雨……寒……」茉朗發出微弱的聲音。

雨寒立刻來到導師身邊，跪了下來。「茉朗……茉朗……」雨寒忘了呼吸，彷彿整個世界正向她壓縮過來，令她嚴重窒息。「我去……我去拿棲靈板，拂羽可以治好妳……」

「太遲了……」茉朗試著抬起頭，脖子僵硬，臉上不停顫動，毫無血色的雙脣在冷空氣中吐出白霧。「我們……擋住了牠們……可是牠們一定會再……再回來……妳快離開這兒……警告所有人……」

眼淚不停從雨寒的雙頰流落，她想抱住茉朗，卻躊躇著不知如何是好。「不要……茉朗，不要離開我……」雨寒忍不住啜泣，握住導師的手臂，觸碰到她手腕上的手鐲。那只裝著暝河之水的手鐲如此冰冷，與茉朗的體溫卻相差無幾。

「別哭……」茉朗抬起顫抖的手，觸摸雨寒的臉龐時，溫柔依舊。「雨寒……妳是……最令我驕傲……的學生……」她緩緩垂下手臂。「妳是我最……」茉朗露出了淺淺的笑容，睜著雙眼嚥下最後一口氣。

雨寒趴在茉朗的腿上放聲痛哭。鮮血抹花了她的臉，血腥味在舌間散開，但雨寒毫不理會。她哭到喉嚨乾竭，嚥下口中茉朗的血。

良久，冰冷的微風才喚回她的理智。

雨寒起身，感覺到風從黑暗裡靜靜吹來。帶著凝固滿臉的鮮血與淚痕，她恍惚地離去，在洞穴的雪地留下鮮紅的腳印。

EPISODE 32《離焱》

凡爾薩帶著陀文莎踏上暝河中央的小島。居民們看著他們竊竊私語，幾位奔靈者露出震驚的神情，望著失蹤已久的縛靈師。即使衣衫襤褸，她高眺的體態仍散發出令人肅然起敬的氣質。凡爾薩則無視旁人眼光，大步邁向中央廣場。

他掃視整個地方，目光停在小島邊緣三座高大的鐘乳石柱。它們是記錄時間的水鐘，也是黑底斯洞最顯著的地標，有三十公尺高。

「在這裡等我。」凡爾薩對縛靈師說完，走向其中一座。他沿著表面的螺旋狀階梯向上爬，快到頂端時，已望見那圈粗重的亞麻繩。它被鐵架懸吊於半空，像遮住頭頂螢光的一圈黑暗。

有個工匠在頂端拿著長竿，正在調整水鐘的時辰。看見凡爾薩走上來，他問道：「你想幹什麼？」

凡爾薩伸手觸碰半空中的麻繩，上頭的油塊已不知乾涸了多久。有生以來，他從未見過它被點燃，懷疑說不定功能早已失效。然而他知道別無選擇。「點燃它。」凡爾薩對工匠說。

「你瘋了!?」那工匠瞪大了眼，理直氣壯地反駁：「這是用緊急號召全體居民的烽火環，只有三位長老共同下令才可以點啊！」

「你認為我會在乎嗎？」凡爾薩的眼神充滿危險，揪住工匠的衣領。工匠整個人懸空在石階邊緣，竿子脫手落至底下。「點燃它。」

工匠望了眼下面的廣場，掉下去必死無疑。他搖頭說：「恐嚇我是沒用的，要是沒有三位長老的命令，這可是嚴重罪行——」凡爾薩鬆開手。「等——等等！」工匠慌張地抓住凡爾薩的手臂，牢牢握緊不放。「我點！我點！」

底下已有人好奇地抬頭望向水鐘上的身影。工匠點燃背包裡的火把，挪往麻繩下方。有東西從繩子表面熔化，一些岔出的麻絲被燒得焦黑，傳出劈啪聲響。然後火苗爆發，往麻繩兩旁燒去並在另一端匯集，成為整圈奔騰的火燄。

天頂的螢火蟲不斷閃爍，凡爾薩聽見人群的騷動聲，在黑底斯洞擴散。

「將所有居民集中到黑底斯洞。必須派遣奔靈者守住北環大道三個出口，以及東南方的通道。從現在起，所有奔靈者的棲靈板片刻不離身。」

人們像潮水般湧入瞑河中央的小島，奔靈者也逐一趕來。頂端的環狀火燄依然熾熱，像是某種不祥的預警；人們從未見過如此景象，表情像見到了惡夢成真。而在火圈正下方，陀文莎站在廣場的正中央，對每一批到來的奔靈者重複說道：「必須徹底封鎖所有通往雪地的出入口。把居民全從北環大道撤離，還有工坊洞穴、丘嶺洞穴和鏡之洞。」

凡爾薩站在水鐘的底座旁，雙手交叉於胸，盯著眼前擁擠的人群。恩格烈沙是最早來到廣場的長老，他的眼中流露戰意，已開始對奔靈者發號施令，急於分派守備位置。然而某些奔靈者帶著猶豫的神情相互張望，凡爾薩猜測他們應該屬於遠征隊或探尋者。支部間的權力鬥爭不干他的事，凡爾薩已完成了該做的，接下來發生的一切都與他無關。

「那些魔物是真的！」有個聲音喊叫。人們讓出一條路，某個居民跌跌撞撞來到恩格烈沙長老面前。「我看到了！那些白色的魔物——奔靈者阻擋不了牠們，我們的防線被突破了！」他發瘋似地吶喊：「牠們已經闖進來——闖進瓦伊特蒙了！」

EPISODE 33《御風》

路凱從不曉得，原來飢餓超過極限會是這種感覺。

身體虛弱，思緒模糊，理智逐漸遭受侵蝕。他喚出虹光溫暖身子，卻發現雪靈的能量也已薄弱得緩慢飄搖，不再與意志的呼喚同步。隨著每一天過去，所有人都知道希望越來越渺茫……

路凱不斷翻閱手中一本以符文語撰寫的書，來提起精神。他的胃部已沒了知覺，嗅覺卻變得異常敏銳。任何吸入鼻腔的味道都觸動著神經，讓他產生精神上的幻覺。他們被困在這裡已超過兩個星期，所有能當食物的東西，與不該當食物的東西全都耗盡。

厚重的鐵門上有個玻璃孔，可讓他們看見外頭雪地有上百隻狩依然徘徊，彷彿當初消滅所羅門的魔物大軍全都聚來這裡。

他們第一次嘗試開啟鐵門，是在逼不得已的情況下將攸呂已呈紫黑色的遺體拋出，因為狹小的空間開始瀰漫著屍臭。偶爾他們必須冒險撈取外頭的白雪做維生的水源。然而每次踏出去沒幾步，魔物立刻湧上來，幾個人險些送命。所幸這個舊世界鐵門的防備十分堅固，連狩也無法突破。

他們遇見的所羅門女孩——名叫瑪洛娃的生還者，從書堆裡找出一份陳舊的資料，翻給他們看：「在遠古『太平洋戰爭』，有部隊自北方來，建立我們現在這座碉堡。」她並說數個世紀以來，所羅門的文明持續維護著島上許多類似的碉堡，打造為不同用途的據點。

他們目前所在的要塞嵌建於岩壁裡頭，精巧而堅固。然而敵人進不來，奔靈者卻也出不去……他們曾討論，甚至爭吵接下來該如何，卻發現無論什麼決定都沒有意義，因為已無人能離開。即使在黑夜，那些冰藍幽光依然不曾散去。而饑餓，粉碎了每個人原有的模樣，令身體不聽使喚。他們撐著憔悴的身心，連交談都感到費力。有幾次，路凱半夜聽見戈刺圖壓抑的啜泣聲。

然而對路凱而言，肉體的折磨遠遠比不上內心的痛苦。他陷入極端自責，認為攸呂就是在自己的領導下才會喪命……其他人的傷勢也因此從未好轉，身體各處都有化膿跡象。戈刺圖更是發燒不退，裹著攸呂的披風。最嚴重的是狙擊手埃歐朗，右手有兩根手指斷裂，已無法復原。

「桑柯夫那傢伙，還想派我來搗亂你們的任務。」某天，茄爾莫彷彿若無其事地說出口。「呵……看來什麼都不用做了……那些魔物會把我們全收拾掉。」

他們聽進耳裡卻沒有任何反應。是否能活著離開已屬未知數，沒人有力氣去思考。

某一天，路凱問起瑪洛娃，為何所羅門的奔靈者似乎能在雪地裡隱藏行蹤，她給了路凱一片多角的透明石頭，並以濃厚的口音生硬地回答：「在大地，這只是障眼法。」

而在這段時間，他們翻遍了堆積在房間的書籍文獻。它們當中許多半以音輪語撰寫。攸呂不在了，茄爾莫卻令眾人吃了一驚，說自己能看懂。最初瑪洛娃拒絕協助瓦伊特蒙的奔靈者翻譯那些資料，但在路凱的勸說下她也妥協了。

撐著饑饉的身子，他們開始過濾這房間的文獻。每本書、每份捲軸。彷彿研讀這些從未見過的資料，已成為眾人維生的力量。

日子一天天過去，當他們了解越來越多的舊世界文獻以及所羅門的記錄，疑問和恐懼卻同時浮現……

「這根本沒道理……」路凱不停翻閱手中資料，覺得體內麻痺許久的神經再度活躍起來。某些事非常不對勁。其他人懷著凝重的神情聚集過來，靜靜聆聽瑪洛娃與茄爾莫的解說。

有份所羅門內部的平面圖，畫出了相互連結的洞穴與地底河川。「這是什麼？」俊指向所羅門學者特別圈出來的地方，急促的筆跡寫出了某些字。

「『惡魔的起源』。」瑪洛娃翻譯完後別過頭去。她的深褐色肌膚有多處乾裂，眼中早已失去光芒，那神情像是個不再相信希望的孩子。

這使眾人回想起所羅門的慘狀，戰士和居民全遭屠殺，集體開膛剖肚的模樣。路凱等人慘白不已的臉，這時更加面無人色。戈剌圖發出乾枯的喉音：「祂們是從那裡入侵的？但這怎麼可能，這圖一定畫錯了……那地方可是……」

埃歐朗虛弱地說：「要真如此，難怪他們毫無生還的機會。」

他們持續費力地閱讀陳列在眼前的日記，所羅門學者在生前最後的字跡。

一股不安攪動著路凱的腹腔。他驚然發現，所羅門用生命換來的資訊存在重大信息，很可能推翻了人們一直以來所相信的一切。然而裡頭許多地方依然模糊，或者少了關鍵的片段，組不起來符合邏輯的解釋。他想或許有更多資料被封鎖在其他要塞裡。而瑪洛娃除了就字面進行翻譯，對真正的含意也一知半解。

路凱忽然意識到有太多事是瓦伊特蒙從未知道的……說不定所羅門才剛窺探到某些難以置信的事實，就被消滅了……

接下來幾天，他們繼續用眼睛啃噬大量的文獻。而腹中的飢餓就像在意識邊緣的猛獸，不斷侵蝕他們脆弱的理智。

某天夜裡，茄爾莫不耐煩地大聲說：「你可以考慮去外面哭，說不定牠們會可憐我們，放我們一條生路——」戈刺圖起身撲向他，拳頭不斷砸在茄爾莫臉上，打得他滿臉是血。當所有人把他拉開來，戈刺圖以嘶啞的聲音喊叫：「你這叛徒！我們早知道你是桑柯夫派來的叛徒！」

路凱從未如此掙扎。裹著披風的身軀不停顫抖，虹光只帶來微弱的暖意，內臟卻被一波波的作嘔感翻攪著。

「路凱？」俊將手搭在他肩上。

「我沒事。」路凱擠出聲音。他發現好友那一向澄淨的霜白眼眸，現在也變得暗淡憔悴。而壓力像是拍打在沿岸的浪潮，每分每秒都讓路凱的腦袋抽痛。他是聯合部隊的隊長，必須決定接下來該怎麼辦……

所有人已經好幾個星期沒吃東西。如果繼續待在碉堡裡，他們還能撐得了多久？或者他們應該設法突圍。但以目前的情況，虛弱的身子根本無法作戰，踏出去等於集體送死……他想起攸呂，不清楚自己能否再承受其他同伴死去。現在他們唯一能做的就是繼續忍耐，祈求陽光讓外頭的狩群早點離去。

當房間裡的書籍全過濾完畢，魔物依然毫無撤離的跡象。路凱知道做決定的時刻到了。他們撕下最重要的數百頁文獻，堆疊在一起。

「如果這些片段的內容屬實，所羅門或許已洞察出某些重大祕密……單靠我們幾個人，無法明白它背後的意義。」路凱打開一個鐵製的捲軸筒，把資料捲放進裡頭，牢牢鎖住。「我們必須把訊息傳達給研究院。」

「要突圍嗎？」埃歐朗輕聲問。

路凱點頭，將鐵筒塞進另一個皮筒內，然後綁上背帶……這感覺似曾相似，然後他想起亞煌大哥當初也拚死都要把世界地圖和恆光之劍的文獻送回瓦伊特蒙。那次的旅程恍如隔世。

沒人知道有多少奔靈者曾在白色大地面臨這樣的生死抉擇，才有研究院今天的文獻藏庫。但找回人類的遺產，這才是遠征隊的使命。

「再耗下去……我們會連滑行的體力都會喪失，用僅剩的精力下賭注吧。」路凱說完，看見瑪洛娃正盯著他。路凱深呼吸一口氣，清楚知道這決定代表什麼：他們之中……並不是每個人都能活著闖出所羅門。但他舉起皮筒，知道他們能夠明白。「不管發生什麼事，瓦伊特蒙必須拿到這些資料。」

沒有人說話，但聯合部隊的夥伴們陸續起身，開始做準備。

路凱看見埃歐朗用繃帶綑緊斷裂的手指，將其包得密不透風，然後硬是戴上破損的金屬手套。破荒蠻子的模樣也令人擔憂：持續不退的高燒讓他變得異常消瘦，目光失神。就算大夥兒能甩開狩的追擊，或許他也熬不過回程那片白色大地……只有俊看起來依然不失從容，這讓路凱感到稍許欣慰。

他轉向茄爾莫。「這就交給你了。」路凱把裝著文獻的皮筒遞過去。

其他人望過來，但最吃驚的是茄爾莫本人。「你相信我？」茄爾莫憔悴雙頰上的傷疤像一道乾裂的紋路。他瞇起眼說：「……不怕我背叛你們所有人？」

「那也無妨。你的雪靈速度最快，只需要顧著自己逃就行。我們的責任就是掩護你。」路凱的聲音冷靜而執著：「無論如何，你必須把東西交到長老手上。桑柯夫也行。」

茄爾莫猶豫了一下，最後接過皮筒，緊緊背在身上。「……我明白了。」

瑪洛娃已套上所羅門戰士的白袍，站在門前緊盯著玻璃孔。「瓦伊特蒙……會接受我？」

「那裡是人類最後的據點。」路凱回答她。

女孩戴起面罩遮住褐色肌膚，只露出一雙眼睛。然後她鬆開手腕上帶刺的鐵鏈。「要往東邊海岸線，我帶你們走。」

當所有人做好行動準備，手中的棲靈板開始冒出幽光。路凱拉開每道粗重的門閂，彷彿能聽見身後夥伴的心跳聲。路凱回頭望了他們一眼，本想說些什麼，最後卻選擇沉默。

所有人屏氣。路凱拉開了鐵門。

EPISODE 34《拂羽》

雨寒沿著北環大道往騷動聲走去。許多人的吶喊迴盪在遠方的某處。她有些睜不開眼，或許是茉朗的血流入眼角所造成的痛楚。她不停搓揉著臉，蹣跚地往前走。

前面是個通往外頭的隧道，牆上掛著幾盞螢光燈，腳下的岩地也有些許結冰的痕跡。雨寒看見十幾名奔靈者用木箱堵住崩裂的閘門，上了鐵釘用木板封住。那些奔靈者的身上不乏傷口，但當他們看見雨寒走過時，全愣住了。除了慘白而恍惚的眼神，她的臉上整片血紅。某個奔靈者想叫住她。

砰！——閘門鼓脹，碎木灑開。奔靈者驚訝地舉起武器，捧著棲靈板在身旁。裂開的縫隙透出邪魅的冰藍光芒。

又一陣巨響，整道閘門迸裂，連木箱一起向後彈，撞開整群奔靈者。強風帶著飛雪灌注進來，猛然吹得雨寒撞上岩壁。睜開眼時她什麼也看不清，只見一片朦朧。不出幾秒，空氣已冷得令人無法承受。雨寒抱著身子，不敢相信正在發生的事。

白雪充斥四周，地面在眼前迅速結凍。薄冰像是蔓延的觸角，鋪蓋住她腳邊、背後、頭頂的岩地。狂風呼嘯，捲著雪花湧入洞穴。

然後，迷濛的白霧裡，有群身影挪動進來。

雨寒驚嚇得不敢起身。牠們是巨大的魔物，利爪刮過結冰的牆壁，胸前是蠕動的藍光。雨寒說不上來為什麼，但這些狩與她所見過的種類不太一樣。奔靈者釋放出閃爍的虹光，頂著風雪與敵人交戰。

雨寒趕緊起身，穿越戰場。她逃離結冰的地面，再度踏上岩地，許多居民在身邊奔跑，每人手中提著微弱的燈。她聽見嬰兒的哭聲，以及人們的吶喊。「叫居民全過去黑底斯洞！」有人大聲喊道。

她轉身想跟著逃難的人群走，卻突然有人抓住她的手臂。「妳是黑允長老的女兒？」對方是個奔靈者，渾身是血。雨寒盯著他瞧，隱約記得他叫尤里西恩，原本要加入路凱的團隊，卻在最後一刻被桑柯夫長老換掉。「我看見黑允長老……」他的傷勢相當嚴重，手壓著肩膀說：「她和一群奔靈者一起被衝散了……」

「她在哪裡？我母親在哪兒？」雨寒急著問。

尤里西恩指往另一個方向。「我最後看見他們，是在北環大道的中央——」

雨寒拔腿狂奔。她已經失去了茉朗，如果母親再出意外，她就什麼也不剩了。現在她手裡沒有棲靈板，沒有任何武器，周圍一片黑暗，而且地面結凍的情況越來越嚴重，好幾次讓她險些滑倒。雨寒只能依靠牆上零落的燈光引導，不出幾步，她突然發現自己踩在深達腳踝的雪地裡，整個北環大道刮著不祥的風，前方視野模糊。

她經過幾具死屍，逼近通道出口。

前方戰鬥的聲響越來越近。雨寒轉了個彎，整排泛著彩光的箭矢從她眼前飛過，擊中一群魔物的身軀。然而牠們才剛消散，下一波敵人就踏了進來。「帕爾米斯！另一邊有更多過來了！」某個弓箭手指向從兩旁包夾過來的狩群。綠髮奔靈者帕爾米斯坐鎮一群弓箭手的中央，指揮他們分成兩組，攻擊不同方向。雨寒跑過他們身旁，轉頭時瞥見彼端的魔物，那身形非常怪異——牠們拖著普通狩群沒有的尾巴，上頭長滿冰刺。而且背脊隆起，撕裂的胸口裡似乎有好幾層口腔，一圈圈獠牙蠕動著，就像某種飢渴的野獸。虹光箭被魔物粗重的尾巴掃開，就算有箭陷入牠們體內，卻絲毫不見效果。奔靈者束手無策，看著敵人步步逼近。帕爾米斯對同伴吶喊：「繼續攻擊！我們必須死守這個據點！」他一次抽出三枝箭夾於指縫間，架上長弓瞄準——

雨寒奔進一條隧道裡，箭矢的呼嘯、魔物的低鳴在她身後混為一團。

她跑過幾個通道，早已不確定自己在哪裡，只知道瓦伊特蒙的外圍幾乎全被冰雪覆蓋了。人們從旁側的隧道不斷湧進。不知何時，雨寒已夾在人群中，踩踏疏鬆的雪地。突然後方傳來尖叫聲——雨寒回頭，看見死亡化為藍光尾隨而來，好幾頭魔物張開極長的雙臂，向人群發射冰鑽。許多居民接二連三倒下。充滿恐懼的尖叫聲、哭號聲四起，隧道中一片混亂，許多人口吐鮮血在雪地攀爬。

「快點！別停下腳步！」前方有人咆哮。雨寒看見幾個壯漢正在推動厚重的石門，打算封住隧道。她喘著氣，設法不落於人後。又一波冰鑽襲來，雨寒身邊幾名居民連叫喊都來不及便倒下。

「快！快過去！」其中一位留著蓬鬆虯髯的男人大聲喊。雨寒認出那是為母親提供蠟燭的燭匠。石門已被推至剩下一道窄縫，然而後方的狩已逼近。雨寒身後一排居民遭冰鑽打穿，哀號極為慘烈。那燭匠似乎認出了她，停下手中的動作對她喊：「別停！再一步就到了！」

他拉住雨寒，將她推過門縫。雨寒回頭——看見石門驟然閉上。殘酷的衝擊聲響起，鮮血不斷從門緣榨出。

燭匠的血液灑在雨寒臉上，霎時她睜著眼，腦中暈眩。她勉強轉身繼續跑。不出一會兒，她來到丘嶺洞穴，那龐大的空間裡是波浪般的岩丘，已經被白雪覆蓋了一半。鐘乳石陣與窟室間，虹光兵器對上了冰色獠牙，數群奔靈者與魔物展開激烈的游擊戰。後方一座地勢較高的丘嶺上，恩格烈沙長老正乘著棲靈板，手持長柄巨斧對眾守護使發號施令，設法守住通往黑底斯洞的路徑。「這裡是瓦伊特蒙！人類的領土！」恩格烈沙長老的吼聲傳遍整個洞穴：「讓那些怪物知道這是我們的地盤，把牠們趕回去！」

雨寒的目光落在戰場另一端，彎回北環大道的隧道口。她不顧心中的恐懼，再次起步奔跑，穿過被雪衣覆蓋的鐘乳石陣。某個奔靈者倒在她前方，半邊臉被挖開，雨寒跳過他，險些撞上從面前滑過的幾名奔靈者，看見他們撲入整群魔物之中。人類的吶喊哀號、刀劍的金屬聲響、魔物撞擊鐘乳石的沉重聲響塞滿她的耳裡。雨寒朝通道口跑去——

有隻粗壯的手臂撈過她的腰，將雨寒整個人抬起，滑向戰場另一端。「妳不該在這裡，」恩格烈沙長老放下她，朝著居民逃離的方向點頭。「跟著他們到黑底斯洞避難。」

「但我母親她正在——」雨寒頓時住了口，看見先前那些形體駭人的魔物湧來。牠們甩動長長的尾巴，胸前數輪利齒一層層突出，咬住奔靈者時的動作像是在吸吮，瞬間讓他們血肉模糊。恩格烈沙長老設法揮動雙刃長斧擋住牠們，更多守護使聚集到他身邊。

「長老！」某個奔靈者喊叫：「這些魔物——牠們並沒有『核』！」

「雨寒，快離開這裡！」恩格烈沙對她拋下這句話，隨即陷入混戰。雨寒呆望著越演越烈的戰場和不斷湧入的魔物。她已無法回到北環大道。

EPISODE 35《離焱》

凡爾薩乘在棲靈板上扭轉身子，手中的雙刃大刀拉開一道虹光將狩斬為兩半。牠迸裂成飛散的雪塵。這些都不足為懼……凡爾薩心想，真正恐怖的不是這些小嘍囉，而是那些擁有好幾圈利齒，甩動長尾的狩——牠們無論怎麼殺都殺不死。凡爾薩之前就是因為與牠們交手，險些命喪外頭的雪地。

洞穴中的積雪越來越厚，且迅速延伸，讓狩能踏入的地區越來越廣。這種情況對奔靈者唯一的好處，是他們已能放下棲靈板在隧道中滑行作戰。然而魔物卻像永無止盡的洪流，傾洩進入瓦伊特蒙。

他聽說北環大道的三個主要出口都已被狩堵死，瓦伊特蒙已遭全面封鎖。

瓦伊特蒙有五千多位居民，多數應該都聚集在黑底斯洞，但仍有些稀疏的人影從凡爾薩的身邊跑過。

「凡爾薩！」一名女子的聲音讓他回頭。

看著雨寒跑來，凡爾薩詫異地盯著她鮮紅的臉。

「茉朗……茉朗她死了！」雨寒的眼角含淚，緊抓著凡爾薩的手臂。她喘著氣啜泣道：「我母親……他們說她被困在北環大道……」雨寒的目光掃過凡爾薩的棲靈板，再與他對視。「求求你去救她……求求你……」

凡爾薩懷疑自己是否聽錯了。然後他咬緊牙關，恨不得對她咆哮。當我的父親被困在冰天雪地，妳母親又做了什麼!?是啊……妳母親確實做了某件事，她阻止了救援的派遣！

「求求你……求求你……」雨寒抹著自己的眼睛，滿臉的血痕。

「嘖……」凡爾薩怒目瞋視著她。

早期的人類建立起瓦伊特蒙，就是以環狀的防禦系統為基礎。越接近中心地帶的黑底斯洞，通道的數量會遞減，以易於守備。然而魔物數量多得令人難以想像，奔靈者節節敗退，從一道關卡退往下一道關卡。

凡爾薩卻與人群逆向，滑行到瓦伊特蒙的邊陲地帶。他所經過的每個洞穴幾乎都有奔靈者與狩群交戰的跡象。越往前推進，凡爾薩越難以相信這裡的積雪竟如此之深；若沒有棲靈板在腳下，或許白雪已淹至小腿脛。

他避開散布的屍體，搜遍北環大道。

途中凡爾薩曾數次揮刀擋開接近的狩，然而他從未戀戰，設法避開敵人的追擊。最後，他在貯藏肉食的洞窟內，發現了黑允長老的蹤影。

洞穴中疊滿各種魚類，包括占據了整個角落的鯨魚肉塊。凡爾薩看見地上躺著好幾具死屍以及碎裂的棲靈板。到處都是冰藍色碎屑。黑允長老在洞穴另一端，而在她面前，一頭魔物的胸口發出低鳴，掌中利爪緩緩張開。
黑允長老被逼到角落，雙眼失去了以往的銳利，透出恐慌。
凡爾薩正想前進，黑允長老似乎注意到了他的存在，與他四目相接。看著她那雙黑色眼眸的瞬間，凡爾薩的本能再度啟動，恨意貫穿每條神經。積壓已久的怨念沿著血液燃燒，令他腦子灼熱。
魔物往前踏出一步。「奔靈者！」黑允長老倉惶地說：「你在幹什麼！過來！」
凡爾薩在心中咒罵，但仍駕著棲靈板往前滑，雙手掄起大刀。
「快給我過來！」狩已來到黑允長老正前方，逼得她慌亂叫喊：「我是你的長老！奔靈者！用生命保護我是你的職責——」
這讓凡爾薩停下了腳步。他盯著女長老，神情逐漸改變。然後他緩緩搖頭。
黑允長老瞪大雙眼，驚恐地想開口，魔物的利爪已刺進她的腹部。「呀——咿呀呀——呃啊啊啊！」黑允長老登時發出駭人的慘叫，看著自己濃稠的鮮血沿著冰爪流下。狩大吼一聲，將黑允長老整個人勾起。她歇斯底里地甩頭，雙腳在空中猛踢，像某種將死的動物。面部每條神經因痛苦而扭曲，但她看來卻像在瘋狂發笑。然後狩猛地甩開手臂，把她拋向一旁。黑允長老的頭撞上整堆魚肉，重重落下後以歪曲的姿態癱在地面，再無動靜。
凡爾薩衝上去，一刀劃開魔物寬大的背，瞥見裡頭發散的藍光。然後他挪動腳步、轉身——如同想釋放心中所有怒氣般——將刀刃往前劈砍。

二十幾名奔靈者鎮守著蝠眼洞，對抗從前方數個隧道出現的白色魔物。總隊長亞煌手持雙刀，面對連綿不斷的攻勢。他雙腿無法靈活行動，但他佇立在棲靈板上，單靠上身的動作揮舞兩柄劍，幾乎是一刀解決一頭魔物。灰髮的女奔靈者黎音守在他身旁。而在更後方，「紅狐」費奇努茲不斷揚開長弓，在敵人尚未走出隧道時便擊殺牠們。

在他們身後是一群負傷的居民和戰士。凡爾薩經過時，看見雨寒窩在他們當中；她已帶來自己的棲靈板，正放出雪靈協助療癒。凡爾薩來到她面前，放下黑允長老的軀體。周圍的人望了過來，露出吃驚的神情。

「媽媽！」雨寒看見黑允長老腹部的傷口，倒吸了口氣。總隊長亞煌這時也靠過來，神情凝重地看著女長老。

凡爾薩對雨寒說：「她還活著，但需要能力更強的癒師。妳救不了她。」

「總隊長！」有人發出喊叫。更多魔物冒了出來，尾巴掃過奔靈者時，整排冰刺埋入他們的身軀。牠們胸前的嘴巴一圈圈突出，在扭動時發出聲響，像在尋找食物，模樣噁心駭人。恐懼從凡爾薩的心底升起——那些魔物是殺不死的。

「別慌。」亞煌凝視所有鎮守洞穴的戰士們。「牠們過不了這裡。紅狐！」他向費奇努茲點頭示意，戴著暗紅披肩的老將隨即拉開長弓，似乎在尋找什麼。然後他放出一箭，射向隱身在整個狩群後方的某隻魔物。奇怪的是那頭狩身上並沒有撕裂的嘴，身體各處卻冒出螺旋般的冰錐，像無數巨刺。當箭沉入牠體內，虹光迸發，讓牠瞬間爆散。下一秒，前面幾隻甩動尾巴的狩也迸裂成飄散的雪塵。

凡爾薩著實吃了一驚。原來如此……那些狩並沒有「核」，因為牠們只是分身！

「海渥克、尼古拉爾斯，帶黑允長老到黑底斯洞，首席癒師在那裡設立了據點。」總隊長亞煌說完，轉身吩咐其他奔靈者：「我們必須幫狙擊手爭取時間，讓他們找到敵人本體的位置。」他撐著身子向前挪動，彩光已從劍刃釋放。

「沒用的，再這樣下去所有人都會死。」凡爾薩自言自語道。

然而雨寒似乎聽見了，吃驚地轉頭看他。「你剛剛……說什麼？」她的目光飄動在母親和凡爾薩之間。

某個想法在腦中不停盤旋，讓凡爾薩立刻動身。「凡爾薩！等等——」雨寒在背後呼喊，但他不予理會，知道已經沒有時間了。凡爾薩往「深淵」的方向直奔而去。

EPISODE 36《拂羽》

雨寒緊跟著前方的虹光，攀爬在黑暗的狹縫間。這裡似乎是條隱密的通道，扭曲的地形令人窒息。「凡爾薩——」她往前呼喊。

前方的人影停下。凡爾薩的目光穿透彩光望過來。「又是妳？」

「這是哪裡？你要上哪兒去？」雨寒抱著自己的棲靈板，喘著氣問他。周圍尖銳的岩石刮破她手臂，讓她痛得瞇起眼。

「狩已經占據所有通往外頭的路徑，瓦伊特蒙遲早會淪陷。」凡爾薩回答：「只有這條密道還沒被牠們發現，現在還有時間離開。」

你要逃走了嗎？雨寒猶豫了片刻後說：「你要……你要出去幹什麼？」

凡爾薩沉默了一會。「我親眼見過那些狩的數量。牠們有上千隻，現在進入瓦伊特蒙的說不定連十分之一都不到。」他的語氣急迫。「奔靈者在洞穴裡根本難以發揮實力。不管亞煌他們自以為有多英勇，絕對擋不了敵人多久。再這樣下去，魔物會突破所有防線，最後闖入黑底斯洞，展開徹底的屠殺。」

恐懼掐住雨寒的胸口。所以凡爾薩是想……

「但是亞煌他們發現一件很重要的事——某些狩的生命是相連的。」凡爾薩的語氣帶著某種決心：「或許有阻止牠們的辦法，但絕對不會是在瓦伊特蒙內部。我必須找到方法。」

雨寒愣了一下，才明白了他的意思。「你一個人去太危險了！」她懇求他說：「你需要同伴，我們去告訴其他奔靈者！」

凡爾薩望著她，眼底彷彿流露一股自憐的情緒。但不過一瞬間，他的口吻已凝結為頑強的堅定，告訴雨寒：「我沒有同伴。我一直是單獨對抗所有人。」

EPISODE 37《御風》

冰色碎片染著鮮血，飛灑在空氣中——

五名瓦伊特蒙的黑衣奔靈者激起雪塵，在穿著白袍的瑪洛娃帶領下穿越永無止盡的樹林。狩從四面八方包圍過來，他們擋開攻勢，拚命滑行。白色森林裡的追擊戰依舊持續。

路凱揮動長槍撥開魔物的爪子，側身避開一棵樹，揚起的雪塵卻遮蔽了視線——突然又一棵巨木鋪向視線，他挪動板子閃避時差點撲進一頭狩的嘴裡。瞬間的本能讓路凱使勁下劈，槍刃沉入魔物口中——硬物碎裂的觸感傳至掌內，冰屑四處紛飛，卻比先前更具抗性。

雪靈的力量消弱，從武器的觸感便明顯知道。缺乏雪靈加持的刀刃將逐漸不敵魔物，因為牠們的『核』比鋼鐵還硬。路凱靠著意志力將雪靈之力撐了起來。

只有瑪洛娃似乎習慣這種地形，靈敏地甩動手臂把鐵鏈拋向林間，纏繞、擊殺魔物。她運用切斷牠們身軀的勁道，使鏈子跳往下一個目標；鐵鏈的尖端就像有生命般，不停奪取狩的性命。

很快地，路凱意識到情況遠比他想像的嚴重太多。敵人越來越密集，如同已預測他們的行進方向，匯聚前方加以阻攔。

埃歐朗持著長弓，因右手負傷而無法精確瞄準，然而他灌注更強大的雪靈之力，無論箭矢擊中哪裡，發散的虹光均刺穿周邊的敵人。狩的數量如此之多，埃歐朗不再需要選擇目標，只是不斷地拉弓、放箭。

「喝啊啊啊！」破荒蠻子戈刺圖撐著發燒的軀體發出怒號，一舉劈開狩的軀體。白髮的俊拉開長槍擊穿狩核，在身邊炸開一潭潭雪塵，彷如翥翅的飛鳥。而茄爾莫背著文獻皮筒，不斷閃躲破開空氣的冰爪，其他人掩護著他，在上百隻魔物間尋縫突圍。

倏忽一頭直立於白樹的狩以手臂擊中茄爾莫。他在雪地裡滾了數圈，所幸棲靈板仍穩穩連接靴子，他緊抱懷中的文獻筒。

當茄爾莫抬起頭，同伴們已趕上來——路凱滑過前方，劈開兩頭狩身。戈刺圖砍死第三頭時，帶著虹光的箭矢飛過茄爾莫身旁，埋入又一頭魔物的胸口。

「茄爾莫，快走！」路凱舞動長槍，面對另一波猛烈的攻勢。他瞥見一條致命的藍冰長鞭甩來——

「不用你說我也——」茄爾莫的話赫然停頓，然後整張臉變了形。鞭首的冰刺戳進他的後腦勺，擊碎鼻梁穿了出來，他的臉部往前扭曲，開了血紅的大洞。路凱看見這一幕，愣在原地。

「路凱！快拿捲軸筒！」俊的喊叫聲讓他回過神來，路凱立刻朝前滑去，這時才看見一頭龐大的魔物隱身在樹木後方，四肢爬行雪地，背上有條長鞭在晃動。俊已來到身邊，守住他的左後方喊：「我來掩護你！」兩人突破狩群包圍，頭也不回地殺出。

那頭魔物再次揮動冰鞭，正要朝他們甩來。箭矢擊中牠的前胸綻放出網狀虹光，使其發出震天怒吼。又一道彩光從頭上掠過，這次擊中一旁的樹木，炸開強光燒灼魔物的臉。

路凱急煞在茄爾莫的屍體旁，趕緊取下捲軸筒。俊正在身邊和成群的魔物對抗，不料上方落來一道鞭子，像一抹藍影朝路凱劈下——它被鐵鎖鏈捲住，硬生生扯斷。白袍女孩繞過他們身旁時，更多箭矢飛過，一道道刺進那魔物胸口的裂縫，直到牠爆裂為白色粉末。

「跟我來！」瑪洛娃喊。

他們越過矮丘頂端朝下坡滑，而路凱從餘光看見夥伴們已跟上。他不斷加快棲靈板的速度——直到狩群的怒吼完全被風嘯聲給蓋過，他們仍不停止，朝下奔馳。

景色的改變過於突然。樹林被遠遠拋在腦後，視野敞開為灰色天空。厚重的雲層就像帶著威脅的意圖，鐵壁似地壓來。

戈刺圖在後方，嘴唇已變得灰紫，頻頻顫抖。路凱見狀對他咆哮：「撐下去，我們要活著離開這鬼地方！」他們回頭又看見密密麻麻的狩群，像雪崩一般從森林傾巢而出。

前方是個崎嶇的裂谷，隱約可見裡頭充斥著魔物。瑪洛娃挑選一條較平緩的路徑，眾奔靈者再次喚出虹光包覆兵器，殺入前方的狩群。不斷有冰鑽從上方射來，在雪地裡、狩群間炸開數灘雪花。俊旋轉長槍排開冰鑽，但戈刺圖的背部遭擊中，倒了下來。

「站起來！」路凱來到他身邊，擋下又一波來自上方的冰鑽。戈刺圖吐了灘血水，咒罵著蹣跚起身。

眼前一大狩的後方，竟出現某個更大的魔物身影，起碼有人類的五、六倍高。起初牠的形體看似與普通的狩並無不同，但下一刻整排獠牙不僅從胸前冒出，也從雙肩凸起，朝外延伸。尖牙像無數把鐮刀，長得嚇人，岔開來等待奔靈者前來送死。

埃歐朗不斷發箭，在牠身上炸出好幾道虹光。

「從牠腳下走！」瑪洛娃旋轉身子，帶著鋼刺的鎖鏈掃開周邊的敵人。他們逐漸逼近那頭巨型魔物——牠龐大的軀體擋住岩壁間的路徑，只有雙腿的空隙露出一絲機會。

瑪洛娃率先穿過。但當戈刺圖來到牠前方，巨狩突然彎腰，數道獠牙向下揮動。然而虹光箭矢接連擊中巨狩，牠的身子顫動，獠牙接連刺入戈刺圖身旁的雪地。緊接著，路凱、俊分別穿過牠腳下，最後是埃歐朗。

路凱吐了口大氣，準備加速奔馳。突然巨狩以不可能的角度扭轉上半身，龐大的手臂掃過他們後方，抓住了狙擊手。

「埃歐朗！」他們全回過頭。長弓掉落在雪裡，撒了滿地箭，埃歐朗被抬到巨狩胸前。獠牙像是突出的肋骨，緩緩挪動至他的面前。「你們快走！」埃歐朗大喊，看著鐮刀般的冰刃對準了自己。

「我們必須救他！」路凱舉起長槍，轉身往回滑，卻被俊給拉住。白髮的奔靈者硬是扣住他。一陣駭人的聲響傳來，十幾柄獠牙交叉刺穿埃歐朗的身軀。他發出淒厲的哀號。

「不行！我們不能丟下他！」路凱咆哮著。那一刻，他忘了自己的使命，也忘了領導者的身分，屈從於遠征戰士的本能，直到瑪洛娃來到面前，狠狠揪住他的頭髮。「瓦伊特蒙的傻子，看清楚！他沒救了！」他們使勁拖著他離去，但路凱的雙眼仍緊盯著埃歐朗。

狙擊手已渾身是血，然而虹光從腳底的板子往上攀，聚集在金屬手套上。埃歐朗以最後的意志，徒手挖開巨狩胸口，不顧另一波獠牙刺穿自己的雙腿。雪沫噴濺、藍光迸射，他似乎找到了魔物體內那堅實如冰晶的核。金屬手套以野蠻的動作，將它層層剝開、壓碎。巨狩發出震耳欲聾的低鳴，彷彿痛苦掙扎般，甩來更多肩上的冰刃，左右刺入埃歐朗的胸腔。他沒有停下動作，粗暴地扯開魔物內臟。巨狩嘶吼著甩動最後一道冰刺，從埃歐朗的腦門貫穿到跨部。

在虹光消失前，巨狩化為大片崩散的雪塵。

當白雪散去，不知怎地，路凱感覺追兵的數量似乎變少了。他和俊、瑪洛娃、戈刺圖四人繼續奔馳。此時，超過極限的虛弱感才回到體內，連滑行動作都變得困難。

一陣徬徨陷入路凱的胸口，轉動棲靈板時他差點兒跌倒。俊不斷往後飄，確認敵人是否跟來。

究竟發生了什麼事？到現在路凱仍不敢相信，聯合部隊已有一半成員喪命。或許突圍的決定根本是錯的……或許他們無人能逃離所羅門……他以為自己有勇氣拋開性命，他以為自己有足夠決心不計一切犧牲……

聯合部隊都是最優秀戰士，他們的天命不該如此。

埃歐朗和茄爾莫死去的模樣烙印在他腦中。路凱懷疑自己也膽怯了。或許他無法勝任隊長的職責，也無法帶所有人活著回去……他不經意地和俊四目相接。白髮奔靈者的臉上滿是疲憊，卻依舊撐著身子跟在他身旁。路凱想起自己被任命為聯合部隊的隊長時，兩人無比興奮……那彷彿是好久以前的事……

「前面裂谷有出口，很快就到海岸線！」瑪洛娃逆風喊道。

或許因為地殼變動的關係，他們現在所經過的地方像是兩片夾起的岩層。交錯的樹幹橫越上方，在落雪堆積下像是綿延整個峽谷的白網。路凱盯著上頭不斷閃過的枝幹，以及在它們背後的鉛灰色天空。忽然，他察覺自己瞥見了藍光。「瑪洛娃！上面那是——」

「趴下！」俊的聲音讓所有人煞住棲靈板。整排冰鑽從前方飛來，路凱的反應慢了一步，手臂、肩膀都被劃出血痕。

兩旁岩層的縫隙間冒出了整排長臂的魔物，堵住正前方的路。牠們再度發射冰鑽，奔靈者們趴在雪地裡動彈不得。路凱看見戈刺圖躲在一旁，離他們有段距離。「我們是不是該往回走，找別條路？」路凱急迫地問瑪洛娃。

女孩尚未回答，一灘白雪卻落在她身上。

路凱抬頭一看——越來越多雪堆從頂上抖落，砸在四周。「有埋伏！」待他說出口卻為時已晚，頭頂的樹幹開始晃動，無數道藍色幽光隱隱閃動。那些狩開始以垂直的姿態奔下兩邊岩壁。有樹幹砸落在路凱他們身旁，揚起大灘雪花。同時整片峽谷活了過來，數不清的魔物以他們為中心迅速聚攏。

「這裡應該有碉堡，可以掩護，要先找到！」女孩對路凱說。

敵人已塞滿了峽谷，他們只能起身作戰。路凱和俊揮動長槍，背對著彼此劃出環狀軌跡，接連讓幾頭魔物化為雪塵。然而傾刻間，他們已被大批敵人團團圍住。瑪洛娃的鎖鏈纏住一頭大狩，卻被從旁殺出的魔物以利齒咬斷。

敵人像潮水般衝散他們。不出一會，路凱發現自己已被孤立，看不見任何同伴。

他旋轉棲靈板帶動槍刃，橫掃弧形的彩光。俊呢？瑪洛娃？他們還活著嗎？

「路凱——」戈刺圖的聲音從遠方傳來。路凱瞥見壯漢在整片混沌的外圍。戈刺圖的表情似乎有種異樣的狂熱，以沙啞的聲音喊叫：「保護他們！你要活著回瓦伊特蒙！」當時，路凱並不知道那是戈刺圖理智崩裂前的最後一句話。

破荒蠻子開始奔馳，整個身子被虹光吞噬，不停閃爍。

「戈刺圖！」路凱想叫住他，卻被狩完全圍困。在數不盡的狩群後方，戈刺圖的彩光疾速挪動，燒出一條光軌。路凱意識到必須吸引敵人再朝自己集中，好為外緣的戈刺圖爭取足夠的時間與空間。於是路凱孤注一擲，強行釋放雪靈的力量——雄獅形體的彩影出現，吞沒好幾頭魔物。但虹光並未支撐多久即告消失，路凱也氣力散盡，連舉起武器的精力都已耗光。

突然他在密密麻麻的狩當中看見俊跪倒在雪地。路凱拿出最後的力氣想殺過去，卻發現眼前白色的魔物像堵牆，他再也看不到俊的身影。此時戈刺圖的怒號從右方響起——他出現在坡道上，撐著滿身的傷朝虹光的起始點而去，幾乎要完成整圈軌跡。路凱的心底升起一絲希望，或許戈刺圖能順利——

不知從哪裡出現十幾頭狩，張開長臂露出散發陰邪藍光的冰鑽。牠們聚集在戈刺圖正前方。

冰鑽射出時，戈刺圖旋轉長槍擋下眼花撩亂的碎片。刀刃斷裂，身體被割開無數血痕。

然而他並未停止狂奔。

戈剌圖拋開槍柄，加速衝向那些魔物。他連披風也沒有，挺起胸膛怒吼：「來吧！有膽就殺了我！」整排冰鑽再次掃過時，戈剌圖已渾身爆出血花。路凱看見他彎下腰，將手掌平貼於棲靈板，說出了幾個字句。然後他露出亢奮的表情，大聲喝道：「你們這些沒用的怪物才這點本事？看我宰了你們！」狩群開始猛烈發射冰鑽，接連擊中壯漢的身軀。他的手臂猛然撕裂，下巴、頭顱、胸口和大腿全被扯開來，噴散出朦朧的血霧，虹光激烈燃燒。「通通去死！去死吧！」戈剌圖咆哮著，一道冰鑽擊碎他的肩膀，另一道打穿他的腹部。路凱看見血紅的腸子灑了出來，拖在棲靈板一側。但戈剌圖口中還是發出瘋狂的笑聲：「——都給我去死吧——」

近百道冰鑽徹底摧毀他的軀體，然而棲靈板帶著殘留的血紅肉塊，撞入魔物之中。彩光炸裂，席捲圓陣內外——光波掃過整個峽谷，刷過路凱的身軀。他緊閉起眼，狩群的吼聲像被融化的雪水逐漸消逝。

待路凱站起身，周圍的魔物已消失無蹤。所幸他看見俊和瑪洛娃在不遠處，依然活著。斷木持續落在他們身旁，炸起重重雪花。

「在那裡！跟我來！」女孩已扯掉白色面罩，指向鄰近的避難所。它就在山壁的邊緣。三名奔靈者劃開軌跡，閃過不停砸落的木頭。遠方的狩正在逼近，他們得搶在敵人之前到達。

瑪洛娃接連轉動門上的三個鐵輪圈。「從這裡到海岸線不到三分鐘！要先躲，讓體力回來！」

路凱環視身後，敵人已快趕上。他轉頭，看見俊的手壓著胸口。「你怎麼了？」路凱問道。

「不，沒什麼。」俊剛說完，鐵門發出沉重的聲響往裡頭敞開，露出一片黑暗。路凱正要催促瑪洛娃進去，卻驀然停止動作。女孩的嘴角在淌血。

她低下頭，看見自己的肩胛骨被一根冰刺戳穿。然後在所有人反應過來前——她被倏然拉起。

一隻龐然大物的四肢平貼在峭壁表面，背上的長鞭把瑪洛娃捲去，遠離路凱所能觸及的範圍。好幾隻狩橫站在雪壁上，爪子露出寒光朝她聚集。瑪洛娃驚慌地叫喊。

路凱眼睜睜看女孩的身影被狩群埋沒，一陣幽光閃動後，她的尖叫戛然而止。路凱無法反應，但俊硬將他拉進黑暗中，在無數魔物到來前，關上鐵門。

EPISODE 38《離焱》

凡爾薩趴在一座雪丘後方，難以相信眼前的景象。

上千隻狩占據了大地，數量比一個多月前他在山谷中所見的還多。牠們擁有各種形體，不小不一，背上突起形狀各異的白色脊骨。他的猜測果然沒錯：成功入侵瓦伊特蒙的只占一小部分，其餘的等於是外頭的儲備軍。若打長期消耗戰，牠們贏定了。

凡爾薩環視著這群魔物大軍。當中許多是沒有「核」的狩，牠們甩動長尾，突出的嘴找不著吸噬對象，在空氣中胡亂掃動。這些狩才是敵方主力，也是最難纏的對手。接著，凡爾薩看見稀疏分布在眾多魔物之間，是另一種外形怪異的狩，有螺旋巨刺從身體不同地方冒出，並且有奇特的共通點——牠們身上沒有任何裂口，看不見獠牙滿布的口腔。凡爾薩仔細觀察了一陣，發現這類型的狩不知怎地行動緩慢，站在雪地裡幾乎沒什麼動作。現在他已知道擊殺一頭這樣的魔物，就能解決掉數頭無核的小嘍囉。然而牠們為數起碼上百隻，他根本不可能在這種規模的敵軍中斬殺所有目標。那麼……該怎麼辦？

他突然注意到一件事——在整群狩當中，還有頭更為龐大的魔物，圓形的軀體如蟲般在雪地爬行。而當牠抬起身子開口時，裡頭的冰牙隱約泛著紫光。牠發出刺耳的吼聲，扭動身軀像在催促前方的魔物；此時牠身旁幾隻無嘴的狩才往前挪了幾步，進而帶動整批無核的狩群甩動尾巴飢渴地向前走。在更遠處，凡爾薩看見又一頭類似的圓蟲形魔物口中發出紫光，朝其它的狩嘶吼。

他從未見過狩體內的冰是紫色的。直覺告訴凡爾薩，或許牠們才是關鍵。

凡爾薩將身子往前移，嘗試計算大軍中究竟有多少這樣的魔物。這非常困難，因為所有魔物都是一身蒼白，只有在開口時才能察覺不同。他盯著於大地擴散開來的藍色幽光，留意偶爾閃現的紫色光芒。最後，他計算大約有十幾頭。

然而牠們分散得非常開，每一隻都被更多體形較小的魔物圍繞。闖入這樣的大軍裡，能成功斬殺兩頭以上的可能性非常渺茫。凡爾薩猶豫了。

他有什麼理由，要為瓦伊特蒙豁出自己的性命？那些人從未聽信他的勸告，全都該死。如果現在他獨自前往所羅門，生存機率反而比幹這種傻事高上千萬倍。他突然想起黑允長老那副可悲的模樣，然後他想起另一件事——雨寒其實也沒有任何理由要救他。

「會選擇救你，只因為你是人類，這是身為人類的本質。」不知為什麼，茉朗的話在他腦海裡響起。但雨寒說茉朗陣亡了……在瓦伊特蒙，也已經有許多人喪命……

凡爾薩握緊手中的兵器，逼自己在反悔前動身向下滑去。

虹光閃現，凝聚為兩頭獵犬般的形體奔馳在他左右。他仍想不明白自己對瓦伊特蒙的複雜情緒，不確定自己會不會再一次後悔。但如果所有的糾葛與恨意無法釐清，那就用行動來拆解一切。凡爾薩掄起巨劍，以飛快的速度闖入敵陣。

或許狩群沒預料到會有人類敢從外面突襲，一時沒有防備，凡爾薩毫無阻攔地穿越在無數色澤慘白的軀體間，朝著早已鎖定的目標前進。零星的魔物開始朝他攻擊，均被獵犬般的彩光擋下。

他緊盯著那頭周圍魔物更大的圓形軀體，牠的口中怒放著紫光。兩道彩影在凡爾薩身邊旁奔躍，隨他來到目標的正前方。巨劍劃出虹光埋入牠口中。

整排獠牙灑開，迸出紫光，魔物驚慌地往後爬。凡爾薩獨自站在那碩大的身軀前，再次舉劍筆直揮下，在牠嘴邊劈出一個更大的洞。眾多嘍囉般的狩從後方圍上，一道尾巴甩中了凡爾薩，嵌了幾道冰刺在他背上。肌肉迸裂的疼痛讓他叫出聲來，但凡爾薩沒有回頭，知道自己若想存活，全看接下來的賭注。

「看你的了！離焱！」

獵犬拉開緞帶般的殘影，撲入巨大魔物的體內。魔物狂吼，口中透出閃爍不定的紫光。不出一陣子，一道道虹光穿透白雪外殼，從各個傷口綻放出來。裡頭不斷傳來冰晶碎裂的聲響，凡爾薩送了另一頭獵犬進去。現在他自己已毫無防備，轉過身準備面對死亡。湧來的狩群抓住他身體每一處——

身後傳來爆裂聲，無數紫色的冰屑飛散。下一秒，四周的無嘴魔物同時爆裂，接著引發整群無核長尾魔物的形體突然扭曲，在一瞬間四散。猶如向外擴散的漣漪，狩群崩裂後陸續消失。未幾，凡爾薩已佇立在一片空地，身邊只剩幾隻狩因為擁有獨立的核，未受影響地站在白霧裡。

情況並不樂觀，他所解決的只是敵軍的一小部分。凡爾薩立刻往下個目標滑去，再次衝進敵陣。他右側的獵犬口中光波璀璨，咬斷襲來的狩臂，另一隻獵犬則貫穿敵人整個胸口。然而情況急轉直下，一旦失去偷襲的優勢，聚集的狩群猶如森嚴壁壘，再難突破。更糟的是凡爾薩急於應付敵人的猛攻，失去了目標魔物的行蹤。

在狩群如銅牆鐵壁的包圍下，他再也看不見任何紫光。

嘶吼聲籠罩他的聽覺，整排帶刺的尾巴朝他揮來。雙刃巨劍在他頭頂旋轉，揚起一道旋風。厚重的刀刃切開魔物的軀幹和手臂，大腿和尾巴。但牠們迅速再生，令攻擊毫無效果。這一刻，恐懼牢牢掐住凡爾薩胸口。他身在白色魔物的汪洋裡，已逃離不了。

衝撞的聲響出現在後方。

一道奪目的彩光橫掃他面前，消滅數隻魔物。凡爾薩正吃驚地轉頭，卻看見又一道光波變換形體，擊潰他身後的一批狩群。

整群奔靈者是披著虹光的戰士，棲靈板揚起雪浪，以凶猛的氣勢殺入魔物大軍。他們共有五、六十人，帶頭的獨眼老將額爾巴雙手各持一柄長槍，以俐落的動作每擊必中狩體內的核。奔靈者衝散敵軍，接連滑過凡爾薩面前。然後他看見在最後方的一名女子。

雨寒提著一柄巨大而沉重的彎刀，吃力駝背地踩著棲靈板，來到凡爾薩身邊。她不停喘氣，抬頭以黑色雙眸看著他。雨寒似乎剛想開口，就被滑過身旁的額爾巴給打斷。

「看來我們錯怪了你。」額爾巴的嗓音渾厚，直視凡爾薩時臉上帶著一抹淺淺的笑。他的左眼是道垂直的舊傷疤，眼窩裡嵌著冰色碎片。「不過現在沒空廢話，先活著打贏這一仗再說。」

凡爾薩一時不知該如何反應。等他望著額爾巴的背影，才忽然想起最重要的事，高聲吶喊：「口中發出紫光的那些狩……牠們是關鍵！」額爾巴聞言回望他一眼，點頭之後離去。

「妳帶他們從密道過來的？」凡爾薩瞪視雨寒。

雨寒馬上低下頭，似乎害怕受責難。

凡爾薩輕嘆口氣，不耐煩地說：「妳必須離開這裡。幾十名奔靈者對上數百頭狩……勝算還是不高，頂多是幫瓦伊特蒙的守軍拖延一點兒時間。」

雨寒搖頭。「我可以幫忙做療癒——」凡爾薩撈過她的肩膀，單臂甩動巨劍劈開一頭撲來的魔物。他抱著雨寒旋轉，另一端的刀刃擊碎牠體內的核。周圍已有一波狩群湧來，逐漸將他們圍困。

「太遲了，現在妳想走也走不了。」凡爾薩冷冷地說。他假裝沒發現雨寒正送往他背部傷口的虹光，喚出兩頭獵犬攔截襲來的攻勢。

戰況十分危急。敵人似乎已發現奔靈者的意圖，派遣許多無核的不死魔物，團團圍住那些體內蘊含紫光的首腦。由上百隻殺不死的魔物所組成的防守線幾乎不可能突破，但眾奔靈者抱持強烈的意志毫不退縮，因為他們明白若在此失敗，瓦伊特蒙將被消滅。凡爾薩看見到處是飄散的彩影。有道虹光像是某種野獸的爪子，落在整群狩身上。更遠處，橢圓形的光波炸開，橫掃了戰場一隅。

從狩群倏然消失的情況看來，有奔靈者成功滅殺了兩、三頭紫光魔物。然而敵方大軍依然有七成以上不為所動，奔靈者們逐步遭到圍困。某個戰士被巨大的狩掌抬起，活生生扯開，溫熱的臟腑灑了一地。另一頭，有人被長尾魔物吸吮一陣後吐出，上半身的皮膚已成肉泥，在雪地裡發出虛弱的哀號。友軍一個個犧牲，凡爾薩也自顧不暇，不斷劈砍湧上來的敵人——女孩的尖叫讓他轉過頭。

一隻魔物架著雨寒上半身，另一隻則抓住她的雙腿和棲靈板。冰色的利爪刺入雨寒的肌膚，牠們拉直她的身子準備往兩旁扯。凡爾薩想撲過去，中間卻隔了好幾排狩。她就在虹光獵犬能及的範圍外，凡爾薩只能瘋狂地揮劍，敵人卻不斷湧入視線中。

女孩拚命叫喊，扭動著身子。有那麼一瞬間，那兩頭狩的動作停了下來，時間彷彿靜止——然後牠們猛然向外移。

凡爾薩的心跳停了一拍。吼聲四起，響遍整個戰場。不知為什麼，所有魔物開始朝同一個方向挪動。他舉起巨劍，劈開前方敵人的側腹，牠卻毫不在意地跑開。凡爾薩轉頭看見雨寒安然無恙地躺在雪地裡，神情同樣充滿困惑。他們掃視周圍，這才發現魔物的動作急促而慌亂。

凡爾薩瞥向一旁，有個奔靈者渾身是血，神情呆滯地望向某處。另一邊幾名奔靈者也以同樣的表情佇立不動，凝視著同一個方向。凡爾薩隨著所有人的視線望去。

他無法確定自己究竟看到了什麼。

天空雲層捲動，底下的狩群到處奔散——而在天與地之間，一道寧靜的光芒，劈開了陰灰色雲層朝他們接近。

EPISODE 39《拂羽》

雨寒無法形容眼前的情景。一陣微麻竄上脊椎，血液凝固、腦中空白，就連呼吸都差點停止。

蒼茫的灰白世界……彷彿只有那道光有顏色，將周圍的空氣染上一層金黃。但同時雨寒有種感覺，自己正目睹某種無法言喻的永恆。心裡似乎有個聲音在說，她知道那是什麼……然而她腦海想著這不可能，祂已經消失了五百年之久。

看見凡爾薩往前移動，雨寒才跟著擺動棲靈板追上。蔓延大地的魔物現在正四處奔散；不過才一會兒，之前駭人的大軍已完全崩解。戰士們發出吶喊，揚起虹光展開追擊。

雨寒現在看見了，那道光的底下有名女子。風雪在她身旁捲動，碧綠色的長髮飄揚，她的輪廓染上一層金光，令雨寒想起遠古神話中擁有羽翼的天使。

慢慢接近的雨寒驚訝地發現，那是失蹤已久的艾伊思塔。

她乘著棲靈板的動作輕盈而自然，手中捧著某個東西。接連有奔靈者聚集在那道光底下，其中不乏當初受命捉拿她的守護使；他們的表情既激動又惶恐，卻無人敢開口。雨寒更是滿臉不可思議，雙眼緊盯著那道改變世界色彩的光芒。

「趁現在殺回瓦伊特蒙！內外夾擊那些該死的入侵者！」遠處傳來獨眼老將額爾巴的聲音。白色大地上的戰況似乎已經逆轉，處處可見奔靈者在驅散竄逃的狩群。

「雨寒，好久不見！」艾伊思塔來到她面前，面帶笑容地問候。那雙碧綠眼眸如此澄澈，光芒絢爛，令雨寒有些不知所措。雨寒尚未開口，有個人影從艾伊思塔的身後出現。他的頭巾略遮雙眼，耳鏈在風中擺盪。雨寒覺得他看上去相當面熟……

那男子的臉上掛著微笑，望了雨寒一眼，視線挪向凡爾薩手中的巨劍。「啊，兩個月不見，你已經回歸奔靈者的隊伍了？」

雨寒偷偷往旁一瞥，發現凡爾薩似乎不太想搭理他，皺著眉頭沒回話。忽然間，光束消失了，艾伊思塔手中的儀器暗了下來。世界彷彿再度被陰影籠罩。

「糟糕！必須補充能源，不然狩群會再回來！」艾伊思塔將儀器小心地放在雪地，從懷裡掏出一個玻璃杯——地面開始震盪。

雨寒在棲靈板上差點站不穩。他們身旁的十幾名奔靈者也相互張望。

艾伊思塔身後的雪地突然向上膨脹，像座逐漸升起的山丘。「亞閻！那是什麼!?」艾伊思塔呼喊。男子也轉過身。所有人面前，由硬雪壓縮而成的手臂從雪地鑽出，巨大如地底的兩根石柱，表面慢慢露出冰藍色爪子。

「不太妙。」亞閻拉低頭巾，回過頭說：「你們快離開這裡。」

那對白色手臂越伸越長，竟然有好幾個關節。然後，雪地裡升起又一對、再一對——當那魔物起身，背上已有六隻手臂，以不自然的角度向前彎。從眾奔靈者驚愕的表情看來，他們從未見過如此龐大的魔物。粗壯的雙腿支撐著如昆蟲般彎曲的上身，三道狹長的藍光於胸前撕裂，數排利齒向外翻掀。亞閻站在牠面前，身影小得微不足道。

凡爾薩把巨劍扛在肩上，來到亞閻身邊。

「看起來這玩意兒不好對付。」亞閻從腰間抽出兩把劍。

那魔物有人類的十幾倍高，吼聲像暴風般襲來，吹倒了許多人，雨寒也往後跌坐在雪地裡。然而亞閻已動身向前，凡爾薩也轉動巨劍往前滑。他們兩人直面巨狩的嘶吼，相同的白色披風在身後激烈飄盪。其他戰士也跟了上去，陸續喚出虹光。

巨狩背上的手臂搖晃，關節發出絞動聲響，然後伸長般地往前甩出。奔靈者們分散避開，數道拳頭帶著冰刺埋入雪地，掀起大片迷濛雪霧。又一對巨爪襲來，當場壓死一名戰士，迸出整灘鮮血。亞閻和凡爾薩加速朝牠底下滑去。

艾伊思塔敲擊打火石，神情擔憂地回望戰場。她沮喪地喟嘆，忽然一道視線掃了過來。

「雨寒，幫我點燃這個！」她將玻璃杯和一個裝滿雪的鐵筒交到雨寒手中。「我必須去幫他們！」

「我……我該怎麼做？」

艾伊思塔將那特殊儀器擺在雨寒面前。「把雪融成水，從旁邊的洞灌進去，再轉動這個鈕就行了。」她急著起身，雙臂同時鬆開鐵鏈。

雨寒趕緊拿起打火石敲打，視線卻不斷挪向戰場。一道道虹光激放，在巨大魔物身上開出許多洞，然而牠的復原速度極快，手臂掃開任何想接近的奔靈者。眾戰士並未放棄，像數道渺小的虹光點環繞著巨大的白色身軀滑行，並不斷施予攻擊。

亞閻不知何時已躍上巨狩的背，穿梭在牠的手臂間。艾伊思塔逐漸逼近，甩出兩道鎖鏈。雨寒拚命敲打，火苗燃起卻被迅速吹滅。她發現杯中的蠟燭所剩無幾，完全無法撐起火燄。

艾伊思塔的鐵鏈纏住巨狩其中一條腿，打亂牠的重心。亞閻在另一側，雙刀交錯於巨狩的某條手臂，深深嵌入成為支點，然後他腳下的棲靈板劃過巨狩的背，帶動自己扭轉，瞬間截斷那條手臂。凡爾薩在魔物底下，巨劍猛然往下揮，切開牠的後腿。

其他奔靈者趁機飛躍到巨狩身上，各種形體的耀眼虹光不斷迸發，重擊其身軀。「找到牠的『核』了！」某個奔靈者大喊，喚出炫麗的雪靈鑽入巨狩體內——晶體的碎裂聲響起，藍光冰屑四散飛濺。巨狩全身顫動著，那名奔靈者發出勝利的吶喊。

但忽然兩片巨掌倏地壓合，分開時，那名奔靈者只剩下一灘鮮紅的肉泥。巨狩身上的傷口急速恢復，就連被亞閻切開的斷肢也往外伸展，一個個關節從背部浮出，前端再次冒出冰色利爪。

雨寒絕望地看著手中的蠟燭耗盡，心中滿是不祥的預感。她再次抬頭，正好看見艾伊思塔以單個鐵鏈鎖住魔物手臂，棲靈板滑開弧形軌跡，運用牠甩動的力量整個人騰空。她拋出另一條鎖鏈，綑住又一隻巨大手臂，整個人停在半空。魔物的手猛然往外扯，鐵鏈頓時斷成好幾截，艾伊思塔墜落在牠背上。

忽然巨狩將腹部往下壓，把底下數名奔靈者吞入裂縫般的口中，以利齒攪動，搗爛他們的軀體。當巨狩再次挺起身子，底下的雪地散布著血肉模糊的軀幹。雨寒看見有奔靈者的上半身仍被困在嘴裡，雙腿抽搐，直到身體被截為兩段。

亞閻出現在牠腰側，從大腿垂直下滑，然後雙刀反握刺入牠的膝蓋。「這隻狩有三個『核』！必須同時毀掉，否則會不斷再生！」他懸掛在巨狩的腿上大喊：「攻擊膝蓋！兩邊的膝蓋中各有一個，體內也有一顆！」凡爾薩這時已奔上牠另一隻腳，彩光化為兩頭獵犬，不斷咬扯巨狩腿部。他旋轉兩圈，巨劍朝著膝蓋劈砍——

雨寒焦急地左右張望，她無法讓火燄升起。

龐大的魔物發出嘶吼，激烈晃動身軀，亞閻和凡爾薩都被甩落地面，只有艾伊思塔緊拉住殘存的半截鎖鏈，佇立在牠背上。巨狩瘋狂地展開攻勢，六個拳頭拉開好幾道藍光，揮向圍繞身旁的奔靈者。有些戰士被彈開，更多卻不斷地釋放虹光，但全部無從造成致命傷。亞閻衝向巨狩，一個帶著冰刺的巨掌從旁揮來，他提起雙刀橫砍——

雨寒轉身站起，決定回黑底斯洞取暝河之水……這時雨寒愣了一下。暝河之水？她趕緊捲起袖子，目光落在自己的手腕上——她戴著茉朗的手鐲。那是雨寒從死去的導師身上取下的，裡頭的水有氣泡滾動。

雨寒拿下手鐲，跪了下來，將它對準儀器側邊的洞孔。準備將它敲碎的前一瞬，雨寒忽然感到一陣不捨。這是茉朗的遺物。

不，茉朗是守護使，她會保護瓦伊特蒙！

雨寒擊碎手鐲，讓裡頭的水流入儀器的洞裡。然後，她轉開旋鈕——光束突破雲層降臨世間，落在雨寒手裡。一股溫暖擴散全身，讓她彷彿置身另一個世界。她雙目圓睜，完全不敢相信體內的感受。然而戰鬥的聲音持續著，她將儀器捧在懷裡，朝他們滑去。

魔物感受到威脅，開始放聲嘶叫，笨重的軀體想往後退，卻不及雨寒前來的速度。牠發出駭人的吼聲，索性往前奔，打算直接殺死雨寒。亞閻從一旁趕來，奔馳在牠腳邊，雙刀蘊釀著激烈的彩光。

「奔靈者！」亞閻對著所有人喊道：「——保護『陽光』！」

雨寒的胸口窒悶，全身顫抖，但雪靈似乎占據了她的意識，讓速度絲毫不減。她的棲靈板掀起波浪往前滑。巨拳朝她揮來，但某個奔靈者替她擋下。凡爾薩出現在她身旁一瞬，巨劍斬開另一邊的冰爪。地面震盪，雨寒差點鬆開手中的儀器，但有雙手握住了她——艾伊思塔來到身邊，與她平行前進，兩個女孩緊抱著儀器。在她們四周的奔靈者吶喊著，虹光激綻，冰屑爆裂。突然前方整排利齒張開，向下襲來，雨寒閉起眼——

光束切過巨狩底部，將軀體分裂。金光掃過之處全化為四散的塵埃。

她們被撲來的雪浪覆蓋，跌進整堆白雪中。

雨寒感覺全身一陣冰冷，但周圍傳來人們的叫聲。她抬起頭，甩開臉上的雪，不確定發生了什麼事。然後她看見艾伊思塔坐在身旁，碧綠的雙眼下是欣慰的笑容。狩群成為遠方地平線上渺小的身影，而四面八方的人正朝她們奔來。雨寒已經聽不見任何聲音，因為奔靈者震天的歡呼聲，蓋過了一切。

EPISODE 40《御風》

路凱曾經想過，勇氣和本能的區別是什麼？

是有意識地對抗本能反應，毫不理會心底的恐懼？還是憑著一股衝動，不顧一切向前？

而陽光賦予每一個人天命將由什麼來決定？是每個人遭遇的事件，還是與生俱來的性情？

在這狹窄的地方，理智不斷遭受侵蝕。鋼板圍成的空間比瓦伊特蒙的任何一間窟室都要小。鐵門阻隔了所有聲音，他們卻依然清晰感覺到魔物在外頭徘徊，整個地方以不規則的頻率振動。牆壁、地板不停搖晃。

路凱和俊只放出非常細微的彩光，裹著襤褸的黑披風。一旦脫離戰場，飢餓和疲憊再次壓倒性地襲擊身體。路凱想歇一會兒，卻發現感官紊亂，意識枯竭，讓他連閉起眼都覺得難受。

「剛成為奔靈者時，也是像這樣……」俊貧弱的聲音傳來。

路凱緩緩抬頭，好一陣子才反應過來。「你說……什麼？」

「我們的第一個任務，南方山脈的遺跡。」白髮奔靈者坐在牆邊，將長槍靠在肩上。「記得嗎？那時也剩我們兩個被困在洞穴裡，等待救援好幾天。」俊的語氣淡然，似乎憶起了悠遠的過往。

「是啊……」路凱想起那次差點喪命的經驗，露出苦笑。「你那時設立一個防守據點，說我們必須輪流守備。」

「不過你根本沒聽進去。」俊也勾起淺淺的笑容。「自己闖出去找救兵。」

「沒別的法子，我警告過你別那麼輕易倒下。」

「的確，」俊回答：「你當下的決定改變了一切。否則我們不會倖存下來，還有機會坐在這兒閒聊。」路凱勉強笑了笑。那不知是多久之前的事了。

多少年輕人知道自己即將成為奔靈者，都會興奮地幻想駕馭棲靈板前往白色世界的未知角落。路凱也曾指著大面的地圖說：「有天我一定要去這裡，遠古大陸『北美洲』！我要找到沒有任何人見過的遺跡！」那是血氣方剛，不知危險為何物的年代，每個人都懷抱著遙不可及的夢想。直到有一天，他們體會到離開居處幾天便足以喪命。直到有一天，他們認識的人們一個個不再歸來。

然而當少年們輪流說出自己的夢想時，俊當時的答案令所有人吃了一驚。「我想去的地方……」他幾乎是漫不經心地說出口：「……是『白島』吧。」包括路凱，在場的所有人均目瞪口呆。

「白島」是五百年前降臨海洋中央的巨石。從未有人見過它真正的樣貌，只有傳說它掀起了雲層和巨浪，摧毀了所有文明，開啟了冰雪世紀。也有傳說它是「狩」的大本營。一直到路凱和亞煌帶回那幅舊世界的地圖，人們才首次窺見它的模樣：海洋中央一個微小的白點。

路凱想起俊以前說的話，疲倦地笑出嘶聲。「你當時真是瘋了，竟說自己想去白島……腦子怎麼想的？趴在棲靈板上划過整片汪洋？」

「所以束靈儀式前我還私下拜託陀文莎，請她指引我找到有跨海能力的雪靈。」

路凱驚訝地看著他。「你真的跑去找縛靈師？」

「是啊，當然她沒理我。」俊觸碰自己的棲靈板微笑。「但我沒什麼遺憾。『澇霜』確實是最適合我的雪靈，雖然離跨海還差得遠。」

「得了吧。沒有棲靈板是那樣用的。」路凱環抱著雙刃長槍，將頭往後靠在鐵板上。「……這次，不會再有援軍出現了。」

兩人在陰暗的空間，許久沒有交談。外頭的低鳴從聽覺邊緣漫溢，時而揚起不祥的嘶吼。

路凱一直害怕這一刻的到來……但他知道別無選擇，必須儘快說出口。

「這裡的周圍全是浮冰帶。如果能順利離開這島嶼，狩應該無法再追來……」他感覺喉間乾澀。所羅門外圍不是雪原，而是碎冰殘雪和呼嘯的海浪——全是狩不慣於活動的地帶。殘酷的事實是，他們雖然只離海岸線一小段距離，卻在數百頭狩的包圍下無法逃脫……

俊一直沒有回話。路凱相信他也已經意識到……他們之中，有個人必須留下。

若打開鐵門，穿越外頭的裂谷，有一片向上隆起的雪坡與左右包夾過來的岩壁匯集，三面交合成狹小的關口。如果其中一人在那兒阻擋魔物，或許另一人會有生存的機會。

「瑪洛娃說過……闖出裂谷後，到海岸線只需要三分鐘……」路凱打開身上的捲軸筒。他躊躇了一陣，然後從背袋裡取出另一疊薄薄的文獻，以及瑪洛娃給他的多角透明石，全塞進筒子裡。「這些……我原本想親手交給艾伊思塔。可能與她的身世有關。幫我拿給她吧……」他把筒子鎖緊，遞給了俊。

「路凱。」俊的聲音異常沉靜，透明的眼眸凝視著某處。「你帶資料走。我會幫你爭取那三分鐘。」

俊的反應並非在意料之外。路凱嚥了口唾沫，搖頭道：「『御風』的能力更適合這裡的地勢——」

「總隊長選擇了你。」俊直接打斷他，神情嚴肅：「你難道不曉得這事關乎所有奔靈者的未來？」

路凱露出困惑的神情。

「我們聯合部隊只是第一步，是總隊長孤注一擲的嘗試。」俊冷靜地說：「他需要你活著回去，協助他整合支部之間越來越分裂的狀態。」此話讓路凱愣住。他明白俊擅於以理服人，然而他更清楚這些話背後的目的。

「不……俊，」先前的緊張消退了。路凱直視戰友雙眼，以下達命令的口吻說：「我留下。」

白髮奔靈者的眼眸微微睜大，似乎還無法理解路凱的決心。

此時，俊才緩緩掀開自己的披風。「讓我待在這兒吧……我受了重傷，回不了瓦伊特蒙。」路凱倒抽了一口氣——幾道爪痕劃開俊的胸口直至左肩，而肩側的傷口深可見骨。

路凱盯著那道傷許久。「不對……」他搖頭。「你的肩膀根本無法靈活施展長槍了。現在你唯一能做的，只有駕馭棲靈板。」

俊立刻反駁，語氣急切起來：「讓我嘗試吧！我會擋下牠們——」

「別開玩笑了！」路凱凶狠地盯著他。「狩的攻勢你阻擋不了多久，到時我們都會被殺！」

有東西撞擊鐵門，一波微震刷過牆壁。房間迴盪著嗡嗡的殘音。壓抑了許久的情緒慢慢浮現在路凱心底。他舉起捲軸筒說：「你明白這裡頭裝的東西有多重要。它攸關瓦伊特蒙的存亡……如果沒能即時通知研究院，無論奔靈者在未來阻止敵人的攻勢多少次，最後還是註定滅亡。」他已做出決心：「我留下，這是成功機率最大的方法。東西絕對要交到長老們手中。」

「那就親手交給他們！」俊失去了以往的冷靜，難以克制慌張。「你是隊長，路凱，你代表整個聯合部隊啊！」

不料這句話激起路凱的罪惡感，彷彿一股酸楚自胸腔揮發。他逼自己深吸口氣，硬說出口：「你很清楚……是我害死了所有人。」

「你在說什麼？」俊不可思議地回望。

「……他們會死，全都是因為我。」路凱緊握拳頭，強忍淚水，情緒瀕臨潰堤。雪靈也彷彿被憂傷感染，擺動著淡藍色光波。「茄爾莫是對的，我們不該從正面進入。如果當時我不懼怕所羅門的反應……如果我們多勘察其他地方……或許就會發現整座島早就被魔物占領……」

路凱忍住齒間的顫動，接著說：「當時我們有機會順利逃脫……每一個人！」他的聲音破碎，淚水淤積。「海岸線就在眼前，可是我卻帶著所有人去瑪洛娃躲藏的地方……只因為我不敢相信所羅門就這樣滅亡了，只因為我無法接受任務就到此告終。我不想失敗，我不想放棄，不想就此回瓦伊特蒙……」

白髮的奔靈者睜大了眼，盯著路凱。

「俊，是我叫所有人跟著我。」路凱強迫自己把每一個字說出來，把罪惡狠狠刻在空氣中。「攸呂，埃歐朗，還有戈刺圖……我以為陽光總會賦予每個奔靈者的天命，拚盡全力就可達成。但他們死了，為了什麼？如果不是因為我——」

「別小看他們！不要小看你的戰友！」俊憤怒地抓住路凱的領口。此時巨大的撞擊聲傳來，身後的鋼板不停震盪。魔物回應似地猛烈襲擊碉堡。俊吶喊：「別以為什麼事都是你的責任！我們選擇加入聯合部隊那一刻，就知道可能會喪命！他們完全了解要面臨的危險——」

「他們相信我！」路凱怒吼，淚水從臉頰落下。「他們全都信任我的決定！」咆哮聲壓過了鋼板的回音。但外頭又來一陣蠻橫的聲響，使鐵門彎曲了。路凱哽咽，硬生生嚥下一口唾沫。「是我說服了所有人，但現在呢？如果我當時決定馬上走，攸呂就不會死！其他同伴也不會死去！」

「你並不知道！」俊激動地回道：「他們只是服從了隊長的決定！別讓他們的死變得毫無意義！」

路凱喘著氣，緊閉起眼。低聲開口時，卻流露出怨恨：「你以為我能像凡爾薩那樣，拋下死去的同伴，自己苟活？」路凱搖著頭不停喘息。他知道自己做不到，也無法想像自己將承受那樣的人生。「你認為我也是那種……會被恐懼擊垮的『叛逃者』？」

俊詫異地想開口，卻似乎不知該說什麼。又一道震耳欲聾的撞擊，鐵門終於出現裂縫。

冷風瞬間灌了進來，白色的濛霧間，可瞥見外頭的冰藍幽光。

房間的溫度劇降。一股強烈的情緒令路凱覺得胸腔在收縮，眉間到腳底都麻痺。他逼自己呼吸，卻發出一陣乾咳。俊扶住他的肩膀，路凱感覺到兩人都在顫抖。他終於無法否認心底最真實的感受——他在害怕。難以言喻的害怕。

對死亡的恐懼，對失敗的恐懼……辜負三長老的期望，辜負亞煌大哥的信賴，辜負瓦伊特蒙的所有居民……恐懼像股暴風撕裂他的理智。隊友之死歷歷在目——是自己，毀了整個聯合部隊。

他終於明白，不是每個終結的生命都具備意義。

「俊，你必須活著回去……」路凱緊緊拉住戰友的衣服，眼淚不停落下。「你一定要活著回去！」

淚水模糊了俊一向清澈的白色眼眸。

魔物的嘶吼就像肆虐的暴風，從門縫鑽了進來；外頭數百隻狩正在等待。路凱肩頭垮下，顫抖的雙手緊抓著俊。就算一切都失去意義，就算眾人的死毫無道理，但至少在最後，路凱看清了自己的使命。「我必須知道……你會活著回到瓦伊特蒙。我必須知道東西會交到長老的手中……」路凱這輩子從未如此害怕。他跪了下來，在冰冷的地板無助啜泣著。「……否則……否則我做不到……」他斷斷續續地吸氣。「告訴我！」

俊也劇烈喘息，咬著牙無法回話。狹小的空間裡，冰痕開始爬滿牆壁，地板逐漸凍結。入侵的飛雪朦朧了空氣，好幾道冰爪正試著扳開鐵門。

恐懼射穿路凱每條神經，讓他瀕臨崩潰。他扯住俊的衣服，設法撐住最後一絲理智。

「——告訴我！」

俊抹去眼淚，啜泣著抱緊捲軸筒，然後握緊長槍。「我拚死也會……把它帶回瓦伊特蒙。」房間的震動被狩的吼聲完全壓過，然而路凱的呼吸卻緩和了。他聽見心跳聲打在耳膜，意識變得越漸清晰。然後他抬起頭，看著俊那泛著淚水的透明眼眸。印象中，白髮奔靈者總是在身後支持他。他們是無數次出生入死的戰友，舉世無雙的夥伴……

但現在，訣別的時刻已到。

路凱抽出匕首，以迅速的動作切下槍柄的一部分交給俊。那是鍍著銀的一小片木頭，紋路像是怒吼的銀色獅子。俊會將它帶回瓦伊特蒙，代表路凱已陣亡。「無論發生什麼事，」路凱露出最後的笑容。「……我們曾經共有的一切，絲毫不會改變。」

白髮的奔靈者低著頭，淚水不停從雙頰滴落。

封閉的天空，永遠灰沉沉的一片。

終年降雪的雲層不曾散去，世界一直是冰冷的死寂。或許攸呂說得沒錯，「陽光」永遠不會再回來了……

路凱持著長槍佇立在雪坡頂端，守住左右岩壁匯集而來的窄道。周圍的地上遍布著微亮的碎冰屑，是前一波攻勢的殘骸。更多魔物已從下方奔來。他眼前的裂谷像海浪般起伏，帶來數不盡的大群魔物。

或許他從來就沒有能力勝任隊長，但他仍是瓦伊特蒙的戰士。

腳下棲靈板旋動，長槍帶開一股旋風。狩被劈開一道道裂口，接連化為雪沫。路凱已拋開領導者的心境，現在的他，只是個純粹的奔靈者。以戰鬥沉澱思緒，遮蔽心中的恐懼；以本能主導身體，讓雪靈帶領動作。魔物紛紛炸裂身旁，路凱守住關口，沒放過任何想通過的敵人。

他以意志告訴自己的雪靈，這是最後一戰了。只要多守住一秒鐘，瓦伊特蒙就有多一份機會存活。

數道虹光穿射出來，刷過眼前的狩群，凝聚為獅子形體吞蝕無數敵人。然而後方的魔物並沒有卻步。

在牠們撲來前的短暫一刻，路凱閉起眼睛。

有記憶以來，俊一直掩護著自己的背後。他總守著路凱看不見的地方，讓路凱能專心面對前方的挑戰……這是有生以來第一次，也是最後一次，白髮奔靈者背著路凱遠去。

路凱沒有回望。因為他相信彼此都會完成自己的使命。

即使一切都告失敗，路凱會擋下所有想去追擊俊的魔物，擋下所有想威脅瓦伊特蒙的敵人。他相信只要自己成功擋下所有眼前的狩，俊就會實現承諾，跨越白色大地把那關鍵的文獻帶回長老身邊。

就算「陽光」永不再歸來……就算全世界已遭遺棄……那並不代表人類必須絕望——

路凱猛然睜開眼，嘶吼聲覆蓋過來——槍刃帶起虹光掃蕩，橫掃魔物。他轉動身軀，揮舞長槍，眼中卻看見了瓦伊特蒙的所有人……他們追隨祖先的軌跡，傳承遙遠的信念。就算要與全世界對抗，人類從未放棄希望。

人類已在被遺棄的世界生存了五個世紀，我們不需要陽光！路凱在心底怒吼——不論有沒有你，我們都會活下去！我們會成為彼此的希望！

一道銳利的冰爪埋入路凱的左掌，砍入無名指與中指之間，然後彷彿慢動作般——切開皮膚與肌腱，削過骨骼直至手肘，將他整條手臂撕成兩半。鮮紅的血肉灑向四周。

路凱放聲怒吼，單手甩動長槍，一舉刺穿兩頭魔物。他喚出虹光掃蕩包圍上來的敵人，單臂繼續揮斬，毫不停止；棲靈板與他融為一體，暴風般的動作越來越快。

一隻巨大的狩從旁奔來，胸前龐大的嘴巴鑵入雪地，直接吞沒路凱的棲靈板。冰色獠牙咬住他的雙腿，瞬間擊碎膝骨。魔物把他整個人抬起，噴濺的血液染紅了雪地——路凱猛然單手刺下，雪靈之力薄弱的長槍埋入狩的核中，卻斷裂為好幾段。魔物散為雪沫後他也跌了下來，再無法站立。

路凱含著滿口鮮血，顫抖的手撈過棲靈板，把它緊緊抱住。數隻狩的爪子分別陷入他的身軀，剝開整個背部，地面一片黑紅。但路凱連嚎叫也做不到了，只覺心臟快要爆裂，喉間滿是稠濃的血泡。他驟然將手掌貼上板子中央的雪紋封印，最後一次呼喚雪靈真名：

「——『御風』——」

在他周圍，虹光爆烈閃現。幾道飄渺虛幻的錐刺由地面升起，化為一頭巨大雄獅的利齒，彷彿要吞下狹壁間的關口。路凱以生命灌注雪靈之力，激綻出燃燒的彩影。

狩群發出哀號團團炸開。虹光散裂放射，拉開成數百道光緞，旋風般扭轉。狂風彩緞掃過之處，無數魔物瞬時爆散。底下的雪丘開始崩裂，整片大地都在震動，兩旁岩壁持續落下龐大的雪塊。遠方的魔物湧來，跌入正在坍塌的地表。雪中的坑洞越來越廣，露出彷彿無底的深淵。路凱感到身體正在下滑，意識卻逐漸朦朧，他鬆開手中的棲靈板，跟著破碎的大地陷落。

數不清的魔物夾雜白雪翻滾在他身旁，連帶下墜。路凱看見自己的雪靈往上飄，伸手想觸摸。然後他看見鉛灰色的天空——

時間彷彿靜止。路凱盯著那片厚重的雲層，世界的邊界。

然後他露出染血的笑容，閉上雙眼……

隨黑暗引去自己的意識。

EPILOGUE《終幕》

瓦伊特蒙的戰役結束，人們卻未平靜下來。「恆光之劍」的消息傳開，所有居民陷入驚愕狀態；有人欣喜若狂，激動地稱艾伊思塔為「引光使」或「陽光使者」，但也有少數人提出質疑。唯一確定的是，她每天被研究院的學者們包圍。首席學者帆夢驚訝得差點跌破眼鏡，積極記錄她旅程中的點點滴滴。似乎再也無人追究她當初未經許可拿走文獻的罪行。

這段期間，長期離開瓦伊特蒙的奔靈者陸續從遠征的任務中歸來，不可思議地發現瓦伊特蒙竟經歷了如此重大的事件。北環大道開始了重建工作，冰封的通道必須清理，破碎的閘門急需鞏固。

而現在，總隊長亞煌躺在自己的窟室內，神情凝重。恩格烈沙長老站在牆邊，正在等待他的決定。

率領奔靈者頑強抵擋入侵的狩軍之後，亞煌好不容易癒合的腿傷如今變得更加嚴重。他身上全是繃帶，雙腿已沒了知覺。床的一旁是座石桌，上頭擺著一張記錄著各項決策的殷紙。亞煌望向長老。恩格烈沙的臉上多了幾道深深的傷疤，兩束髮辮綁著粗大的鐵環落在雪羚披肩上，手臂肌肉強健，交抱胸前。

「黑允長老的情況呢？」總隊長開口。

「性命是保住了。所有癒師都盡了全力……但她卻陷入長期昏迷。」恩格烈沙長老說：「黑允的女兒一直陪在她身旁。我派藍恩大媽去照料她倆的飲食起居。」

亞煌想起那柔弱的女孩，剛成為奔靈者不久便遇上突發的戰役。「雨寒……這次多虧她當機立斷，帶著戰士從後方夾擊狩軍。」

「額爾巴他們全對她讚賞有加。聽說她還是個有潛力的癒師，或許之後我會延攬她來守護使支部。」恩格烈沙摸了摸粗獷的鬍鬚。「不過現在，居民似乎把凡爾薩當成真正的救星。」

「凡爾薩？」亞煌抬起頭，眉間微皺，左眼角的白藤刺青閃爍。

「是啊。他早先提出的警訊還是起了作用，讓我們招回許多戰士留守瓦伊特蒙。所幸我們守住了，不然情況難以想像。」

「所以凡爾薩救了縛靈師，此事屬實？」

「嗯，我向陀文莎確認過了。不僅如此，許多居民還看見凡爾薩獨自奔回北環大道，營救黑允長老。」恩格烈沙長老露出淺淺的笑容。「當然，還有不少奔靈者對他懷有成見。但總之那傢伙的事蹟已傳遍全瓦伊特蒙。」

「擊退魔物軍團的關鍵，應該是艾伊思塔帶回來的『恆光之劍』。」總隊長說。

「毫無疑問。」恩格烈沙離開牆邊，走了幾步來到亞煌的身旁。「她單獨前往如此遙遠的地方能活著歸來，已是奇蹟了。」

亞煌卻露出懷疑的神情。「我總覺得哪兒不對勁……她怎麼有能力自己找到恆光之劍？經驗老到的遠征隊員也辦不到，遑論她長年缺乏奔靈的經驗。」

恩格烈沙長老聳聳肩。「她說自己一個人去的。」

「那麼……有桑柯夫長老的消息嗎？」亞煌語畢，看見恩格烈沙搖頭。

監禁縛靈師一事被曝光後，桑柯夫遭到所有居民的唾棄。他似乎與擁護自己的一小群人隱避在瓦伊特蒙的某處；三百多個洞窟，上千條隧道，總有他可躲藏的地方。

亞煌選擇在此時回歸正題，試圖推動恩格烈沙的決定。「長老，若是如此，現在做決定似乎言之過早，」而他當然知道，這些話只是拖延時間的藉口。「當務之急，該把精神集中在瓦伊特蒙的重建——」

「時間過於緊迫。」恩格烈沙打斷他。「我們已經犧牲了許多奔靈者。如果這時候所羅門打過來，我們必須做好萬全的準備。」

「沒有聯合部隊的音訊，並不代表所羅門已對他們不利。」

「沒錯，但我們必須先採取措施。已經兩個多月沒有任何消息……這相當於宣判死亡，你自己很清楚。」恩格烈沙把手擺壓在桌面的般紙上。「亞煌，你必須批准。」

總隊長盯著紙上的文字。長老們將立即組織新的任務團隊，重新面對所羅門可能帶來的威脅；但在此之前，必須先由統馭所有奔靈者的總隊長結案。

亞煌知道恩格烈沙是對的。瓦伊特蒙才剛經歷一場浩劫，他們必須準備好面對更多的挑戰。他深吸一口氣，以綑滿繃帶的手拿起墨筆，沉默了半晌。

然後亞煌寫下字跡——「路凱率領的聯合遠征部隊，以全面失敗告終。」

《第一冊 完》

奇炫館
白色世紀1

作者／余卓軒　封面插圖／盧東彪
榮譽發行人／黃鎮隆　總經理／陳君平
協理／洪琇菁　國際版權／黃令歡
執行編輯／呂尚燁　美術主編／陳聖義
企劃宣傳／楊玉如、洪國瑋
出版／城邦文化事業股份有限公司　尖端出版
台北市中山區民生東路二段一四一號十樓
電話：(〇二)二五〇〇七六〇〇　傳真：(〇二)二五〇〇二六八三
E-mail：7novels@mail2.spp.com.tw
發行／英屬蓋曼群島商家庭傳媒股份有限公司城邦分公司　尖端出版
台北市中山區民生東路二段一四一號十樓
電話：(〇二)二五〇〇—七六〇〇(代表號)
傳真：(〇二)二五〇〇—一九七九
中彰投以北經銷／楨彥有限公司
(含宜花東)
電話：(〇二)八九一九—三三六九
傳真：(〇二)八九一四—五五二四
雲嘉經銷／威信圖書有限公司　嘉義公司
電話：(〇五)二三三—三八五二
傳真：(〇五)二三三—三八六三
客服專線：〇八〇〇—〇二八—〇二八
南部經銷／威信圖書有限公司　高雄公司
電話：(〇七)三七三—〇〇七九
傳真：(〇七)三七三—〇〇八七
香港總經銷／城邦（香港）出版集團有限公司
香港灣仔駱克道193號東超商業中心1樓
電話：(八五二)二五〇八—六二三一
傳真：(八五二)二五七八—九三三七
E-mail：hkcite@biznetvigator.com
馬新經銷／城邦（馬新）出版集團　Cite(M)Sdn.Bhd.
E-mail：Cite@cite.com.my
法律顧問／王子文律師　元禾法律事務所
台北市羅斯福路三段三十七號十五樓
二〇二一年十二月一版一刷

版權所有・翻印必究
■本書若有破損、缺頁請寄回當地出版社更換■

■中文版■

郵購注意事項：
1. 填妥劃撥單資料：帳號：50003021戶名：英屬蓋曼群島商家庭傳媒(股)公司城邦分公司。2. 通信欄內註明訂購書名與冊數。3. 劃撥金額低於500元，請加附掛號郵資50元。如劃撥日起 10～14日，仍未收到書時，請洽劃撥組。劃撥專線TEL：(03) 312-4212 ・ FAX：(03) 322-4621。E-mail：marketing@spp.com.tw

國家圖書館出版品預行編目資料

白色世紀 / 余卓軒作 .
--初版.　--臺北市：尖端出版，2021.12
面 ； 公分.--(奇炫館)
譯自:
ISBN 978-626-316-185-6(第1冊 : 平裝). --
ISBN 978-626-316-186-3(第2冊 : 平裝). --
ISBN 978-626-316-187-0(第3冊 : 平裝)
863.57　　110016293